Holger Nicklas
Johannes Hucke

# Strafraum

Lindemanns Bibliothek

# Mixed Zone

Wenn der kalte Regen ins Wildparkstadion kommt, wird auch dem Letzten klar, dass es mit der Gemütlichkeit vorbei ist. Man wird ihn zuerst an den Füßen fühlen, weil er als undefinierbare Nässe beginnt, sich am Boden entlangduckt, wo er den Frühling, den Sommer über gewartet hat. Als ein Nieseln in der Luft ist er zu ahnen, das sich noch kaum unterscheidet von nebliger Feuchtigkeit, und dennoch werden die Turnschuhe und Sneakers und Stiefel der Fans durchtränkt – die edel schimmernden Lederschuhe auf der Tribüne und in der VIP-Lounge natürlich nicht. Aber auch da kommt er hin, spätestens dann, wenn er die Flutlichtmasten hinaufgekrochen ist und sich auf einmal fauchend in die Helligkeit nach unten stürzt, ansatzlos übergehend in heftiges Gießen. Ihm entgeht keiner, nirgendwo. Es ist der Herbstregen des Nordens, vor dem schon die römischen Legionäre Angst hatten, wenn sie mit durchweichten Sandalen durch unsichere Wälder trippelten. Es ist der Herbstregen, der dir einredet, dass er nie mehr aufhören wird.

Ingo Forbacher sitzt auf der Haupttribüne. Der Regen wird stärker, das Spiel plätschert vor sich hin. Für Mitte Oktober schon verdammt scheußlich. Forbacher zieht den viel zu leichten Mantel am Hals zusammen. Natürlich wieder keinen Schal dabei. Nur ab und zu blickt er hinunter auf den Rasen, wo sich der KSC um Tempo bemüht. Aber die meisten Versuche werden schon dicht hinter der Mittellinie eingestellt. Kein Wunder, die Hertha macht hinten völlig dicht. Ganz unerwartet. Verhindert mehr, als selber anzugreifen. Vernünftig, unter den Bedingungen. Aber stinklangweilig. Forbacher schweift ab.

Im Flutlicht gleicht der schräg fallende Regen dem Fell eines unbekannten Raubtiers. Die Zuschauer beschäftigen sich auf unterschiedlichste Weise mit dem Schutz gegen Nässe und Wind. Schirme werden aufgespannt – und nach vehementem Protest der Hinterleute wieder eingezogen. Aus kinderbunten Regenfolien läuft die angesammelte Brühe dem Nachbarn in den Kragen. Tolle Stimmung, heute. – Vorher, beim Badnerlied, hat Forbacher unwillkürlich mitgesummt. Als er's gemerkt hat, ist er prompt verstummt. Hätte ja eigentlich mitsingen können. Hat sich aber nicht getraut, komisch eigentlich. Schon viel zu lange her, als er noch mit den Jungs drüben in der Kurve rumgestanden hat. Da war alles noch anders.

Eben brüllt das Publikum kurz auf, so, als hätte das Raubtier zugebissen. Aber auch das war nur halbherzig. Es war gar keine richtige Chance. Jens Klotzke hatte sich endlich mal zu einem seiner berüchtigten Diagonalpässe aufgeschwungen und Mijo Nujic, der junge Neuzugang aus Zagreb, hatte in der Luft gestoppt, dann aber viel zu überhastet abgeschlossen: Ein Kullerbällchen, dem selbst der pitschnasse Rasen kein Tempo mehr geben konnte. Mit aufreizender Lässigkeit nimmt der Torwart der Berliner die Kugel auf. Und haut das Ding in den Nachthimmel, wo es sich für Momente mit den fetten Tropfen, die herunterprasseln, zu vereinigen scheint.

Mist, das Handy. Forbacher hasst die Melodie, ein affiges Techno-Gepiepse, würde eher zu fünfzehnjährigen Gören passen. Warum hat er sich auch schon wieder ein neues besorgt! Keine Lust, ständig die Funktionen neu einzustellen. Bis er das wieder herausgefummelt hat ... Nicht zu fassen. Er muss unbedingt ran. Gleich ist es zu spät. Ruckhaft wendet sich Forbacher von seinem Sitznachbarn ab, spricht gedämpft, Richtung Treppe. „Ja?"

„Und – wie sieht's aus?"

„Noch nix. Fades Spiel. Wir kommen nicht so richtig auf Touren."

„Sehr witzig. Sag mir endlich, ob man schon was merkt."

„Nein. Wie denn. Hat doch grad erst angefangen."

„Vor zwanzig Minuten!"

„Meinetwegen."

„Du sagst sofort Bescheid, ja?"

„Ist ja wohl logisch."

„Viel Spaß noch."

„Arschloch."

Vor dieser abschließenden Charakterisierung hat Forbacher bereits den roten Knopf bedient. Man muss es ja nicht übertreiben.

Plötzlich, da ist es wieder.

„Kaaarlsruhe!" tönt es im Spiel des Echos durch das Stadion. Laut und immer lauter nimmt der Schlachtruf akustisch Besitz von den Rängen, vom Spielfeld. Mitten unter den Rufern, nervös, um sich schauend, um Stimmung bemüht: Pike. Wie immer gewandet in seine KSC-Kluft, die nur noch von den Aufnähern zusammengehalten wird, nein, eigentlich nur noch aus den Aufnähern besteht, denn der Jeansstoff darunter hat sich vor etlichen Jahren bereits aufgelöst. Pike fühlt nicht Nässe noch Kälte. Es ist wie immer, wenn es nicht richtig läuft auf dem Platz. Da spürt er es wieder: Dass es ganz allein an ihm liegt! Dass es jetzt auf ihn ankommt, sein Fieber, seine Energie auf die andern Fans und mit ihnen zusammen auf die Spieler zu übertragen!

„Kaaarlsruhe!"

Mensch, das könnte, das müsste viel leidenschaftlicher kommen. Haben die alle schon aufgegeben oder was?

Verdammt noch mal, heute ein Sieg gegen die Hertha – und man wäre schon wieder unterwegs Richtung Uefa-Cup-Ränge. So wie im letzten Jahr. Und was für ein Glück! Der Abend neulich in Brügge, das war so ziemlich das Geilste, was er je erlebt hat. Zwar, so furchtbar viel hat er vom Spiel gar nicht mitbekommen, dafür war die Anreise zu lang und das Kräusen zu lecker. Drei Kästen hat er mit den Kumpels geleert. Schon völlig heiser gegrölt, wie im Blindflug, durfte er miterleben, wie Greiner, sein alter Freund Jan, das 1:1 geschossen hat, zehn Minuten vor Schluss. Mann, so ein Tor hat einer vom KSC zum letzten Mal vor zwanzig Jahren gemacht. O.k., in der ersten Halbzeit, das war so ... naja. Warum hat er den Elfer überhaupt geschossen? Selbstüberschätzung. Typisch Jan. Hätte er lieber den Klotzke rangelassen, der hätte die Hulla unter die Latte geknetet. Scheiße, das war das jämmerlichste Schüsschen, das Pike je von Jan gesehen hat.

Schon früher, viel früher, als sie nach, vor, nicht selten während der Schule in der Günther-Klotz-Anlage gekickt haben, hatte Jan den härtesten Bums. Manchmal hat er's übertrieben, keine Frage. Gerade wenn viel Jüngere mitgebolzt hatten, da wär's manchmal angebracht gewesen, etwas Zurückhaltung walten zu lassen. Jan Greiner hält sich nie zurück. Wenn etwas Rundes, Ledriges – oder mittlerweile Kunststoffiges – in seiner Nähe ist, da zählt nur noch eins: Drauf und dran! Dem Gegner die Kirsche weggrätschen, ein paar Wendungen, Doppelpass, noch zwei, drei Hampel aussteigen lassen – und hinein! So hat er das schon damals gemacht. Manchmal kam Jan auf zwanzig, dreißig Tore pro Nachmittag. Als Jugendspieler früh zum KSC gewechselt, erzielte er unglaubliche Quoten. In der C-Jugend, wie viele Buden waren das noch? 120 pro Saison? Ja, so ungefähr.

Tja, so hat er das damals gemacht. Und nicht anders lief die Sache beim Spiel in Brügge. Mensch, es geht darum die Gruppenphase zu überstehen, was danach passiert, ist schon beinah Verzierung. Und was passiert? Sie lahmen! Lassen sich einlullen von dieser ätzenden, grunzlangweiligen Spielweise der Belgier. Die natürlich schon nach ein paar Minuten das 1:0 nach einer blöden Ecke köpfen. Und dann? Kein richtiges Aufbäumen, nee! Sogar der Elfmeter war geschenkt. Und dann dieses Schüsschen von Jan, von seinem Jan! Ein Gelächter im Stadion, das Pike in sich zusammensinken ließ. Tiefste Scham, wie er sie zum letzten Mal empfunden hatte, damals, als er der Meinung war, diese süße Janine wollte wirklich was von ihm. Wollte sie aber gar nicht. Im Gegenteil.

„Du bist so voll eklig, iih!"

Und das vor der ganzen Klasse. Pike schüttelt sich jedes Mal, wenn er sich dran erinnert. Genauso schlimm: Er hat das noch am selben Tag, aufrichtig wütend auf die Kuh, seiner Mutter erzählt. Deren Ratschläge waren noch unerträglicher ...

Aber dann, die zweite Halbzeit! Die Nordsee hatte Nebel ins Stadion gepustet, aber nicht so viel, dass es zum Spielabbruch gekommen wäre. Und was passierte? Erst mal gar nix. Brügge spielte seinen Stiefel runter, scheinbar waren die mit dem 1:0 zufrieden. Und der KSC kam nicht auf Touren. Alle schienen irgendwie gehemmt, alle, außer Jens Klotzke natürlich. Der wühlte wie immer. Tja, und dann das. Die 81. Minute. Kein Karlsruher würde das je vergessen. Wie ein Aufschrei war das, als Jan plötzlich drei, vier Meter über die Wiese schlitterte, diesem kolossalen Brügger Außenstürmer sauber den Ball abgrätschte und – anatomisch eigentlich unmöglich – im nächsten Moment schon wieder auf den Beinen war. Dann sofort der Pass. Und – ebenso unwahrscheinlich – zwei Sekunden später bekam er ihn schon wieder, nun nur noch fünfzehn Meter vor dem Strafraum. Der Rest ist Geschichte. Dieses Solo! Dieser Abschluss! Sein Jan! Was haben sie ihn gefeiert, bis am nächsten Mittag der Sonderzug im Karlsruher Hauptbahnhof eingelaufen ist.

Forbacher wird langsam unruhig. Wenn er nicht wüsste ... es wäre ein ganz normales Spiel. Gleich wird sein Handy wieder tirilieren, diesen schwachsinnigen Disco-Hopps-Jingle. Es geht schon auf die Halbzeitpause zu. Und immer noch: keinerlei

Anzeichen. Im gleichen Maße wie der Regen nachlässt, nimmt der Wind zu. Verdammt noch mal, wozu hat man einen Kaschmir-Schal für 300 Euro, wenn man ihn jedes Mal vergisst, wenn man ihn braucht? – Was ist das jetzt? Greiner setzt zu einem Solo an, über die rechte Seite. Am Ersten vorbei, feiner Trick. Am Zweiten? Nee, überschätzt mein Junge! Das Publikum will gerade abheben – da trifft die Enttäuschung umso härter. Aha! Ihm fehlt die Spritzigkeit der vergangenen Wochen, eindeutig. Greiner steht an der Auslinie und pumpt. Na immerhin. Und da, die ersten Buhs seit weiß Gott wie lange. Ein paar Unentwegte zischen dazwischen. Naja, auch das treueste Publikum hat seine Toleranzschwellen. Forbacher lehnt sich zurück. Abwarten. In der zweiten Halbzeit, dann sicher.

„Ah, der Herr Hauptkommissar. Und, wie isses?"

„Zum Kotzen. Passiert überhaupt nix. Die Berliner wollen nicht. Und wir können nicht. Scheinbar."

„Wart mal ab, die zwote Halbzeit."

„Na, ich weiß nicht."

Uwe Steiner nimmt die Bratwurst entgegen. Zu einem längeren Wortwechsel mit Heinz ist jetzt eh keine Zeit. Der begabteste Würstchen-Griller Nordbadens, unverzichtbarer Bestandteil so vieler Heimspiele, KSC-Ikone und ewiger Muntermacher, ist extrem umlagert von Bratwurstfetischisten, die ihm die enorme Preissteigerung der letzten Jahre keineswegs übel zu nehmen scheinen. Könnte Heinz weniger verlangen, würde er es tun, klarer Fall. Das weiß jeder.

Noch einmal nickt Heinz seinem Stammgast zu, da taucht er schon wieder ab in den Bratwurstdampf.

„Viel Senf, wenig Senf?"

Hauptkommissar Steiner stellt sich unters Vordach. Bratwurst mit Regenwasser, das ist seine Sache nicht. Gott, ist die heiß. Er kaut offenen Munds, versucht dabei möglichst viel kühlende Atemluft durch seine Mundhöhle zu saugen. Aber lecker, lecker ist sie doch. So saftig kriegt die sonst keiner hin, von sozusagen zärtlicher Konsistenz das Innere ... und außen so kross wie nur denkbar. Dann die Zigarette. Festes Ritual. Und das Rothaus. Reicht meistens gerade, um rechtzeitig zurückzutrödeln.

Warum steht er immer noch hier? Die Frage stellt sich nicht. Uwe Steiner ist Dauerkartenbesitzer, seit ihn sein Onkel einmal mitgenommen hat. Irgendwann in den Siebzigern. Das war gegen die Bayern. Reden wir nicht davon. Aber die Atmosphäre! Er war plötzlich Mitglied in einem Klub, der sich einer edlen Beschäftigung widmet. Diesen Klub konnte er nie mehr verlassen. Als sein Onkel starb, ziemlich früh, an Darmkrebs, hat er die Dauerkarte direkt übernommen. – Naja, langsam mal wieder hochgehen. Verpassen will man ja auch nichts. Steiner hat das Gefühl, dass noch was passiert, in diesem Spiel. Und sein Gefühl hat ihn noch selten getrogen.

Schon wieder ein unerfreuliches Telefonat. Was da schon wieder schief laufe? Was heißt hier „schon wieder“! Als würde bei Forbacher je irgendwas schief laufen. O.k., in letzter Zeit haben ein paar Sachen etwas länger gedauert als früher. Das liegt aber nicht am Alter, ganz bestimmt nicht. Die Dinge haben sich eben verkompliziert. Das interessiert so einen wie BB zwar nicht. Aber es ist eben so. Fertig. Kann er doch nichts für. Forbacher kaut seinen Kaugummi platt. Endlich geht's wieder los. Die Hertha hat sich offensichtlich was vorgenommen. Hui, scharf streicht der Schuss über die Latte. Jetzt hat es der Tormann eilig. Wenn sie jetzt nicht dagegenhalten, dann gute Nacht.

Gute Nacht, Jan Greiner. Die vielleicht hoffnungsvollste Nachwuchskraft seiner Generation bekommt den Ball auf links. Er ist hinüberrochiert, aha, die haben auch was vor. Jetzt müsste er sich drehen. Tut er auch, aber langsamer, viel langsamer als man das von ihm gewöhnt ist. Schon ist der Verteidiger da. Rauscht hinein. Jan springt drüber. Aber er kommt nicht weg. Keine Chance mehr, den Ball zu kriegen. Er fädelt ein. Pfiff. Glück gehabt, das war kein Foul. Der Verteidiger steht schon wieder. Aber Jan bleibt liegen. Pfiffe aus dem Block der Berliner. Jan wälzt sich nicht. Er gestikuliert nicht. Er liegt einfach nur da. Auf dem braun-grünen, matschigen Untergrund. Der Regen stürzt sich auf ihn. Greiner kann sich nicht wehren. Er rührt sich nicht. Und das schimmernde Regen-Raubtier schlägt seine Zähne in den Leib des jungen Mannes.

Forbacher wendet sich ab. Ihm ist das Grinsen im Gesicht festgefroren. Er sieht nicht mehr hin. Er hört nur noch. Ermunternde „Greiner"-Rufe. Pfiffe. Dann Stille. Jetzt kann er nicht mehr anders. Forbacher schaut doch wieder hin. Panik auf dem Spielfeld. Die Spieler winken. Dr. Jost Klüber, der Fitnesstrainer, hetzt über den Platz, das Handy am Ohr. Dann die Bahre. Minutenlange Verzögerung. Im Pulk kniet alles um den jungen Greiner. Sogar die Berliner Fans sind still. Irgendetwas ist anders. Auch die „Greiner, Greiner"-Rufe sind verstummt. So etwas hat Forbacher noch nicht erlebt. Ein ganzes Stadion: Schweigt. Dieses Gefühl, das da, schwer zu begreifen, über der Arena schwingt, hat einen Namen: Angst. Irgendwie fühlen alle, das ist keine Kreuzbandzerrung. Das ist etwas Übles.

Jetzt wird Jan Greiner vom Platz getragen. Forbacher wendet sich wieder ab, er hat genug gesehen. Instinktiv greift er zum Handy. Soll er eine SMS schicken? Noch nicht. Keine Lust. Eine Lähmung ergreift ihn.

„Scheiße, den hat's erwischt."

„Was? Wer? Wen?"

„Na den Kleinen. Hoffentlich kommt bald 'ne Durchsage."

Forbachers Sitznachbar spricht aus, worauf alle zu hoffen scheinen. Aber das Warten lohnt sich nicht. Längst ist das Spiel wieder angepfiffen. Alibiartig schieben sich die Kicker den Ball zu. Kein Zug ist mehr drin. Keine Durchsage. Gar nichts.

Dafür der Unfallhubschrauber. Es ist, als würde sich das Geräusch in die Herzen der Zuschauer bohren. Da, auf einmal, aus dem Block der Berliner:

„Greiner! Greiner!“

Uwe Steiner ist fertig. Die Unterarme auf die Oberschenkel gestützt, starrt er auf den Tribünenboden. Er hat es geahnt. Und jetzt ist es soweit. Denn während in den Gesprächen ringsum immer noch ein zaghaftes „Hoffentlich nichts Lebensgefährliches“ auftaucht, weiß er es längst. Er kennt den Tod wie einen Bruder. Keiner im Stadion ist ihm öfter begegnet als er. Dem gewaltsamen, dem bösen Tod. Dem beiläufigen. Dem Selbstmord. In all seinen Erscheinungsformen ist er ihm begegnet. Auch den scheußlichsten. Und deswegen erkennt er ihn wieder. Er weiß noch nicht, welche Sorte Tod hier gerade durchs Stadion ging. Aber er hat ihn gefühlt. Im Voraus. Und dann, noch stärker, als er endlich da war.

„Das arme Schwein.“

Anders kann er's nicht ausdrücken. Es ist seine Art. Steiner schüttelt den Kopf. Murmelt:

„Kann man nicht mal im Stadion seine Ruhe vor ihm haben ...“

„Das is' ja 'n starkes Stück! Auch noch meckern! Wer weiß, was der für 'ne schwere Verletzung hat, und Sie beschwer'n sich, dass Ihnen die Unterhaltung verdorben is', also ehrlich ...“

Steiner erhebt sich. Ohne den Naivling nebenan auch nur anzublicken, verlässt er die Gegentribüne.

Ungeachtet der allgemeinen Sorge, hat Heinz auch nach Spielschluss gut zu tun. Der Grillstand mit der lustigen Rothaus-Werbung ist extrem umlagert. Nur kurz begegnet Heinz Steiners Blick im Gewühl. Sie wissen Bescheid, alle beide. Der sonst so fröhliche Würstchenschwinger starrt im wahrsten Sinne mit Leichenbittermiene.

„Mit Senf? Ohne Senf?“

Das kommt jetzt ohne jede Munterkeit. Klar, so ein Rest Hoffnung ist noch dabei. Man kann ja nie wissen. Aber so hoffen Kinder, die noch keine Ahnung haben, wie unbeeinflussbar sich das Fatum manchmal zeigt. Selbst die heißesten Wünsche helfen da nicht weiter. Nicht zu fassen. Naja, nachher mal die Nachrichten einschalten.

Als sich in der Menge das Gerücht verbreitet, Greiner habe es am Herzen gehabt – und wahrscheinlich sei er tot – ist Forbacher schon am Ausgang angekommen. Er ist klitschnass. Die Heimfahrt wird er im Blindflug meistern müssen. Der Regen wird sich quer über die Windschutzscheibe legen, unnachgiebig. Und ihn belauern, bis er aussteigt. Forbacher wird die Lüftung einschalten und die Heizung hochdrehen. Und den Regen ignorieren. Solange es noch geht.

# Auswechselversuch

Warme Luft weht seit dem frühen Morgen, von Süden kommend, den Rhein entlang. Die Sonne scheint mit einer Kraft, als wüsste sie nichts vom Herbst, der, auf seine nächste Chance wartend, tief in den Tälern des Schwarzwalds liegt. Gelbe Blätter fallen von den Bäumen, vom Wind auf ihrem Weg nach unten erfasst, erneut empor gewirbelt, in Spiralen höher steigend. Losgelassen tanzen sie zu Hunderten mal schnell, mal langsam Richtung Boden, wo sie sich in windstillen Ecken zu hohen Haufen zusammenfinden. Es ist also ein ganz normaler, Sommer vortäuschender Herbsttag in Karlsruhe.

Uwe Steiner eilt auf den Friedhof zu. Er ist spät dran. Zuvor der lästige Bürokram, dann kein Parkplatz zu finden; alle Straßen um den Hauptfriedhof waren zugeparkt. Vom Haupteingang kann er schon die große Menge blau-weiß gekleideter Menschen sehen. Viele sind gekommen, um von Jan Greiner Abschied zu nehmen. Auch für Steiner ist es eine Selbstverständlichkeit, diesem Ausnahmetalent eine letzte Ehrbezeugung zu erweisen – außerdem war er ja selbst dabei, als Greiner unter tragischen Umständen den Tod fand. Gefallen auf dem Feld der Ehre, geht es Steiner durch den Kopf und sogleich schämt er sich für dieses sich aufdrängende Wortspiel. Als er die ersten Leute erreicht, bemerkt er, dass die Beerdigung schon begonnen hat. Behutsam schiebt er sich durch die Trauergäste, bis er die vorderste Reihe erreicht. Dort angekommen merkt er, dass die KSC-Fans respektvoll Abstand halten zu der Familie und den Freunden Greiners, die direkt am Grab beieinander stehen. Etwas weiter am Rand erkennt Steiner die Mannschaft des KSC, in kleine Grüppchen aufgeteilt. Über der gesamten Szene liegt tiefes Schweigen, ein Stimmungsgemisch aus Ehrfurcht, Trauer und Respekt.

Mitten unter ihnen: Klotzke. Starke Gefühle rauschen durch seinen Körper, hin- und hergerissen zwischen Trauer und Wut. Er kann sich noch genau an den ersten Trainingstag von Jan erinnern. Mensch war der großmäulig auf dem Platz aufgetaucht. Na, der wird noch sein Lehrgeld bezahlen, dachte er damals. Und dann: ein Wahnsinn! Wie der Jan den Ball im ersten Spiel eroberte , mit welcher Frechheit er den alten Spielern gegenüber aufgetreten ist, keine Spur von Respekt und zu guter Letzt dieser Schuss! Da ist mir echt die Kinnlade runter! Von da an hab ich immer versucht ihn zu fordern und fördern. Manchmal musste ich deutlich grober zu ihm sein, als ich wollte. Klar, der war immer noch zu großspurig! Die Flügel wollte ich ihm stutzen, damit er Bodenhaftung bewahrt. Aber der Jan hat das alles mit einem Lachen quittiert, der konnte auch einstecken. Mensch, ich kann's immer noch nicht fassen, dass er nicht mehr auftauchen wird beim Training. Nie mehr dieses Lässige-Tasche-vor-den-Spind-Schleudern, kein lockerer Spruch mehr ... der Jan, der war ein so fröhlicher, draufgängerischer Typ. So einen Sohn hätt' ich mir immer gewünscht ... Klotzke fühlt eine allumfassende Leere in sich, als er den Rest der Mannschaft in den immer gleichen Gruppen zusammen stehen sieht. Die Jungen unter sich, peinlich berührt, überfordert mit dieser Situation. In einigem Abstand Trainer und Manager, daneben Greiners Vertrauensarzt Klüber, mit scheinbar unbeteiligtem Gesicht. Da steigt plötzlich wieder diese Wut in Klotzke hoch ...

Silvia Schätzle steht zwischen ihrer und Jans Mutter, flankiert von den jeweiligen Vätern. Tapfer tragen sie sich gegenseitig durch die Beerdigung: Untergehakt, mal nach links, mal nach rechts schwankend, vom Weinen rotgeränderte Augen stehen sie gemeinsam die gesamte Zeremonie durch. Nachdem der Pastor geendigt hat und der Sarg hinab gelassen wird, kommt Bewegung in die Trauergemeinde. Der äußere Kreis beginnt zu bröckeln, langsam bewegt sich die blau-weiße Masse Richtung Ausgang. Auch aus dem inneren Kreis lösen sich einzelne Gestalten, gehen auf Silvia und die Mütter zu, schütteln ihr die Hände. Als ein Mann in mittlerem Alter Silvia in die Arme schließt, schreit sie unvermittelt auf, stößt den Mann weg und läuft über den Friedhof davon.

Pike steht in unmittelbarer Nähe von Jans Familie. Was um ihn herum gesprochen wird, kann er kaum verstehen. Nur wenige Worte dringen zu ihm durch, zu dick ist die Watte, die ihn wie ein Kokon umschließt. So geht das nun schon seit Tagen! Seit dem Spiel am Samstag steht er unter Schock, er weiß nicht, wie die Tage vergingen. Immer und immer wieder sah er Jan zusammenbrechen, spürte erneut das sich ausbreitende Unbehagen, als dieser liegen blieb, die stärker werdende Übelkeit, als die erlösende Durchsage des Stadionsprechers ausblieb. Nach der Bestätigung des Todes von Jan in der Sportschau dann der komplette Zusammenbruch. Stunden später, als er sich wieder halbwegs im Griff hatte, die vergeblichen Versuche Silvia anzurufen ... Silvia, wie sie zwischen den Müttern am Grab steht, dieses Bild zerreißt ihm fast das Herz. Wo ist die fröhliche, immer tatkräftige Silvia, die er so gut leiden kann, geblieben? Ein lauter Aufschrei reißt Pike aus seinen Gedanken. Verschwommen sieht er, dass Silvia einen Mann wegstößt und auf den Ausgang zuläuft. Als sie an ihm vorbeirauscht, treffen sich kurz ihre Blicke. Pike will ihr zulächeln, sie aufmuntern, doch das Lächeln verkommt zur Fratze. Ach Silvia!

Endlich ist der Pastor fertig. Klotzke will nur noch fort, doch seine Füße tragen ihn direkt zum Vertrauensarzt.

„Mensch Klüber, wie konnte denn das nur passieren?"

Der Angesprochene weicht vorsichtig einen Schritt zurück.

„Ich weiß es nicht, ich kann es ja selbst nicht fassen", gibt er leise zurück.

„Aber du hast ihn doch untersucht, jede Woche. Ewig Bluttests. EEG, EKG, Sauerstoffgehalt. Das kann doch nicht sein, dass dir dabei nichts aufgefallen ist!"

„Es war aber nichts zu erkennen, keine noch so geringen Anzeichen für ein schwaches Herz."

„Schwaches Herz! So ein Scheiß! Der Jan ist doch gelaufen für zwei, hatte immer die besten Zeiten im Sprint und konnte sogar noch eine Runde dranhängen, wenn der Rest schon k.o. war! Schwaches Herz! Wenn ich das höre, könnt ich grad ausflippen!"

Klüber weicht sicherheitshalber noch ein Stück zurück, Klotzke hat sich in Rage geredet und ist sehr laut geworden. Als ihm bewusst wird, dass ihn die verbliebenen Trauergäste erschrocken anstarren, dreht er sich um und stapft wütend davon.

Auch Steiner hat genug gesehen und watet durch das raschelnde Laub Richtung Auto. Verwirrung macht sich in ihm breit. Viel zu schön ist dieser Herbsttag, um einen Menschen zu Grabe zu tragen. Zusätzlich erstaunen ihn diese Entladungen von Aggression: zuerst diese junge Frau, vermutlich die Freundin vom Greiner, die einen Mann wegschubst und fortläuft, und dann der alte Klotzke. Auf dem Spielfeld immer die Ruhe in Person und nun brüllt er Greiners Arzt auf dem Friedhof an. Nun ja, bei einem so tragischen Tod liegen die Nerven blank.

Auf dem Weg nach Hause schaut Silvia aus dem Taxi auf die vorbeifliegende Stadt. Langsam beruhigt sie sich wieder und Bilder der Beerdigung drängen sich auf: Wie viele Menschen kamen, um sich von Jan zu verabschieden ... wie sie und die zwei Mütter geweint haben ... undeutliche Worte des Pastors ... Beileidsbekundungen ... und dann dieser Onkel von Jan, den er nie leiden konnte. Wie er sie schmierig in seine Arme schließt und ihr zuraunt, dass er immer für sie da sei, falls sie Trost suche! Wie hat sie das angeekelt! Und wütend gemacht! Sie wollte nur noch weg! An Pike ist sie noch vorbei. Der Arme hat so fertig ausgesehen, er stand Jan auch so nahe! Hatte ein paar Mal angerufen, aber sie konnte einfach nicht zurückrufen. Jetzt noch nicht, jetzt, wo alle ihre Träume von einer gemeinsamen Zukunft mit Jan geplatzt sind. Gerade waren sie dabei, sich ein eigenes Reich zu schaffen, davon hatte sie geträumt ... glücklich waren sie ... wenngleich, in letzter Zeit war etwas anders: Jan war mürrischer, unzugänglicher, öfter fort als früher. Oft wirkte er verschlossen, nicht mehr so unbeschwert ... vielleicht der Erfolgsdruck, der stieg mit der Europacupteilnahme enorm ... Oder doch etwas anderes?

Silvia hatte schon seit mehreren Monaten das Gefühl, dass etwas nicht stimmte, dass Jan etwas vor ihr verheimlichte, aber was könnte das gewesen sein ...

# Abseits

Die letzten Strahlen der untergehenden Sonne tauchen die alte Bahn in goldenes Licht. Nachdem sich die Türen geräuschvoll geschlossen haben, setzt sie sich mit einem Ruck in Bewegung, talwärts. Dort wartet schon die Dunkelheit auf ihren großen Auftritt. Ungeduldig streckt sie ihre Arme aus, bereit, alles und jeden zu umfangen, mit dem großen Vergessen zuzudecken.

Langsam nähert sich die Turmbergbahn dem dichter werdenden Dunkel, mühsam fast legt sie die letzten Meter zurück, fährt ein in die Station, die mit ihrer Helligkeit Sicherheit vorgaukelt. Noch einmal öffnen sich die Türen, die letzte Fracht wird ausgespuckt, vorwärts gedrängt, aus dem Gebäude, die Treppen hinunter auf den Vorplatz. Dann kehrt Ruhe ein. Alte, mächtige Häuser in großen Gärten umstehen den Platz. Von einem großen Erkerfenster im ersten Stock einer Gründerzeitvilla fällt Licht herab; eine Gestalt steht, einem Schattenriss gleich, reglos am Fenster.

Forbachers Blick schweift über die sich unter ihm ausbreitende Stadt. Oft steht er abends an seinem Lieblingsplatz, dem großen Erkerfenster und erwartet die Nacht, das Aufglimmen der Lichter. Diese Stunde des Übergangs, da alle Konturen verschwimmen, ist ihm die liebste Tageszeit. Das Schwanken der Gefühle zwischen der Allmacht und der Nichtigkeit des eigenen Menschenlebens im mächtigen Strom des verrinnenden Lichts. Dies ist die Stunde der Kontemplation, der Erinnerung vergangener Heldentaten, der Pläne für die Zukunft. Ein Gefühl tiefer Zufriedenheit breitet sich in ihm aus; er weiß, dass er den richtigen Weg gewählt hat. Wie weit hat er sich von seinen einstigen Freunden entfernt! Ja, das waren noch Zeiten, als er mit seinen Kommilitonen von einer großen Zukunft träumte, während sie bei billigem Wein in schäbigen Hinterzimmern ebensolche Frauen allein mit der Kraft ihrer Gedanken zu umgarnen versuchten. Damals lag ein langes Studium vor ihnen, das zumindest seine Freunde erfolgreich abgeschlossen hatten. Doch was ist aus ihnen geworden? Arme Arbeitstiere allesamt, gefangen in ihren ehrenwerten Arztberufen, zerfressen vom Neid auf die Karriere anderer, aufgebraucht von Frau und Kindern, nichts mehr übrig vom alten Traum vom Platz an der Sonne, Freiheit und dem nötigen Geld, das tun zu können, wonach einem der Sinn steht.

Er wusste schon damals, dass es richtig war, auf den letzten Rest des Studiums zu verzichten, um bei der weltweit tätigen Pharmafirma einzusteigen. Nun ja, auch dort waren die Lehrjahre keine Herrenjahre. Allerdings hatte er es bald geschafft, Dank seiner Eloquenz, seines einnehmenden Wesens und nicht zuletzt seiner schnellen Auffassungsgabe wegen das Vertrauen seines Vorgesetzten zu gewinnen. Der eine oder andere Mitarbeiter – Konkurrent um den Platz an der Sonne, hat Forbacher sie immer genannt – musste durch taktische Manöver aus dem Verkehr gezogen werden. Das hat er aber immer so hingekriegt, dass ein anderer den ersten Stein geworfen hatte. So ging es schnell bergauf und während seine Freunde noch ihre ersten Praktikumsjahre absolvierten, flog er Business Class um die ganze Welt, um Geschäfte in vielfacher Millionenhöhe abzuschließen. Bald war er alleine verantwortlich für die Kontakte nach Osteuropa. Damals war alles möglich, ein Riesenaufbruch, Russland und nicht die USA war das Land der unbegrenzten Möglichkeiten. Was man dort alles binnen kürzester Zeit erreichen konnte! Wofür man in Westeuropa jahrelange

Verfahren, Tierversuche und Zulassungsanträge benötigte, brauchte man im Osten nur die richtigen Kontakte zu haben – und die hatte er! Feldforschung am lebenden Menschen, kein Problem!

Es war nur eine Frage der Zeit, bis er von höchsten Sportfunktionärskreisen kontaktiert wurde. Der Osten war im Sturzflug begriffen; Erfolge mussten her und die konnte er liefern. Sein Beitrag zur glorreichen Wiederauferstehung der großen Sportasse wurde ihm reichlich belohnt und dass eine solch bedeutende Aufgabe Opfer forderte, war für Forbacher selbstverständlich; diese dienten dem größeren Ganzen.

Während dieser Gedanken war es außerhalb des großen Zimmers dunkel und kalt geworden. Forbacher verlässt seinen Fensterplatz, legt Holz in den offenen Kamin, füllt sich seinen Cognacschwenker mit einem ordentlichen Schluck und setzt sich in seinen Ledersessel. Versunken in die tänzelnden Flammen blickend und eingehüllt vom Knistern und Knacken des brennenden Holzes, lässt er seine Gedanken weiterwandern.

Er erinnert sich an einen langen, kalten Winterabend weit, weit im Osten. Eishockey stand damals hoch im Kurs in der High Society und so bekam auch er eine Einladung zu einem Spiel in den VIP-Bereich. Die Stimmung war ausgelassen, die Verköstigung einwandfrei, Wodka floss literweise. Plötzlich stand ein fremder Mann neben ihm. Seine dunkle Stimme war das Erste, was Forbacher an ihm auffiel, und als er sich umdrehte, fand er auch den Rest der Erscheinung äußerst beeindruckend. Der Mann überredete Forbacher, eine beträchtliche Summe auf die schwächere Mannschaft zu setzen. Normalerweise hätte er sich auf so etwas nie eingelassen, aber die nachdrückliche Art des Fremden, die gute Stimmung und der Alkohol brachen seinen Widerstand. So ließ er sich zu dem Wetteinsatz überreden und gewann ein kleines Vermögen.

In den nächsten Monaten traf sich Forbacher regelmäßig mit BB, wie sie den großen Unbekannten nannten, der sich nie mit Namen vorgestellt hatte – und genauso regelmäßig vergrößerte er sein Vermögen. Am Ende der Saison dann geschah es: Nach einer besonders spannenden Partie siegte der Favorit durch ein Tor in der letzten Minute und sowohl BB als auch Forbacher verloren viel Geld. Nie wird Forbacher den Blick vergessen, den BB dem Torschützen zuwarf. Eine eisige Aura umgab den sonst sich durchaus jovial gebenden Mann. Als dieser sich mit seinen Leibwächtern unterhielt, klang seine Stimme noch tiefer als sonst. Forbacher begriff intuitiv, dass, wer sich mit BB anlegte, automatisch in großen Schwierigkeiten steckte. Im weiteren Verlauf dieses Abends wurde Forbacher von BB „mit ins Boot geholt", wie sie das nannten. Seitdem arbeitete Forbacher für zwei Arbeitgeber.

Langsam klärt sich Forbachers Blick und er schwimmt zurück in die Gegenwart seines Erkerzimmers in der Turmbergvilla. Viel ist seit jener bemerkenswerten Nacht geschehen, er hat Dinge gesehen und getan, die er sich nie vorzustellen gewagt hätte. Und trotzdem ...

Um sein Glas erneut zu füllen, steht er auf und schlendert zur Hausbar. Im Spiegel der Rückwand kann er sein immer noch gut aussehendes Gesicht sehen. Ja, dieses jungenhafte Grinsen hat ihm viele Türen geöffnet, vor allem Schlafzimmertüren, was dieses Grinsen jetzt noch verbreitert. Doch plötzlich erstarren seine Züge: Ein unangenehmer Gedanke hat sich durch die Hintertür geschlichen und steht nun in voller Größe vor ihm, unmöglich diesem auszuweichen.

Judith, seine einzig geliebte Judith. Wie schön sie war! Und auch wie sanft. Ihr Lächeln ließ sein Herz schneller schlagen, dunkle Räume wurden durch ihre bloße Anwesenheit erhellt. Ach, wie waren wir verliebt, denkt Forbacher, alles wollten wir gemeinsam machen. Wir dachten, die Welt würde uns zu Füßen liegen, wir müssten nur fest genug zugreifen. Zuerst Abenteuer, dann Geld und Macht und zum Schluss Ruhe, Kinder, Zufriedenheit. Der erste Teil des Plans hatte auch gut funktioniert:

Sie häuften Reichtümer, sie waren das Traumpaar, ein Nimbus der Unbesiegbarkeit eilte ihnen voraus. Dann wurde Judith schwanger. Plötzlich wollte sie ihrer beider Leben ändern, aussteigen und Ruhe haben. Doch damit war BB ganz und gar nicht einverstanden. Er setzte sie beide unter Druck, unter einen unvorstellbaren Druck, aus Glück wurde Angst und aus Freiheit Gefängnis. Eines Tages war Judith verschwunden, einfach fort, und Forbacher hat trotz intensiver Suche nie wieder etwas von ihr gehört. Ein großes Glück für Forbacher, meinte BB mit einem undeutbaren Lächeln, ein wirklich großes Glück.

Leicht schwankend erhebt sich Forbacher aus seinem Sessel. Wie er dorthin gekommen ist, vermag er sich nicht zu erinnern. Sein Glas ist leer – das wievielte? Ein Blick aus dem Fenster zeigt ihm, dass die Stadt nun im völligen Dunkel liegt. Spät ist es geworden. Die Menschen schlafen ihren Schlaf der Gerechtigkeit, der ihm, Forbacher, verwehrt bleibt.

# Konter

Den ganzen Vormittag dasselbe. Seit dem frühen Morgen, es war gerade hell geworden, sitzt Daniela Kämmerer an ihrem Schreibtisch und kriegt den Text nicht fertig. Wie denn auch! Sind es dreißig, sind es fünfzig Anrufe gewesen? Jedes Mal, wenn sie dachte, ja, jetzt geht's weiter, jetzt krieg ich die Kurve – rrring! Sie kennt das natürlich, so ist es immer, wenn die Anrufer aus der Zentrale direkt an sie weitergeleitet werden, wenn sie Telefondienst schiebt. Die ersten fünf Anrufer bekommen noch ihr frohgemutes, grundsympathisches, Vertrauen erweckendes „Guten Morgen“ zu hören; von da ab wird der Ton genervt. Um Nr. 15 herum ist sie kurz vorm Überschnappen. Dann wird die Stimme schriller, die Auskunft kürzer, die Bereitschaft, sich hier weiter stören zu lassen, minimal. Aber sie muss ja! Die Telefoniererei gehört genauso zu ihrem Job wie dieses elende Abfassen von Ermittlungsberichten. Ab dem zwanzigsten Klingeln hört sich Daniela ein wenig kleinlaut an, erschöpft, resigniert. Macht doch alle mit mir, was ihr wollt ... Dann sagt sie nur noch „Ja?“ Und das klingt matt, leise, mädchenhaft und ein bisschen verzweifelt. Außerdem ist es gegen die Vorschrift!

Wie oft hat sie sich das schon vom Chef anhören müssen, sie solle sich gefälligst in der vorgeschriebenen Weise melden: Behörde – Dienststelle – Name. Gruß. Eventuell noch: „Was kann ich für Sie tun?“ Aber das ist freiwillig.

Dabei strahlt, glänzt, leuchtet den ganzen Vormittag über ein aberwitzig blau-goldener Herbsthimmel durchs vorhanglose Fenster! Daniela bekommt nichts davon mit. Nur eine schwache Ahnung, dass da draußen irgendetwas vor sich geht, das sie begeistern würde, wenn sie nur ein einziges Mal hinausschaute, beschleicht sie Momente lang. Genau dann, wenn sie wieder versucht, sich auf den Text zu konzentrieren. Wo war ich noch ... Es ist ein dermaßen unverschämt tiefblauer Himmel, der sich da bis ins letzte Eckchen des Bürofensters drängt – und davor diese Platanen, mit einem Laub, so kross und goldgelb wie Kartoffelchips. Einmal davon abgelenkt, Daniela Kämmerer wäre nicht mehr zu halten! Sie würde sich ihren Mantel schnappen, ohne Überlegung nach draußen rennen ... und irgendwo eine Parkbank finden, mitten drin in der Sonne. Da gäbe es dann nur eines: sich hinflezen und die Augen öffnen und schließen und öffnen und schließen, immer wieder. Denn einerseits darf man nichts verpassen, es muss genau beobachtet werden, wie die Sonne mit den Dingen umspringt. Andererseits gibt es nichts Schöneres als warmes Licht auf den Augenlidern zu fühlen, wissend, dass da nichts ist, was einen stören könnte. Nichts ist da, nur schöne, leere Bläue. Und das reine Gold, das die Sonne verschenkt.

Aber Daniela Kämmerer sickert nicht entspannt über eine Parkbank, sie sitzt verbissen und verspannt an dem Bericht, den sie bis 12 fertig kriegen muss. Früher hat ihr Büro viel hübscher ausgesehen. Sie hat sich Zeit genommen, die Blumen auf der Fensterbank zu pflegen – die Zierde des ganzen Hauses! Jetzt steht nur noch ein armes Usambaraveilchen dort herum, das sich irgendwie nicht entschließen kann, endgültig zu verwelken. Auch der Schreibtisch ist nicht mehr so niederschmetternd aufgeräumt. Niederschmetternd für ihre tendenziell chaotischen Kollegen, vor allem für Uwe, der sich von Zeit zu Zeit ernstlich bemüht, wenigstens seinen Aktenstapel unter einen Meter zu drücken. Seit der Neuverteilung der Fälle ist Daniela Kämmerer für ein Drittel mehr zuständig als vorher. Fast alle Hardcore-Akten von ihrem lieben, aus dem Dienst geschiedenen Kollegen Klaus hat sie gekriegt. Nach einer Woche in diesem Wahnsinn war die Blumenpracht verkümmert.

Klar, neben dem Telefon steht immer das Foto von Manuel, längst nicht mehr aktuell. Damals, auf Sylt, war er gerade sieben. Jetzt ist er elf – und eigentlich schon völlig unabhängig. Bis auf gelegentliche Ausflüge in das mütterliche Schutzrevier. Damals, auf Sylt, war auch Frieder noch dabei gewesen. Inzwischen lebt der hunderte Kilometer entfernt in seiner neuen, propren, hoch funktionablen, entsetzlich dauerwohlgelaunten Patchworkfamilie. Manuel fährt relativ oft hin, findet's immer toll. Alle paar Monate telefoniert Daniela mit Frieder. Schon beim Wählen fürchtet sie sich vor seiner kompromisslosen Heiterkeit.

„Mensch, komm doch auch mal mit! Trisha würde sich sehr freuen!“

Daniela Kämmerer zieht es vor, ihren Sohn brav in den Zug zu setzen und adda-adda zu winken. Und sich abends mit ihrer Freundin zu besaufen.

„Na, schön fleißich?“

Nach der unvermeidlichen Schrecksekunde – und einem Moment des Innewerdens – prustet Daniela los. Sie kann nicht mehr. Sie lacht Tränen. Verschluckt sich. Man muss das verstehen: Der Kommentar von Uwe Steiner ist so absurd, so hirnverbrannt, da kann sie einfach nicht anders. Allen im Haus ist klar, dass hier niemand etwas anderes tut als permanent „schön fleißich“ zu sein. Zum Lohn gibt's giftigste Anfeindungen von täglich mehr Chefs. Früher gab's einen. Dann kam die „Verwaltungsreform“, die „Enthierarchisierung“ – und seither tummelt sich eine ganze Schwadron Chefs auf den Fluren, alle unter Strom.

„Und? Klasse Frühstück gehabt?“

Natürlich weiß Daniela, dass Uwe nicht von einem mehrgängigen Frühstück mit Blick auf die Schwarzwaldhöhen kommt, sondern von einer weißrussischen Familie in Oberreut, wo der älteste Sohn einsitzt und der jüngste auf der Intensivstation liegt. Ob er wieder gehen können wird nach dieser fiesen Schlägerei mit Kanthölzern, weiß noch niemand.

Steiner schaut seiner Lieblingskollegin über die Schulter.

„Hast's ja bald fertig."

Rrring!

„Ich schmeiß es an die Wand!"

„Soll ich für dich?"

„O ja, bitte!"

„Kriminalpolizei, Hauptkommissar Uwe Steiner! Nein, die ist nicht im Zimmer. Weiß ich nicht. Ob sie ..? Naja, wenn sie Ihre Nummer hat ... Nicht. Nein, kann ich nicht. Probiern Sie's später noch mal."

„Wie kann ich dir danken?"

„'N Flammkuchen würd' mir schon reichen. Kommst heut mal mit? Alte Bank? Mittagspause?"

„Ich müsst ja eigentlich noch ..."

„Also ja."

„Weiß nicht. Der Bericht ..."

„Du würdest es dir selber übelnehmen. Hast du überhaupt mitgekriegt, was seit diesem verfluchten Regen neulich im Stadion da draußen los ist? Der Sommer ist wieder da!"

„Meinetwegen."

Uwe Steiner ist der Einzige im Verwaltungsgebäude, der das strikte Rauchverbot ignoriert. Das heißt, so ganz und gar ignoriert er es natürlich nicht. Er lehnt sich halb aus dem Fenster. Ganz schön tief. Würde reichen. Daniela kann das gar nicht sehen. Der Rauch zieht zwar komplett ins Zimmer. Aber nach Steiners Auffassung raucht er außerhalb. Morgenroth, einer der zahlreichen neuen Chefs, hat ihn zwar schon darauf aufmerksam gemacht, es zähle der „umfriedete Bereich" eines Wohngebäudes, also auch noch der Bürgersteig.

„Ich steh ja nicht unten", hatte Steiner ihm entgegnet. Damit war die Sache erst mal aus der Welt.

Daniela Kämmerer und Uwe Steiner sind wahrscheinlich die Einzigen im gesamten Apparat, die keinerlei Verdacht hegen, zwischen ihnen müsse irgendwas laufen. Geschwisterlichkeit ist kein ganz unpassender Ausdruck für ihr Verhältnis zueinander. Eine Kollegialität, die ganz allmählich freundschaftliche Züge angenommen hat, so könnte man's wohl beschreiben. Ob sich Uwe einmal mehr gewünscht hat? Schwer zu sagen. Eher nicht. Und Daniela?

Während die beiden über ein paar Fälle fachsimpeln, klingelt erneut das Telefon. Diesmal ist es der Kollege von der Pforte, der eine junge Frau ankündigt. Der KDD, die rund um die Uhr besetzte erste Anlaufstelle für alle Hilfesuchenden, sei total überlastet und Daniela Kämmerer solle sich doch bitte um diese übernervöse Person kümmern. Danke. Kaum hat sie aufgelegt, rührt sich draußen was. Schritte kommen näher, junge, energische Schritte. Immer wieder kurz anhaltend, nähert sich die offensichtlich aufgeregte „Kundin" – so müssen die Leute seit neuestem genannt werden – Daniela Kämmerers Büro. Schon an der Art, wie sich die Hilfesuchenden, Beschwerdeführenden, Verzweifelten, Verletzten, Verwirrten den Gang lang hangeln, können Daniela und Uwe ein vorläufiges Profil erstellen. Da sind die Zögerer, die sich's immer wieder überlegen, bis sie endlich vor der geöffneten Bürotür stehen und nicht mehr zurück können. Da sind die ganz Forschen, die ohne anzuklopfen hereinstürmen und erst den Mut verlieren, wenn sie schon angefangen haben loszuhaspeln. Da sind die Hypernervösen, die fünfmal an der Tür vorbeirennen, dreimal nachfragen, ob sie auch wirklich richtig sind ... und dann vergessen haben, was sie eigentlich sagen wollten.

Und da ist Silvia Schätzle, gezeichnet von Tagen der Trauer und der Wut, fahrig, aber entschlossen, unsicher, aber gewillt, sich von eben dieser Unsicherheit nichts anmerken zu lassen.

Sie ärgert sich, dass sie zu leise klopft, dafür tritt sie dann so schwungvoll ein, dass ihr die Tür fast aus der Hand gleitet. Kein Gruß kommt ihr über die Lippen:

„Silvia Schätzle."

Dann muss sie hüsteln, als wäre sie eine schwer abhängige Raucherin – eine Angewohnheit aus gar nicht fernen Schultagen. Damals fand sie ihr Hüsteln cool.

„Haben Sie einen Termin?"

Daniela Kämmerer hat überhaupt keine Lust. Nicht auch das noch: Aufgeregte Kleine, wahrscheinlich von Liebhaber vermöbelt.

„Nee. Es ist aber wichtig."

Daniela reagiert nicht. Uwe übernimmt.

„Was ist denn so wichtig?"

Mit einer angedeuteten Geste bietet er ihr einen Stuhl an. Das ist natürlich unverschämt gegenüber Daniela. Er sieht sie nicht an, spürt aber, wie sie ihn anfunkelt, in der Manier: Du Misthund! – Silvia Schätzle schüttelt den Kopf und bleibt stehen. Die halblangen, dunkelbraunen, strähnchenweise mit Henna eingefärbten Haare fliegen ihr über die Augen. Nicht undekorativ, denkt Steiner. Sie hüstelt.

„Mein Freund ist tot."

Daniela setzt sich gerade. Innerhalb eines Augenblicks hat sie sich verwandelt. Von der heillos gestressten Verwaltungsbeamtin mutiert sie zur besorgt anteilnehmenden, empathischen Therapeutin. „Sozialtante" – den Spitznamen hat sie sich bei denjenigen Kollegen eingehandelt, die ein bisschen in sie verliebt, doch chancenlos geblieben waren.

„Ich will Anzeige erstatten. Gegen unbekannt. So heißt das doch. Oder?"

„Was ist passiert?"

Als Daniela den Platz anbietet, setzt sich Silvia hin. Sie schlägt die Beine übereinander, zappelt mit dem linken Fuß.

„Das war die Sache letzten Mittwoch. Im Stadion. Der umgefallen ist. Und nicht mehr aufgestanden ist. Jan Greiner."

Uwe blickt kurz auf. Jetzt erkennt er die junge Frau von der Beerdigung. Daniela sieht zu ihm hinüber. Sie spricht leise:

„Ja, das war furchtbar. Und – Jan Greiner war ihr Freund?"

„Jaja. Das war nicht nur furchtbar. Das war noch ganz was anderes! Das war ..."

Silvias Gesicht wird noch weißer. Eine Gänsehaut überläuft sie. Sie schüttelt sich. Zittert innerlich.

„Die haben ihn umgebracht."

Wieder wechseln Uwe und Daniela rasche Blicke.

„Sie sind der Meinung, das war kein Herzversagen?"

Das hat Daniela gelernt, in hunderten, oft selbst bezahlten Fortbildungseinheiten. Die Kunst der Gesprächsführung: Nie aburteilen, selbst das Absurdeste nicht. Stattdessen nachfragen. Verstärken. Zur Präzision bringen. Die Leute von selbst drauf kommen lassen.

„Herzversagen! Schwachsinn ..."

Jetzt ist Steiner dran. Seine Stimme klingt etwas zu hart, was ihm einen tadelnden Augenaufschlag von Daniela einbringt.

„Wie kommen Sie darauf?"

Silvia sieht ihn von unten an, durch den Haarvorhang. Verdammt noch mal, denkt Steiner, verdammt, verdammt noch mal ist die hübsch.

„Sie glauben mir eh nicht."

Ein Glück, dass Daniela wieder übernimmt.

„Sie haben ja sicher Anhaltspunkte ..?"

„Das war ... in letzter Zeit hat er so komische Sachen gesagt. Er war ... er war gar nicht mehr derselbe."

Erneut nimmt Daniela Kontakt zu Uwe auf. Er hat kapiert. Das übliche Pingpong-Spiel. Er markiert den ungläubigen Thomas, Daniela die heilige Therese. Na klasse. Er räuspert sich.

„Es ist Ihnen klar, dass sie da jemanden unter Mordverdacht stellen.“

Jetzt trifft ihn Silvias Blick direkt in die Augen. Phantastisch, dieses Glühen! Was hat der Herrgott doch für Herrlichkeiten geschaffen in seiner Güte ...

„Was denn sonst?“

Silvia wird lebendiger. Wenn sie in Wut gerät, taut sie auf, das ist offensichtlich.

„Jan hat doch nur noch von ganz viel Geld gefaselt, das ganz bestimmt bald kommt, für unser Häuschen und so. Und dauernd war er nervös, hat auf irgendwas gewartet, weiß auch nicht. Und ich hatte den Eindruck, dass er mit ganz komischen Typen zu tun hat.“

„Was für Typen?“

Daniela war etwas zu forsch. Sanfter setzt sie hinzu:

„Haben Sie Namen mitbekommen? Adressen? Irgendwas?“

„Das nicht. Leider. Aber einmal bin ich dazu gekommen ... Das fällt mir jetzt erst auf! Früher hat Jan ganz locker telefoniert, wenn ich dabei war. In letzter Zeit ist er immer rausgegangen, sogar manchmal ins Treppenhaus. Und da bin ich einmal dazu gekommen, er hat ... er hat mich richtig sauer angekuckt. Ich bin total erschrocken! Auch nachher war er noch richtig bös auf mich. Hat so Sachen gesagt wie: Mach das nicht noch mal! Ich dacht, ich spinn ...“

Silvia kann nicht weiter. Sie versucht, ihr Heulen zu überhüsteln. Blickkontakt Daniela – Uwe. Er geht auf Silvia zu. Die berühmte Zigarette. Wortlos. Silvia fingert sich eine Reval aus der Packung.

„Darf man doch hier gar nicht, oder?“

„Sie jetzt schon. Allerdings da drüben, in meinem Rauchersalon.“

Uwe öffnet das Fenster. Silvia streift an ihm vorüber, lächelt winzig. Stellt sich ans Fenster. Uwe gibt ihr Feuer. Sie raucht, hüstelt. – So was von schlank, sinniert Uwe. Herrliche Silhouette! Da hätte man früher doch ... Naja.

„Ich weiß auch nicht, was ich machen soll“, beginnt Silvia von vorne. Für die beiden Beamten ist klar, dass jetzt nur noch Wiederholungen folgen. Mehr, Handfestes, Detaillierteres wird aus ihr nicht herauszuholen sein. Das Gespräch zieht sich noch eine weitere Zigarette lang hin. Es fällt Steiner auf, wie ungelenk Silvia raucht. Das ist ziemlich süß. Naja.

„Ich fürchte, für eine Strafanzeige, also dass sich die Staatsanwaltschaft damit wirklich beschäftigt, reicht das noch nicht.“

Daniela hat zur Landung angesetzt. Sie weiß, dass Sie Silvia auf keinen Fall abwürgen darf. Sie muss ihr ein Türchen offenhalten. Zumindest für den Moment:

„Denken Sie noch mal ganz gut nach. Fragen Sie vielleicht ein paar Freunde von ihm, ob die auch so einen Eindruck hatten. Ob die vielleicht was Genaueres wissen. Also, wenn Sie wirklich denken ... Klar, denken Sie ja, ’Schuldigung. Sie brauchen was Aussagekräftiges, am besten Namen, sonst schwimmen alle im ...“

Und jetzt kommt’s. Silvia blickt Daniela unverwandt in die Augen:

„Helfen Sie mir?“

Das Laub der großen Bäume auf dem Platz vor der Stephanskirche raschelt, knistert, knuspert wie verrückt. Daniela genießt es wie ein Kind, durch die bunten Laubhaufen hindurchzuwatscheln. Sie hört nur halb hin, was Steiner so von sich gibt. Natürlich ist er nicht nur skeptisch, er hält „die Kleine“, wie er Silvia penetrant machohaft nennt, für ein bisschen übergeschnappt. Sicher, verständlich – bei so einem Schicksalsschlag.

„Andererseits, sind wir doch mal ehrlich. Das geht doch heut ratz-fatz. Wetten, dass sie schon einen Neuen in petto hat? Ist doch so. Im Augenblick tut das natürlich weh. Aber was glaubst du, wie schnell der arme Greiner dann doch vergessen ist ..."

Ach Gott Uwe. Daniela kennt das so gut von ihm. Dieses Alle-über-einen-Kamm-Scheren. Schrecklich. Aber sie hat es ihm schon oft genug gesagt, wie wenig sie von seinem Selbstmitleid hält. Um nichts anderes handelt es sich nämlich. Sie hat nie erfahren, welche seelische Grausamkeit Steiner so hart werden ließ. – Während er weiter über die weibliche Psyche im Allgemeinen salbadert, schweift Daniela ab. Sie denkt daran, wie oft sie mit Manuel, vor ein paar kurzen Jahren, hier gesessen hat. Er ist Slalom gelaufen um die Spritzfontänen dieses wundervollen Spielbrunnens, ab und zu hat ihn eine erwischt – und dann dieses Quieken. Mensch, war das schön damals. Hätte sie's doch bewusster, inniger genossen!

Auf einmal wird Daniela wieder aufmerksam. Steiner hat sich ein Weizen bestellt, prostet ihr kurz zu. Auch da lässt er sich nicht reinreden. Alkohol in der halbstündigen Mittagspause? Seit neuestem strikt untersagt. Selbst für den Innendienst. Und in der, aufgrund der räumlichen Nähe, von den meisten Kripobeamten besuchten Kantine von Siemens mittlerweile aus dem Angebot genommen. Die sollen die Schnauze halten, ist gewöhnlich Steiners Antwort. So überzieht er auch den knappen Zeitrahmen regelmäßig, um, wie heute, einen Ausflug zu seinem Lieblingsplatz in Karlsruhe zu machen. Aber da sagt er etwas, nachdem er den ersten Schluck genommen hat, was Daniela sofort hellhörig macht.

„Ich war ja selber dort. Also beim Fußball, letzte Woche."

„Ach so, ja stimmt! Hast du doch noch erzählt ..."

„So hörst du mir zu. Naja. War grauenhaft. Ich hab die ganze Zeit gedacht, es passiert noch was. Hat sich um meinen Hals zusammengeschnürt, so ein Gefühl wie ... ich kann's nicht beschreiben. Und dann liegt der da, der kleine Kerl. Ich wär am liebsten zu ihm runter. Aber hätt eh nix mehr geholfen."

Steiner trinkt noch einen Schluck. Daniela sieht ihn an. Steiners Augen schweifen im Kreise, über die vielen Mütter auf dem Spielplatz mit ihren vielen Kindern hin, alle noch einmal neu gestartet, in diesen unerwarteten zweiten Sommer hinein, mit so viel Freude, so viel Lebensglück.

„Die Beerdigung war eine Katastrophe. In jeder Hinsicht. Diese Silvia Schätzle ist abgehauen. Irgend so'n schmieriger Typ hat ihr den Arm umgelegt. Da ist sie auf und davon. Ich konnt nicht mehr hinsehen, das alles war ..."

„Warum sagst du das erst jetzt?"

„Zufällig war ich am selben Tag noch in dieser Wohnung in der Kaiserallee."

Daniela schluckt. Sie hat die Notiz nur überflogen.

„'Schuldigung. Klar, das ... das überlagert ... natürlich manches."

Als Steiner den nächsten Schluck nimmt, bekommt Daniela richtig Mitleid mit ihm. Hat Uwe es je leicht gehabt? Unvorstellbar, schlechterdings.

„Du willst aber doch wohl nicht ernsthaft mit der Kleinen zum Stoll?"

Stoll, das ist der Staatsanwalt, einer von der akribischen Sorte, schwer zu beschwatzen. Aber wenn er mal loslegt, dann kommt alles raus. Ein bewundernswertes Arschloch. Steiner kann nicht mit ihm, Daniela Kämmerer umso besser. Statt einer Antwort wedelt sie in der Luft herum:

„Kuck mal, der Flammkuchen. Sieht super aus!"

Sie schlürft an ihrem Mineralwasser.

„Daniela ..."

„Was?"

O.k., Uwe Steiner weiß Bescheid. Keine weiteren Fragen. Daniela macht ja sowieso, was sie will. Soll sie halt. Mal sehen, was sie rauskriegt. Es wäre nicht das erste Mal, dass sie ihn überrascht. – Uwe sieht das gerne, wenn sich Daniela über etwas freut. Wie jetzt über den Flammkuchen.

„Hmm!“

Sehr liebevoll löst sie das schönste Stück heraus und reicht es Uwe. Jetzt lächelt er. Zum ersten Mal heute. Daniela schließt die Augen, als sie hineinbeißt. Schön saftig. Heiß. Mit Zwiebeln, Käse, Speck. Und Knoblauch! Da kennt sie keine Hemmungen. Und eine Anti-Knoblauch-Verordnung hat die Leitungsebene noch nicht durchgedrückt.

# Rudelbildung

Das Tor zu seiner Rechten durchschreitend, lässt Pike den an diesem schönen Tag gut bevölkerten Schlosspark hinter sich. Vor ihm erstreckt sich lang die Allee, mit dem Hirschbrunnen in ihrer Mitte. Einer seiner Lieblingsplätze. Heute jedoch schenkt ihm Pike keine Aufmerksamkeit, weil ihm seine Gedanken zum Treffen mit Silvia vorauseilen. Geistesabwesend wendet er sich nach links in den herbstlichen Wald. Sofort umgibt ihn eine wohltuende Stille, weit weg scheinen die Familien, die mit voll gepackten Picknickkörben lautstark die Liegewiesen belegen, die letzten schönen Tage des Jahres genießend.

Auch Pike hat viele Sonntage dort mit seiner Mutter verbracht. Was waren das für schöne Zeiten! Die Wärme der Sonnenstrahlen auf der Haut, das Lachen der tobenden Kinder ... Federballspiele, in denen er und seine Mutter bis zum Umfallen um den letzten Punkt kämpfen, sich müde auf die Decke fallen lassen und hungrig vom Spielen hastig ein großes Stück vom selbstgebackenen Kuchen verspeisen. Den gedeckten Apfelkuchen mochte er am liebsten, ein Rezept von seiner Berliner Großmutter. Jeder Bissen eine Zeitreise in seine frühe Kindheit in Berlin ... Berlin ... Hinterhofwohnung, 1. Etage, Wiener Straße, Kreuzberg, damals in den wilden Achtzigern. Muffige Treppenhäuser, ein kümmerlicher Baum, der mühsam dem spärlichen Licht entgegen wächst, frühmorgens schon die knallenden Mülleimerdeckel, das Echo zwischen den hohen Hauswänden verhallend, der ewig mürrische Hausmeister in der Erdgeschosswohnung. Immer um Sauberkeit bemüht, jede Nichteinhaltung der Hausordnung mit barscher Stimme kommentierend, ein moderner Sysiphus, der Struktur dem Chaos verursachenden Konglomerat aus gestrandeten Menschen entgegenzusetzen versucht ... Berlin, das war auch die Großmutter: sonntags warmer Apfelkuchen, nach altem, streng geheimen Familienrezept gebacken, Spaziergänge in der Hasenheide und dann und wann Ausflüge an den Wannsee. Zumindest so lange sein Vater noch bei ihnen wohnte, an den wenigen guten, streitfreien Sonntagen ...

Pike ist überrascht von der Wucht, mit der die Erinnerungen über ihn hereinbrechen. Er zwingt die Berliner Bilder tief in sich hinunter. An das, was später kam, mag Pike jetzt nicht denken. Ein wenig Schmerz mag gut sein, um die Echtheit des eigenen Daseins zu fühlen, aber er muss beherrschbar bleiben! Viel zu schön ist der herbstliche Wald, den er gerade durchwandert, um sich mit dem alten Kram zu belasten.

Dieser Weg, der ihn von Süden Richtung Stadion bringt, ist voller großer Emotionen. Durch die halb entlaubten Bäume kann er schon von weitem die schrägen Flutlichtmasten des Wildparks sehen. Genau diesen Weg ist er entlang gegangen, vor einigen Jahren, als ihn ein Arbeitskollege seiner Mutter zum ersten Mal zu einem Spiel des KSC mitnahm. Der Kollege wollte sich wohl mit den erhaltenen Freikarten bei seiner Mutter beliebt machen, indem er sich ein wenig um den Halt suchenden Sohn kümmerte, der immer noch seine Trennung von Berlin und von seinen Freunden zu verarbeiten versuchte.

Was war das für ein Nachmittag! Pike kann sich noch genau an jedes Detail erinnern. Die vielen in Richtung Stadion strömenden Menschen. Mit jedem Meter wächst die Menge an, wird dichter, alles drängt vorwärts, einem Angst einflößenden Ungeheuer gleich, aus tausenden Gliedern bestehend, aber einem einzigen Willen Untertan. Wehe dem, der sich diesem Untier in den Weg stellt! Die Stimmung ist aufgeheizt, die Luft vibriert und immer noch schiebt sich das Untier vorwärts, die Anspannung wächst mit jedem Schritt, der Lärm schwillt an, Schauer jagen den Rücken hinab, die Nackenhaare sträuben sich. Dann endlich die Treppen hoch zur Nordkurve, nur noch wenige Stufen ... plötzlich bricht das Tosen der Menge über ihn herein. Darauf ist er nicht vorbereitet. Fast nimmt es ihm den Atem. Zuerst kann er gar nichts wahrnehmen, dann läuft alles wie in Zeitlupe vor ihm ab, Menschen, die durch die Sitzreihen drängen, zu Grimassen verzerrte Gesichter, in die Höhe gestreckte Arme, alles wippt und schaukelt hin und her, langsam erst, dann schneller werdend.

Unvermittelt, wie ein lauter Aufschrei: Kaaarlsruhe von links, gleich darauf schallt es von rechts zurück: „Kaaarlsruhe!"

Der Film läuft wieder in Echtzeit, die Gegenwart schließt ihn in seine gierigen Arme. Schon betreten unter ihm die Spieler den Rasen, das Stadion bebt! An diesem Tag hat ein unstillbares Verlangen von Pike Besitz ergriffen, er ist süchtig nach dem Rausch der Massen, der Dynamik dieses Sports. Kaum ein Spiel der letzten Jahre, das er nicht im Wildpark verfolgt hat.

An der Fußgängerampel vor dem Stadion taucht Pike aus seinen Erinnerungen auf. Nach dem Lärm in seinem Kopf fühlt sich hier, an diesem späten Samstagvormittag, alles sehr still an. Den nackten Mann im Rücken, überquert er den Adenauerring und den dahinter liegenden, von Birken bestandenen Parkplatz, auf die Sportplätze mit dem Vereinsheim in der Mitte zu. Bald kann er das Schild über der Türe lesen: MTV. Unzählige Male saß er schon hier, mit seinen Fan-Freunden, vor und nach dem Spiel, spekulierend oder analysierend, ein paar Mal auch mit den Spielern selbst bei Bier und Würstchen. Heute jedoch hat Pike nur eines im Sinn: Silvia. Sie wollen sich hier treffen, in Ruhe über Jan reden, ihre Trauer teilen und dadurch, wenn möglich, ein wenig Trost finden.

Er öffnet die Türe und betritt die etwas schummrige Gaststätte.

„Hallo Heinz!", ruft er dem Mann hinter der Theke zu.

„Morgen Pike! Dasselbe wie immer?"

Pike zögert einen Moment, schielt zum Tisch, an dem Silvia sitzt. Ein frisch gezapftes Bier steht vor ihr.

„Ja, das Gleiche wie immer!" Zufrieden lächelnd geht er zu der alleine sitzenden Frau hinüber.

„Hallo Silvia!"

Etwas unbeholfen beugt Pike sich vor und gibt der Angesprochenen auf jede Wange einen Kuss.

„Hi Pike. Schön, dass du da bist."

„Wartest du schon lange?"

„Nein, bin eben erst gekommen."

Das Gespräch kommt ins Stocken. Pike spielt nervös mit seinen Fingern, starrt auf die nackte Tischplatte vor ihm, als ob die Antwort auf all seine Fragen dort zu finden wäre. Es fühlt sich falsch an, hier zu sein, etwas fehlt. Jan fehlt. Er weiß, dass er etwas sagen sollte. Aber er kann nicht. Sein Kopf, eben noch voller lebhafter Erinnerungen, ist plötzlich ein öder, leerer Raum; seine Kehle ist ausgetrocknet.

„Wohl bekomm's, junger Mann!"

Mit elegantem Schwung setzt Heinz das Bier vor Pike ab. Schaum rinnt außen am Glas entlang. Pike folgt ihm mit den Augen, bis er vom Bierdeckel absorbiert wird. Endlich ergreift er das Glas, blickt zu Silvia.

„Zum Wohl! Auf uns Übriggebliebene! Auf Jan!"

Er nimmt einen großen Schluck und dann gleich noch einen. Auf einmal ist alles ganz klar, die bleierne Schwere fällt von ihm ab. Er ergreift Silvias Hand und beginnt zu reden.

„Mensch Silvia, wie geht's dir? Die letzten Tage müssen ein Albtraum für dich gewesen sein. Ich wäre gern für dich da gewesen, hab auch ein paar Mal versucht dich anzurufen, aber ..."

„Ich weiß. Ich hab dich auf dem AB gehört. Aber ich konnte anfangs nicht ... ich meine nach der Nachricht von Jans Tod ... ich konnte mit niemanden reden, musste für mich sein. Aber jetzt bin ich froh, dass du hier bist, so froh. Weißt du ..."

Der Damm ist gebrochen. Silvia und Jan haben ihren Rhythmus gefunden. Alles erzählen sie sich, was in den letzten Tagen geschehen, wie es ihnen ergangen ist, was sie durchlitten haben. Ihre Trauer eint sie, die Welt um sie herum ist weit, weit fort. Sie bemerken gar nicht, wie sich jemand an den Nachbartisch setzt. Erst als Heinz dem neuen Gast ein Wasser und die obligatorischen Würstchen bringt, merken sie auf.

Neben ihnen sitzt Jens Klotzke. Das Urgestein der KSC-Abwehr. Der Felsen in der Brandung, der durch seinen enormen Einsatzwillen und seine ruhige, überlegte Spielweise unzählige Spiele für den KSC gerettet hat. Pike ist schon öfters hier beim MTV mit ihm zusammengesessen, noch häufiger im Clubhaus. Bei Klotzkes obligatorischem Wasser, Würstchen und auch dem einen oder anderen Bier haben sie berauschende Siege gefeiert, bittere Niederlagen beweint.

„Hallo Jens! Was treibt dich an einem spielfreien Samstag um diese Zeit hierher?"

„Im Zweifelsfall der Hunger auf ein gutes Würstchen von Heinz. Hab grad ein paar Runden im Hardtwald gepumpt und einen Bärenhunger entwickelt. Da dacht ich mir, ein kleiner Abstecher zu Heinz auf dem Nachhauseweg kann nicht schaden. Gell, Heinz?"

„Recht so", brummt der Angesprochene hinter der Theke hervor, denn soeben öffnet sich die Eingangstüre und neue Gäste betreten das Lokal.

„Tag Silvia", bedenkt Klotzke nun auch Greiners Freundin mit einem Gruß.

„Tag auch, Herr Klotzke."

Eine Zeitlang widmen sich alle der Nahrungsaufnahme. Dann beginnt Silvia, von den Vermutungen zu erzählen, die sie im Zusammenhang mit Jans Tod hat.

„Mensch Silvia. Das kann doch nicht sein. Ich glaube, da verrennst Du Dich in etwas. Der Jan ... also, das war ... das war einfach ein Riesenpech, ein wahnsinniges Unglück."

„Nein. Pike, jetzt hör' doch mal zu. Erinnere Dich an die letzten Wochen. Weißt Du noch, als wir da im Hardtwald spazieren gingen. Da klingelte doch Jans Handy. Ganz schnell hat er sich weggedreht und uns ungeduldig weitergewunken."

„Ja, das weiß ich noch, aber ..."

„So glaub' mir doch. Versuch' Dich zu erinnern: Jan war überhaupt nicht mehr so locker wie früher. Das musst Du doch bemerkt haben!"

Pike denkt angestrengt nach. Ja, da gab es so ein paar merkwürdige Situationen in letzter Zeit. Anrufe. Treffen wurden wegen angeblich wichtiger Termine abgesagt. Und auch der viele Unfug, den sie immer gemeinsam angestellt haben. Nichts mehr. Ernst war er geworden, der Jan. Sehr ernst.

„Stimmt. Jetzt wo ich darüber nachdenke, fallen mir auch Veränderungen bei Jan auf. Das kann aber auch der Stress gewesen sein."

„Ich war auch schon bei der Polizei!"

Bei diesen Worten blickt Klotzke aufmerksam herüber. Silvia spricht ihn an.

„Wie war das denn im Verein so in letzter Zeit? Ist niemandem etwas aufgefallen?"

„Was sollte denn aufgefallen sein?"

„Dass der Jan keine Späße mehr machte, dass er ernster war, vielleicht ungeduldiger. Was weiß ich!?"

„Nein, da habe ich nichts von gemerkt. Wir stehen mitten in der Saison, vor schwierigen internationalen Spielen. Da liegen die Nerven blank – vor allem bei jüngeren Spielern."

„Aber Sie wissen doch genauso gut wie ich, dass Jan mit so einem Druck prima zurechtkam. Das machte ihn doch aus!"

Zornig funkelt Silvia Klotzke an. Der schlägt verbal zurück.

„Europacup ist halt was ‚Anderes'. Da habe ich schon andere Kaliber als den Jan in den Kabinen heulen sehen."

Da schaltet sich auch Pike ein.

„Aber Jens, die sagen doch, der Jan hätte es am Herzen gehabt. Der Jan! Das ist doch totaler Unsinn!"

„Woher soll ich denn das wissen? Ich bin doch kein Arzt! Kann ich etwa in die Menschen 'reinschauen?"

Nun ist wieder Silvia an der Reihe.

„Da hat wahrscheinlich vieles nicht mehr gestimmt. Wer waren denn all die Männer, die immer angerufen haben? Habt Ihr denn neue Sponsoren? Musstet Ihr ständig zu irgendwelchen Promotiontreffen?"

„Was soll denn das jetzt wieder? Mitten in der Saison wechselt man doch nicht den Sponsor, so'n Quatsch!"

„Wohin ist der Jan denn dann gefahren? Ich weiß noch, dass ihn einmal der Ersatztorwart, der Gürtler, sonntags abgeholt hat, als Jans Auto in der Werkstatt war. Promotion hieß es nur – und weg waren sie!"

„Silvia, es gab sonntags keine Promotionveranstaltungen. Tut mir leid."

„Dann muss da etwas arg faul gewesen sein. Irgendjemand hat Jan unter Druck gesetzt, hat ihn umgebracht!"

Silvias klare Augen schwimmen. Nur mühsam kann sie die Tränen zurückhalten.

„Du steigerst dich da total 'rein, Silvia. Bei uns ist und war immer alles in Ordnung. Da gibt es niemanden, der junge Spieler unter Druck setzt oder gar umbringt! Was für ein Blödsinn! Du hast zu viele Krimis gelesen. Weißt du was? Meiner Meinung nach hatte der Jan 'ne andere. Deswegen die Heimlichtuerei. Aber daraus gleich ein Mordkomplott zu schmieden, ist totaler Unsinn!“

Klotzke erhebt sich abrupt, stößt beim Aufstehen den Stuhl um und verlässt die Gaststätte.

„So ein arrogantes Schwein!“ Silvia ist außer sich.

„Mensch Silvie, tut mir leid, was der Klotzke da gesagt hat. Normalerweise ist der nicht so. Ich weiß auch nicht, was in ihn gefahren ist. So wütend habe ich ihn jedenfalls selten erlebt.“

„Ich trau dem nicht. Der ist doch nicht normal. Die haben da alle was zu verbergen ...“

Weiter kommt Silvia nicht. Den Kopf gesenkt, lehnt sie sich schluchzend gegen Pike, während dieser vorsichtig seine Arme um sie legt.

# Cattenaggio

Steiner hat nur gegrinst.

„Ich geh heut mal ’n bisschen früher."

„Ah. Außentermin."

„Sozusagen."

„Doch nicht etwa bei einer jungen, aufgeregten Dame?"

„Bä!"

Das ist eben hundert Prozent Daniela. Und das ist auch der Grund, warum sie so beliebt ist bei den Klienten und so gefürchtet bei manchem Kollegen. Wenn sie etwas ahnt, fühlt, vermutet, schlimmer noch: Wenn ihr jemand leid tut, dann verlässt sie ohne zu zögern den Rahmen der Dienstordnung. Dann vergisst sie, was sie mal als „professionelles Verhalten" gelernt hat. Das ist übrigens bei Uwe Steiner auch nicht anders. Für derartige Aktionen schreibt sie sich dann keine Überstunden auf. – Manchmal verschwimmen eben die Grenzen zwischen Privatleben und Beruf. Frieder hat das ungeheuer genervt, damals. Er war eifersüchtig. Auf jede Stunde, die sie nicht bei ihm war. Auf jeden noch so chancenlosen Mitbewerber. Aber besonders auf das, was er „Danielas Eigeninitiative" nannte. Damit hat er die Sache nicht einmal schlecht beschrieben. Er hätte andere, härtere Ausdrücke finden können – es hätte doch nichts genutzt.

Hat sich Daniela Kämmerer je Gedanken gemacht, warum sie nach dem offiziellen Teil immer noch weiter schuftet? Kaum. Dazu gehört diese Art von Engagement viel zu sehr zu ihrer Persönlichkeit. Man fragt sich ja auch nicht, warum die Haare wachsen. Es ist eben so. Auf Nachfragen reagiert sie gewöhnlich mit einer Genervtheit, die beinahe verletzend ist. Diese Mischung aus Fleiß und Akribie, Hingabe, Begeisterung und Zwang hat Daniela schon ausgezeichnet, als sie in der Theater-AG in der Schule war. Besorgte Blicke seitens der Lehrkräfte wurden ihr zuteil, wenn sie an Nachmittagen, an Abenden gar an Kostümen nähte, das Bühnenbild zimmerte oder immer wieder ihre Rollen probte. Ob sie denn gar keine Freunde habe? Hä? Daniela hat nicht einmal den Sinn dieser Frage verstanden. Später hat sie mal was von Flow-Erlebnissen gelesen. Dinge, die einfach so abrollen, die ihre eigene Energie entfalten. Dinge, die wie im Rausch geschehen. Noch viel einfacher: Wenn man etwas sehr, sehr gerne macht, fällt einem selten auf, dass es sich dabei um Arbeit handelt.

Silvia Schätzle, sonst gar nicht ihre Art, war am Telefon direkt verlegen.

„Was? Sie wollen wirklich bei mir vorbeikommen? Also bei mir zu Hause?"

Daniela hat das auf die Routinierte abgebügelt. Hat so getan, als gehöre das zum Programm. Dann ist sie losgefahren, wie immer, ohne sich viel Gedanken zu machen. Ohne sich auf das Gespräch besonders vorzubereiten. Im Auto hat sie schnell noch Manuel auf die Mailbox gesprochen. Wer weiß, ob er nicht eh wieder bei Yannick Abendessen bekommt. Vor einem dieser letzten goldigen Häuschen am Stephanienbad, die anderen fallen nach und nach tumbem Baufuror zum Opfer, parkt Daniela ihren Clio. Lustig, scheint sich um eine WG zu handeln! Bei so etwas geht ihr das Herz auf! Für Daniela war das jahrelang die einzig denkbare Wohnform. Bis sie Frieder kennengelernt hat. Hunderterlei Erinnerungen im Hausgang. Ein wenig heruntergekommen, ein wenig muffig. So muss das sein!

Silvia Schätzle ist nicht besonders freundlich. Keine Spur von Dankbarkeit. Hat Daniela auch noch nicht erwartet. Ein ziemlich großer, schwarzer Hund wedelt auf den Gast zu.

„Obermeier!“

Toller Name für so einen Riesenhund. Ein bisschen tätscheln, das reicht. Und er zieht sich wieder zurück. Rollt sich mit einem Schnuff unter dem Couchtisch zusammen. Während Silvia in der Küche Bescheid sagt, dass sie mal nicht gestört werden will, schaut sich Daniela um. Sogar ein Kurt-Cobain-Poster hängt hier noch rum. Süß. Gepflegte Unordnung, könnte man den Stil nennen. Jedenfalls bleibt sie erst mal stehen. Auf den Sesseln Marke „gestern vom Sperrmüll geholt“ liegt zu viel Zeug rum. Aber der Couchtisch ist abgewischt.

„Ihr habt ja'n richtiges Wohnzimmer, hier.“

„Naja. 'Schuldigung, ich hätt lieber in meinem Zimmer mit Ihnen gesprochen. Aber das geht grad nicht.“

Mit abwesendem Blick räumt Silvia einen Sessel frei. Breiter Cord, beige. Unglaublich. Auf so was hat Daniela Kämmerer zum letzten Mal 1980 gesessen. Bei ihrem Onkel in Frankfurt. An Silvester ... In dieser Umgebung wirkt Silvia Schätzle viel jünger, man möchte fast sagen: kleiner als neulich im Büro. Zart, zerbrechlich, übersensibel: In ihren schwarzen Jeans und dem blassroten Riesenpulli sieht sie eher aus wie eine Siebtklässlerin – und nicht wie eine ... Witwe, fällt Daniela ein. Als Silvia ihren Blick auffängt, empfindet sie etwas wie Zärtlichkeit. Sie bekommt feuchte Augen.

„Ich hätt'n Tee da.“

„Oh, danke, jetzt nicht.“

„Ist aber wirklich gut. Hat 'n Freund aus Marokko mitgebracht.“

„Na gut, das kann ich mir natürlich nicht entgehen lassen.“

Als sie endlich reden, entschuldigt sich Silvia permanent. Für ihre Unhöflichkeit, das unaufgeräumte Zimmer, die Zeit, die sie Daniela stiehlt, ihre Fahrigkeit, den zu kühlen Tee ...

„Ist doch alles in Ordnung. Ich bin ja hier um zu gucken, was ich machen kann.“

Innerhalb von wenigen Minuten hat Silvia die fast doppelt so alte Frau ins Herz geschlossen wie eine Freundin. Das ist immer so bei ihr: Ganz plötzlich fällt die Mauer, bricht der Panzer entzwei. Und dann ist sie so offen und verletzbar, dass man fast schon wieder Angst um sie haben muss. Silvia umfingert die Teetasse, zieht die Knie an, rutscht in dem ausgesprochen nachgiebigen Sessel hin und her. Und erzählt, erzählt, erzählt. Irgendwann zündet sie sogar ein Teelicht an. Daniela hört nur zu. Völlig unnötig, Rückfragen zu stellen, das Gespräch zu lenken. Das wäre sogar falsch. „Joining" – das hat sie ausgiebig gelernt. Vertrauen wachsen lassen. Nichts erzwingen wollen.

Bis ins Detail hinein schildert Silvia ihre Beziehung zu Jan. Daniela spürt, diese trauernde Einundzwanzigjährige hat Jan Greiner wirklich geliebt. Und liebt ihn immer noch. Vielleicht umso mehr, seit er nicht mehr da ist. Nicht mehr bei ihr sitzt. Nicht mehr den Arm um sie legt. Jugendliebe? Aber sicher!

„In der Siebten waren wir schon zusammen. Also Händchenhalten und so. Als er zum ersten Mal in einer Auswahlmannschaft gespielt hat, wurde ich vorübergehend uninteressant."

Silvia schmunzelt ein wenig. Daniela auch. Und dann erzählt Silvia von einem ganz anderen Jan, einem, den niemand außer ihr gekannt hat.

„Das war vor zwei Jahren, als er plötzlich wieder bei mir geklingelt hat.Wir hatten uns natürlich total auseinander entwickelt. Fußball war meine Sache noch nie. Und für Jan gab's ja nix anderes. Naja, so nach und nach haben wir uns gegenseitig so ein bisschen ... ergänzt."

Anfangs hatte sich Silvia gewundert, was dieser Fußballer eigentlich von ihr will. Nach ein paar Spaziergängen durch den Schlosspark war ihr das langsam klar geworden. Weder sie noch Jan hatten einen besonderen Rückhalt bei den Eltern. Geld, Haus, Auto, Fernsehen, Einkaufszentrum, Baumarkt einmal abgerechnet, kam bei denen die Welt gar nicht vor.

Und die Welt, das war es, was Silvia wollte! Auf keinen Fall weniger. Und sie machte die erstaunliche Erfahrung, dass es angenehm, lustig, wunderschön war, mit Jan diese Welt zu entdecken. Erst den Schlosspark, da war Obermeier immer dabei. Dann die Kinos, das Rheinufer, die kleinen Cafés. Auf Parties waren sie selten zusammen. Obwohl man sie eigentlich bald nur noch zusammen sah. Sie hatten andere Ziele. Richtige Erwachsenenziele. Zur kopfschüttelnden Verwunderung ihrer Altersgenossen wollten sie so schnell wie möglich etwas vollkommen Verrücktes: eine Familie! So eine natürlich, wie sie selbst keine erlebt hatten.

Wo sie auch entlangkamen, immer guckten sie nach Häusern, in denen sie wohnen könnten. In denen ihre Kinder aufwüchsen. Silvia wollte unbedingt einen Garten. Am besten einen Park. Sicher, Jan verdiente vergleichsweise gut, als er in die erste Mannschaft übernommen wurde. Aber für so ein richtiges kuscheliges Häuschen mit unglaublich viel Grün drumrum reichte es bei weitem nicht. Abwarten, das kommt noch, war Silvias Einstellung. Sie hatte Geduld. Jan nicht. Nein, Geduld war nie seine Stärke. Was die Zuschauer auf dem Spielfeld so bewunderten, was sie als Leidenschaft, als Einsatzbereitschaft, als Siegeswille mitbekamen, war ein Abglanz dieser Unruhe. Bald bewunderte auch Silvia ihren Jan im Stadion. Nicht immer, aber doch viel häufiger als sie je gedacht hatte. Es war wie eine Verschwörung: Sie wusste, dass er an sie dachte, wenn er ein Tor geschossen hatte. Und statt des affigen Rumgehopses seiner Kameraden lächelte er nur. Und Jan lächelte umwerfend. Das war fast so süß wie sein Rumgetolle mit Obermeier, dem Rottweiler-Hoverwart-Riesenschnauzer-Mischling. – Obermeier trauert auch. Seit letzter Woche schlurft er nur noch durch die Wohnung. Fiepst manchmal. Schaut Silvia so an ...

Silvia hört gar nicht mehr auf zu erzählen. Schon hat Daniela die dritte Tasse des – inzwischen eiskalten – Tees geleert.

Da kommt Silvia auf die Veränderungen zu sprechen. Sie kann es immer noch nicht fassen, wie aus ihrem Jan, dessen Sensibilität sie sozusagen ganz für sich hatte, so ein nervöser, häufig missgelaunter Junge werden konnte. Er schien nur noch für eine undefinierbare Zukunft zu leben. Undefinierbar deshalb, weil er nie klare Angaben machen konnte. Silvia bohrte nicht. Aber irgendwann, als sie einmal geweint hatte wegen seiner ungewohnten Grobheit, fing er von selber an. Nur ein paar Takte. Aber immerhin. Er sagte – Daniela wurde hellhörig – wie gerne er aussteigen würde. Woraus nur? Aber ein paar Wochen noch, dann hätte er so viel Geld in der Tasche ... eigentlich könnten sie den Kaufvertrag schon mal unterschreiben. Ja, sie hatten nämlich ein Haus gefunden. Eins direkt an der Alb, in Rüppurr. Tatsächlich, Obermeier hatte es entdeckt! Er war irgendeinem Viech hinterher gestöbert und dabei in einen verwilderten Garten geraten. Ungeschickt, wie er manchmal war, kam er von selber nicht mehr raus. Jan musste ihn über die Hecke heben. Was für ein Akt! Im Hintergrund die Mini-Villa, mit Fensterläden und Glasveranda, das war es! Sie waren sich sofort einig: Das war für sie bestimmt! Silvia hatte sofort Erkundigungen eingezogen. Als sie den Kaufpreis erfuhren, hatte Jan sein berühmtes Jan-Greiner-Lächeln gelächelt.

„Passt ja genau."

Was passte genau?

„Dann kamen die Anrufe. Ab und zu hat Jan, richtig in Panik, sein Handy rausgezerrt, obwohl es gar nicht geklingelt hat."

„Und Sie haben kein einziges Mal einen Namen aufgeschnappt?"

„Wie denn? Er ist ja immer rausgegangen."

„Und Sie haben ihn nie gefragt?"

„Quatsch, natürlich! Ich konnte sein ewiges ‚Überraschung' nicht mehr hören. Doch, stimmt, einmal, wann war denn das ... Wir waren mit Obermeier im Hardtwald gewesen ... Da hat er offenbar jemanden gesehen. Mir wurd's ganz komisch. So'n Typ, so'n gelackter, mit so 'nem Designer-Mäntelchen, ich weiß nicht ..."

„Wie alt?"

„Was weiß ich. So um die fünfzig?"

„Würden Sie ihn wiedererkennen?"

„Keine Ahnung, glaub nicht."

Zwei Tage später hat Daniela Kämmerer einen Termin erwirkt. Sie weiß ganz genau, die Faktenlage wird für Stoll nicht ausreichen. Deswegen hat sie einen ihrer 257 Tricks ausgepackt. Den distinkten Herrn Staatsanwalt muss man bei seiner Eitelkeit packen. Zum Beispiel, indem man um ein „informelles Beratungsgespräch" bittet.

„Frau Kämmerer, Sie wissen ja, dass ich das eigentlich nicht machen kann ..."

„Höchstens 'ne Viertelstunde. Ich wüsste sonst niemanden, der in dieser heiklen Geschichte das richtige Gespür hätte ..."

Damit war die Sache gebongt. Gespür, das hörte er gerne. Dabei hat Stoll gar kein Gespür. Er ist Logiker. Und darin so gut wie allen Juristen überlegen, die sich walpurgisnachtgleich in Karlsruhe zu versammeln pflegen. Worum geht es Daniela? Sie will ein Vorfeld ebnen. Nur so, Stückchen für Stückchen, könnte man sich vielleicht dem Kern der Sache nähern. Vielleicht! Denn wirklich überzeugt ist Daniela auch nicht, dass tatsächlich Einwirkung von außen Jan Greiners Tod herbeigeführt hat. Aber so lange man nicht weiß ...

Stoll – hager, fast dürr, in einem undefinierbaren Alter – fixiert Silvia in gewohnter Weise. In seinem immer gleichen grauen Anzug, den immer gleichen goldenen Kuli zwischen den Fingern drehend, verunsichert er die junge Frau. Stoll mag keine jungen Frauen. Er verachtet diesen Wankelmut, diese Selbstverliebtheit, diesen Hang zur Promiskuität, den er bei allen sofort zu erkennen glaubt. Wahrscheinlich mag er niemanden, aber junge Frauen bestimmt am allerwenigsten. Silvia knickt ein vor diesem grauen Blick. Hilfesuchend schielt sie zu ihrer Begleiterin hinüber. Dass Daniela Kämmerer selbst immer noch innerlich zittert vor dieser Ikone der Staatsanwaltschaft, ahnt Silvia freilich nicht. Aber Daniela hat gelernt zu überspielen. Ob Stoll weiß, dass sie Angst vor ihm hat? Nicht darüber nachdenken. Wahrscheinlicher ist, dass er ihre Fachkompetenz schätzt. Und sich weiter nichts dabei denkt. Daniela macht das richtig gut. Weil sie stimmig vermutet, dass im Moment nur Gepiepse herauskäme, wenn Silvia den Mund aufmachte, übernimmt sie die Einleitung. Freilich, ein paar Mal muss auch sie sich räuspern. Aber dann geht's.

Wie immer unterbricht Stoll. Mehrmals.

„Stopp. Wer hat jetzt was gesehen ... Ach so, nur gehört ... Also nicht mal gehört ..."

In der Art treibt er sein Spiel. Er bestimmt den Gesprächsverlauf, dass das mal klar ist. Stellt Silvia ein paar Detailfragen. Zeugs, das sie unmöglich wissen kann. Während Silvia vor sich hin stottert, richtet er seine Augen auf Daniela. In seinem Blick liegt eine tiefe Bekümmernis, ein uraltes Leiden, eine Klage: Was tut ihr mir dies immer wieder an! Hört doch selbst! Warum lasst ihr mich nicht in Ruhe residieren? Schaut meine Aktenberge! Na, immer noch kein Respekt? – Schließlich schwindet sein Blick ins Leere. Lange. Die Lider halb gesenkt, schmerzlich, als dröhnte irgendwo ein Presslufthammer, schrill und betäubend. Als Silvia überhaupt nichts mehr einfällt, zischt er sie über den Schreibtisch hinweg an.

„Aber Frau Schätzle, das ist ja überhaupt nichts!"

„Äh – wie – jetzt?"

„Äh wie jetzt! Wenn ich das schon höre! Könnt Ihr heute überhaupt kein Deutsch mehr? Bitte, Frau Kämmerer, wenn Sie das nächste Mal meine Zeit zu verknappen gedenken, ermitteln Sie etwas präziser. Ich habe hier keine Kindersprechstunde, ja?"

Stoll weidet sich am Entsetzen Silvia Schätzles. Doch genau in diesem Augenblick schleicht sich etwas beinahe Gütiges in seine Mimik. Milde Ironie statt erbittertem Sarkasmus. Als Silvia Schätzle erbost aufsteht und sich abwendet, spricht er sie noch einmal an. Mit einer ganz anderen Stimme. Fast zärtlich, väterlich, sorgenvoll.

„Frau Schätzle? Und passen Sie auf. Wenn Sie doch noch ein paar konkrete Anhaltspunkte zusammentragen möchten – fragen Sie die Leute beim Verein. Ich kann das nicht machen. Wiedersehn, Frau Kämmerer. Hat mich gefreut."

In einem Affenzahn hetzt Silvia durch den Schlosspark. Ihre Schuhe schießen das gelbe Laub zur Seite, treten in Blumenbeete, rutschen über die taufeuchte Wiese. Neben ihr Daniela Kämmerer, amüsiert über Silvias Zorn. Sie kennt den Stoll ja. Für andere muss er ... naja, ob er wirklich muss?

„Das gibt's doch gar nicht! So jemand kann doch nicht Staatsanwalt sein! Ja, spinnt der denn? Man kann mich doch nicht so behandeln! Kindersprechstunde ..."

„Haben Sie gehört, was er zum Schluss gesagt hat?"

„Ach, Schwachsinn! Vielleicht hat ihm was leid getan, aber das bringt mir auch nix. Psychopath, blöder!"

Daniela muss aufpassen, dass sie nicht laut herauslacht. Das wäre jetzt sehr unpassend. Wer weiß, ob Silvia dann noch so vertrauensselig wäre.

„Ich weiß, das muss jetzt ganz idiotisch für dich, Verzeihung, für Sie klingen, aber es war genau, wie ich's vorhergesagt hab: Es ist ein Spiel. Kein schönes, ganz bestimmt nicht. Aber andere Regeln akzeptiert er nicht."

„Ph! Mir doch egal! Geht auch ohne den."

„Leider nein."

Silvia fährt herum: „Wieso? Das gibt's doch nicht! So einen muss man doch entlassen!"

Während die beiden immer tiefer in den von sonnig herbstlichem Dunst überhauchten Schlosspark vordringen, versucht Daniela Kämmerer, ihrem Schützling einen kleinen Einblick in subkutane Regeln und gebräuchliche Verfahrensweisen bei Gericht zu geben. Sie erklärt, unter welchen Bedingungen Verfahren gemeinhin zugelassen werden – und unter welchen keineswegs. Wie man vorgehen muss, um zunächst chancenlose Fälle in aussichtsreiche zu verwandeln. Dann beginnt sie, in Anekdoten, von den verschiedenen Typen der Karlsruher Jura-Szene zu erzählen. Ob Silvia richtig zuhört? Sie hat den Blick aufs Laub gesenkt, schlurft neben der Expertin her. Dann, unvermittelt, bleibt sie stehen: „Da, auf der Bank, haben wir immer gesessen. Unsere Lieblingsstelle. Da vorne hat Obermeier gelegen und gewartet, bis wir ..."

Und da ist nun endgültig Schluss. Silvia bricht zusammen. Mit einem Heulkrampf sinkt sie in Danielas Arme. Und weil keine andere Sitzgelegenheit da ist, zieht sie die Verzweifelte auf eben jene Holzbank, wo noch vor kurzem ein Liebespaar Zukunftspläne geschmiedet hat.

Lange schluchzt Silvia auf Danielas Schoß. Noch länger liegt sie still, sachte gestreichelt von der Älteren, deren Gedanken weiterschweifen. Zurück in Zeiten, als sie selbst so ungefähr in Silvias Alter war. Nein, leider, an idyllische Zukunftsspinnereien kann sie sich kaum erinnern. Von Anfang an war die Sache mit Frieder verfahren. Kompliziert. Hartnäckig haben sie aufeinander eingeredet. Jeder wollte Recht haben; sie waren eben stark. Beide. Aber ungeschickt. Unbedächtig. Und so extrem selbstsüchtig. Ein bisschen bewundert sie Silvia. Aber ohne Neid. Was sie empfindet, ist Empörung! Wie kann etwas nur so grausam sein ...

Als Daniela den Eindruck gewinnt, dass sich die Ärmste ein wenig beruhigt hat, kommt sie auf einen Gedanken: „Komm, ich lad dich zu 'nem Kakao ein."

„Sie“ zu sagen, wäre jetzt wirklich nicht mehr angebracht. Selten, sehr selten hat sie sich mit Klienten geduzt. Warum das hier etwas anderes ist, weiß sie noch nicht. – Silvia sagt nichts. Sie nickt, kaum merklich.

Beim „Kaktus“ stehen die Stühle wieder draußen. Was für ein Glück! Denn das passt gerade wie sonst gar nichts. Nebeneinandersitzen. Die goldgrüne Wiese betrachten. Gedanken Revue passieren lassen. Die Sahne vom Kakao runterlöffeln. Ganz langsam die süße Wärme der flüssigen Schokolade in sich sinken lassen.

„Warum machst du das eigentlich?“

Daniela lächelt. Aus Silvias Augen ist alle Skepsis verschwunden. Sogar die erste Runde beim Stoll hat sie verkraftet. Ein tolles Mädchen.

„Wahrscheinlich, weil du so wunderbar bist.“

Beide kichern.

„Wie kannst du jetzt so was sagen! Ich weiß echt nicht, also wirklich, ich bin doch total ...“

Wie immer, wenn ihr etwas zu nahe geht, packt Daniela ihren sehr speziellen Humor aus. Ansatzlos wird sie zu Staatsanwalt Stoll. Fixiert Silvia von oben herab.

„Echt nicht, also wirklich, total. Fräulein Schätzle, präzisieren Sie ihre Aussagen.“

Und dann lachen sie noch mehr.

# Seitenaus

Zügig biegt das Auto von der Straße auf den von Birken beschatteten Parkplatz ab. Split spritzt auf dem alten, rissigen Asphalt zur Seite. Die weißen Stämme stehen in reizvollem Kontrast zum hellgelben Laub, das stetig von den Ästen zu Boden zittert. Morgensonne, die dünne Nebelschicht durchbrechend, überzieht den Blätterteppich mit unregelmäßigen Sprenkeln. Schnell überquert das Auto den gesamten Parkplatz, Baumreihe um Baumreihe hinter sich lassend. Fast vom Buschwerk des benachbarten Sportplatzes verdeckt, stehen in der letzten Reihe drei Männer beieinander. Der Wagen scheint direkt auf sie zuzuhalten, bremst dann aber, kurz bevor er sie erreicht, abrupt ab.

Forbacher schaltet den Motor aus, bleibt aber im Wageninneren sitzen. Er betrachtet die Männer durch die Windschutzscheibe. Alle drei sind gekommen. Gut! Unruhig treten sie von einem Bein auf das andere, gesprochen wird nicht. Erwartungsvoll schauen sie zu ihm herüber. Äußerst nervös wirken sie, unsicher. Sehr gut! Demonstrativ langsam holt Forbacher sein Handy aus der Manteltasche und wählt eine Nummer.

„Guten Morgen, Forbacher hier! Ich bin am vereinbarten Treffpunkt. Ja, alle sind gekommen. Hab ich doch gesagt ... Ja ... Vielleicht. Mal sehen ... ein wenig den Druck erhöhen ... sicher!“

Forbacher drückt das Gespräch weg und steigt aus. Er kann die Anspannung förmlich in der Luft fühlen. Die Körperhaltung der drei spricht Bände: hängende Schultern, Blick leicht gesenkt, Hände in den Taschen vergraben oder, Halt suchend, fest ineinander verschränkt, stetiges Hin- und Hertrippeln. Da stehen sie also, die Herren Nachwuchstalente. Alle haben sie sich in den letzten zwei Jahren einen Stammplatz in der ersten Elf erspielt, gute Spiele abgeliefert, für Siege gesorgt. Er hat sie schon lange beobachtet, kennt ihre Stärken, weiß um ihre Schwächen. Viel Selbstvertrauen haben sie getankt, einer ist sogar ein richtiger Sprücheklopfer geworden. Doch jetzt: kein Wort! Ein Haufen verunsicherter Pennäler. Sehr, sehr gut!

„Guten Morgen, meine Herren!" Forbacher erntet mehrstimmiges Gemurmel.

„Schön, dass Sie alle den Weg hierher gefunden haben – sollte ja auch nicht allzu schwer für Sie sein!"

Sein Kopf deutet in Richtung Stadion, das hinter ihm liegt.

„Wir sind uns also einig! – Ihr Schweigen werte ich als Zeichen der Zustimmung".

Forbacher schaut sich um. Mehr als einer schwitzt merklich; ist aber auch schon wieder ein milder Morgen heute ...

„In den letzten Tagen vor dem Spiel erwarte ich von Ihnen, dass Sie alle im Training noch mal alles geben. Demonstrieren Sie ihren Willen, dabei zu sein bei dem entscheidenden Spiel. Machen Sie dem Trainer klar, dass nur mit Ihnen ein Sieg errungen werden kann. Vor allem Sie, Gürtler! So ein junger Ersatztorwart hat nicht alle Tage die Chance Fußballgeschichte zu schreiben – ergreifen Sie sie! Denn auf der Ersatzbank nützen Sie niemanden. Dann ist's vorbei mit dem Traum vom großen Geld! Für jetzt und für immer!".

Forbacher lauscht seinen Worten hinterher, zufrieden mit der erzielten Wirkung. Er sieht den Dreien einem nach dem anderen ins Gesicht. Die ersten Zwei blicken schnell an ihm vorbei ins Leere. Der Dritte jedoch hält seinem Blick stand. Hastig sprudelt es aus seinem Mund.

„Wir haben noch mal über alles nachgedacht und wir wollen mehr Geld."

Im ersten Moment glaubt Forbacher sich verhört zu haben und ein etwas schrilles „Wie bitte?" entfährt ihm.

„Wir wollen einen größeren Anteil", erwidert sein Gegenüber nun mit etwas mehr Nachdruck. „Der Greiner ist jetzt nicht mehr dabei. Das macht es für uns schwieriger. Wir müssen ja seinen Teil mit reinarbeiten. Da wär es nur gerecht, wenn wir auch mehr Geld dafür bekämen, Greiners Anteil sozusagen aufteilen."

Uff, jetzt war es raus! Seit Tagen bereitete er sich auf diese paar Worte vor, immer und immer wieder hatte er sie wiederholt. Und versucht, seine zwei Mitspieler davon zu überzeugen, mit ihm gemeinsam eine Erhöhung ihres Gewinns zu fordern. Doch die anderen hatten Angst, große Angst. Seit der Sache mit Jan Greiner lauerte diese in jeder Ecke, ständig bereit den anzufallen, der kurz nicht aufpasste und seine Abwehr vernachlässigte. Gut, Angst hatte er auch. Aber die kann man ja mit eisernem Willen bezwingen. So, wie man auch den Ball auf die gewünschte Bahn genau unter die Latte zwingen kann. Auffordernd schaut er zu den neben ihm stehenden vermeintlichen Mitstreitern hinüber. Diese machen jedoch keine Anstalten, das Wort zu ergreifen, ihn zu unterstützen. Als er seine Aufmerksamkeit wieder dem Mann gegenüber zuwendet, zuckt er unwillkürlich zusammen.

Loos. Mario Loos. Ja, wenn einer, dann er. Forbacher war nur im ersten Moment ein wenig überrascht. Die Überraschung wich schnell einem Erstaunen. Ja ist der denn übergeschnappt? Was faselt der Loos denn da? Jetzt ist er zu weit gegangen, dem muss ich Grenzen setzen. Wut steigt in Forbacher auf. Klare, kalte Wut! Er wartet ab, bis sein Gegenüber fertig geredet hat, sein Gesicht zu einer undurchdringlichen Maske gewandelt. Zuerst schaut er Loos nur direkt an. Lange. Durchdringend. Kalt. Dann klappt er sein Visier herunter, reitet in die Schlacht. Er macht einen schnellen Schritt nach vorne, genau in dem Moment, als Loos die Augen niederschlägt. So nahe rückt er an ihn heran, dass er dessen Angstschweiß förmlich riechen kann. Mit einer schnellen Geste packt er Loos Kinn und zwingt diesen, ihm in die Augen zu sehen. Mit seiner ruhigen, tiefen Stimme, in der deutlich eine unbestimmbare Gefährlichkeit mitschwingt, sagt er nur den einen Satz:

„Ich hoffe sehr, dass ihr im Unterschied zu Jan Greiner an guten Geschäften interessiert seid; ihr wollt doch nicht den Heldentod auf dem Fußballplatz sterben?"

Die drei Männer zucken zusammen, starren ihn ungläubig an. Langsam kehrt ihnen Forbacher den Rücken zu, steigt ins Auto und fährt los. Versonnen starrt er gerade aus ... denen hab ich jetzt für immer klar gemacht, dass man sich an meine Regeln besser hält! Ganz klein mit Hut sind die jetzt, kommen aber auch auf Gedanken! – Im Rückspiegel sieht er sie immer noch ganz betreten beisammen stehen. Keiner hat sich gerührt. Gut so! Jetzt kann er erst mal in aller Ruhe frühstücken gehen, am besten ins Palasthotel, die haben ein gutes Buffett. Und später kommt er dann noch mal wieder, um sich den Klüber vorzunehmen. Mensch, das wird ein guter Tag heute! Zufrieden drückt er das Gaspedal durch und beschleunigt auf den Adenauerring.

„... und nun zum Sport: Vor dem Spiel des KSC gegen Atletico in einer Woche steigt die Anspannung täglich. Die große Frage ist, ob die Mannschaft den tragischen Tod ihres Hoffnungsträgers Jan Greiner verarbeiten kann. Zumindest bei dem einen oder anderen scheinen die Nerven blank zu liegen. Sabine, live von der KSC-Geschäftsstelle, bitte ..."

Ja natürlich liegen die Nerven jetzt blank, was denn sonst! Heinz bremst seinen alten Van scharf ab und winkt aus dem offenen Fenster. Das große Tor der Stadioneinfahrt schwingt langsam auf, als der blau-weiß gekleidete Mann, der davor steht, ihm einen kräftigen Stoß versetzt. Danke auch, murmelt Heinz und lenkt seinen Wagen an die Stadionwestseite. Vor einer alten Bude hält er an und stellt den knatternden Motor ab. Sein

Blick wandert über die abblätternde Farbe und das darunter zum Vorschein kommende graue Holz. Du hast auch schon bessere Tage erlebt genau wie dein Besitzer, denkt Heinz und klettert aus dem Van. Auf der Ladefläche stapeln sich Bierkästen und Würstchenpackungen, dazwischen liegen Farbdosen und Pinsel. In einer Woche muss einfach alles stimmen und Heinz will nicht hinten anstehen, wenn es darum geht, die bestmöglichen Rahmenbedingungen für das Spiel zu schaffen. Selbst wenn es nur seine berühmten braun gebrutzelten Würstchen sind – und ein neuer Anstrich!

Ein freundliches Schulterklopfen reißt ihn aus seinen Gedanken.

„Hallo Heinz!“

„Ha, Jens! Mensch hast du mich aber jetzt erschreckt. Ich war grad so in Gedanken an die gute alte Zeit. Wie lief's beim Training? Im Radio haben sie gerade gebracht, dass die Nerven von einigen Spielern blank liegen ...?“

„Geht so“, murmelt Jens. „Die Stimmung ist wirklich nicht grad berauschend. Das kostet ganz schön viel Kraft.“

„Redet ihr über Jan? Gab es eine Aussprache oder so was Ähnliches?“

„Nein, bisher nicht. Es ist irgendwie so, als hätten alle Angst vor dem Thema. Ein bisschen wie, wenn wir Jan erwähnen, beschwören wir seinen Geist oder so. Ich weiß auch gar nicht so recht, was in den anderen Spielern, vor allem den jungen, vorgeht. Die waren ja auch nicht alle gut befreundet mit dem Jan, dazu war er viel zu gut. Ein bisschen Neid hat sich da schon bei einigen breit gemacht. Und überhaupt: Es gibt mehr Einzelgänger heute, es wird weniger miteinander geredet als früher. Das hier ist Arbeit und danach ist Feierabend ...“

„Hhm, liegt wohl an der Generation! Habt ihr schon ...“

„Jens, kommst du mal rüber in die Kabine“, schallt es über den Platz.

„Ich muss dann mal los, alla!"
„Alla gut!"

Als Heinz das Bier verstaut hat und gerade dem Thekenbrett einen neuen Anstrich verschaffen will, öffnet sich am unteren Ende der Tribüne eine Tür. Heinz, der Jens erwartet und ihm noch etwas zurufen will, schaut auf. Doch was er sieht, lässt seine Augen schmal werden. Da ist schon wieder dieser aalglatte Typ, immer in Anzug und Mantel, der in letzter Zeit so viel mit dem Klüber zusammensteckt. Was die wohl nur immer zu bereden haben? – Die Türe geht ein zweites Mal auf und der eben angesprochene Vertrauensarzt stürzt heraus, eine Tüte baumelt in seiner Hand. Er läuft laut rufend dem Typen hinterher. Als dieser sich umdreht, kann Heinz dessen Verärgerung förmlich spüren. Wenngleich die zwei zu weit entfernt sind, um das Gespräch zu verstehen, ist Heinz sofort klar, dass dies keine freundliche Unterredung ist.

Obwohl der Würstchenspezialist Greiners externen Arzt nicht sonderlich gut leiden kann, verspürt er in diesem Moment so etwas wie Mitleid mit Klüber, der wie ein geprügelter Hund nach kurzem Wortwechsel mit gesenktem Kopf zurücktrottet. Die Tüte hält er dabei immer noch in der Hand. An der Türe bleibt Klüber stehen und schaut sich um. Sein Blick ist leer und ausdruckslos, doch als er Heinz dort neben seiner Bude stehen sieht, verhärten sich seine Züge. Schnell öffnet er die Tür und verschwindet im Gebäude.

Kopfschüttelnd widmet sich Heinz wieder der Erneuerung seiner Bude, denn in einer Woche muss hier alles europafein sein – und dann ist ja vielleicht doch alles möglich.

# Rückblende

Unter dem Baldachin hält Forbacher inne. Geschafft. Was denn geschafft? Überhaupt nichts geschafft! Ein verdammt mieser Tag ist das gewesen. Hätte man heute Morgen wirklich nicht erwartet. War doch kein schlechter Anfang, mit diesen drei Typen. Was hatten die vor ihm geschlottert. Und dann? Wäre er bloß nicht noch nach Freiburg gedüst. Gleich so ein komisches Gefühl gehabt ... Verflucht unangenehme Sache. Wird dieser Idiot doch ausfällig! Und fasst ihn ans Revers! Ihn, Forbacher! Ewig nicht passiert. Na ja, sein Leberhaken hat auch schon mal besser gesessen. Pech, Handgelenk verstaucht. Und er ist sich nicht mal sicher, ob diese Machtdemonstration tatsächlich etwas bewirken wird. Dann noch der Stau bei Rastatt. Scheußlich. Ausgerechnet ein Schweinetransporter. Überall Fetzen von der rosa Ladung, da und dort panisch zwischen den Autos herumrennende Schweine, teils nur noch Stücke. Die beiden Frauen in dem Wagen vor ihm sind fast verrückt geworden. Anderthalb Stunden hat das gedauert. Es ging einfach nicht weiter. Immer, wenn man glaubte, jetzt haben sie's hingekriegt, kam doch noch mal ein Polizeiauto den Standstreifen lang gerast. Wurde abermals irgendein Zusatzteil für den Abschleppdienst benötigt.

Erst als ein plötzlicher Windzug seine Mantelschöße nach oben weht, durchschreitet Forbacher das Portal. In der Hotelhalle grüßt man ihn respektvoll. Immer dieselben Gesichter. Die Stufen hinauf zur Bar. Mantel aus – und in das Lederfauteuil sinken lassen. Jetzt also doch: Geschafft. Nein, noch nicht ganz. Erst wenn er seine Zigarre und seinen Rusty Nail in Händen hat, dann ist es soweit. Dann kann er durchatmen. – Warum kommt Forbacher immer noch ins Palasthotel? Eine Ausfahrt später, und er wäre zu Hause gewesen! Und die Zigarre einschließlich dieses zuckersüßen Cocktails aus Whisky und Drambuie hätte er da auch haben können. Aber so einfach ist das nicht. Schlechte Tage schließt er nicht zu Hause ab. Da tut ihm die Anonymität der Hotelhalle gut, das Flüchtige, Unbedeutende, Unbekümmerte ist es, was er schätzt.

Außerdem, da sind Erinnerungen an die erste Zeit, als er nach Karlsruhe zurückgekommen war. Vom Bahnhof schräg rüber. Und dann mit Axel gesoffen bis in die Morgenstunden. Axel. Es gibt so ein paar Geschichten, die dürfen nicht hochkommen. Axel gehört dazu. Judith sowieso. Na ja, und Judiths Kind. Sein Kind. Das erst recht. Forbacher nimmt den ersten Schluck Rusty Nail. Phantastisch, wie der sich durch den Leib bohrt, bis ganz nach unten. Und alles mitnimmt, was dort oben, in der bewussten Zone, nichts zu suchen hat. „Mädelgesöff" hatte Axel immer geunkt, wenn Forbacher nicht widerstehen konnte und dieser Versuchung aus alten Zeiten nachgab. Offen gesagt, auch die Avo, die er sich im Palasthotel aus dem Humidor holen lässt, ist keine richtige Männerzigarre. Die schmeckt nach Kakao, also eher die süßliche Richtung. Genau so war es ihm auch ergangen: Er hatte direkt umgestellt, von Süßigkeiten auf Zigarren. Das war auch nötig gewesen. Und auf Rusty Nail. Seinen ersten Drink. Judiths Drink. Den sie so oft zusammen genommen hatten, bevor sie auf's Hotelzimmer rauf sind.

„It's a man's world ..."

Forbacher kennt die Reihenfolge der Hintergrundmusik seit langem. Dann kommt bald „Monday, monday". Und irgendwann, unvermeidlich: „Sweet dreams". Eigentlich keine Barmusik. Aber mit dem erklecklichen Vorteil des Vertrauten. Forbacher muss umgreifen. Das Handgelenk schmerzt. Der schwere Whiskybecher ist auf diese Weise unmöglich bequem zu schaukeln. Außerdem – schon wieder leer. Hat aber gut getan. Jetzt gegenspülen. Die übliche Reihenfolge: Highland Park – Macallan – Lagavulin. Dann ist er wieder auf der bitteren Seite angekommen. Heute will er sich Zeit lassen, nur nicht so schnell zurück in die Turmberg-Wohnung. Da war er zu oft die letzten Abende. Manchmal hätte er schon Lust auf Gesellschaft. Mit wem soll er aber saufen gehen? Alle vergrault. Na ja.

Mit dem Highland Park kehrt die vertraute Palasthotelbar-Stimmung zurück. Die unangenehmen Ereignisse verblassen. Stattdessen schweift Forbacher zurück zu den armseligen Jungprofis, denen er heute Morgen den Marsch gegeigt hat. Dann fällt ihm Greiner ein. Komische Type. Nicht unangenehm, eigentlich. Schwer zu knacken gewesen. Und dann das ... Eigentlich hat er ihn zu schnell aufgebaut. Zuvor nur diese kleine Geschichte gegen Schalke. Und dann gleich Uefa-Cup. BB hatte eindeutig klar gemacht, dass da enorme Summen gesetzt werden. Da durfte nichts schief gehen. Aber es war eindeutig: Wenn irgendeiner dringend Geld brauchte, dann der Greiner. Wozu auch immer. Forbacher fragt nie. Da schien ein ungeheurer Druck auf dem jungen Mann zu lasten. Eine unbändige Gier, irgendwas zu erreichen. Deswegen war klar: Wenn der einschlägt, dann ist Verlass auf ihn. Als Greiner den ersten Umschlag bekam, schaute er sofort nach. Zählte. Und strahlte plötzlich, als wäre er ein Grundschüler und Forbacher der Nikolaus. Was er wohl mit dem Geld gemacht hat? Immerhin, ein nettes Sümmchen ...

Vor dem Spiel in Brügge hatte Forbacher seinem neuen Schützling noch einmal eingeschärft, dass es ganz extrem auf ihn ankomme. Sollte er sich halt ein bisschen wichtig fühlen. Fast ein wenig amüsiert hatte Forbacher die überhasteten Anfangsaktionen Jan Greiners verfolgt. Er wusste genau, was in dem Knaben vorging. Nur nicht auffallen. Auf alle Fälle vermeiden, dass irgendwer denken könnte, hier setze sich einer nicht voll ein. Zwei völlig übertriebene Grätschen in den ersten fünf Minuten. Sollte Übermotivation vortäuschen. Ermahnung durch den Schiedsrichter. Beim zweiten Mal sprang der Trainer auf. Forbacher konnte von den Lippen ablesen, was dieser schrie: „Jan, spinnst du? Fahr mal runter, o. k.?"

Und Jan Greiner fuhr runter. Längere Zeit war kaum etwas von ihm zu sehen. Und dann der Elfmeter. Auch das übertrieben, wie er sich gegen die anderen durchsetzte, sogar gegen den verblüfften Klotzke ... „Den schieß ich!" Der Anlauf: Geprägt von schierer Angst, aus Versehen doch ins Tor zu treffen. Tja, und dann das. Dieser linkische Fußschlenker, gefolgt von einem Rollerchen, auch noch mit der Seite! Ebenso ungeschickt der Versuch, Schmerzen vorzutäuschen. Forbacher gluckste in seinem Tribünensitz. Wie oft hatte ihn dieses Schauspiel schon amüsiert. Drunten: ein Einsamer. Keiner aus der Mannschaft spendete Trost. Kein Schulterklopfen. Nicht mal von Klotzke. Der schimpfte wie ein Rohrspatz, nicht zum Greiner hin, sondern irgendwohin, verächtlich.

Forbacher hat den Highland Park ungewöhnlich schnell getrunken. Kaum etwas davon gemerkt. Schade! Den Macallan, dieses 18 Jahre alte schottische Kunstwerk, will er mehr genießen. Aber seine Gedanken sind noch bei diesem Spiel. Merkwürdig, irgendwie geht ihm die Sache nach. Er weiß noch, dass man fürchten musste, Greiner würde bald ausgewechselt. Zumindest nach der Pause rechnete er eigentlich nicht mehr mit ihm. Aber der Trainer hatte ihn wohl bearbeitet. Ihn an der Ehre gepackt. Deutlich lebendiger, umkurvte das Talent ein ums andere Mal den direkten Gegenspieler, zog dynamisch nach innen, doch – weitaus geschickter als zu Beginn – die Pässe kamen so scharf, dass die Kollegen größte Mühe hatten, überhaupt noch dran zu kommen. Geschweige denn, dass sie die Alibi-Vorlagen hätten kontrollieren können.

Nun ja. Und dann die 81. Minute. Klar, Forbacher hat ab und zu ähnliche Dinge mitbekommen. Wie sich in dem einen oder anderen etwas zu wehren schien. Wie ein Aufbäumen, ein letztes Flackern der Ehre manche geschüttelt hat – und Aktionen dabei herauskamen, die das ganze Werk in Gefahr brachten. Aber so etwas wie dieser Umschwung, diese höchst einseitige Aufkündigung des Vertragsverhältnisses, war ihm noch nicht untergekommen. Schon in dem Moment, als Greiner diesem Wunderstürmer den Ball abgegrätscht hat, war Forbacher klar, dass da etwas ganz Ungewöhnliches seinen Lauf nahm. Forbacher schüttelt sachte den Kopf. Denn – was für ein Ding! – zwei, drei Sekunden hatte er Greiners unfassbares Solo mit seinem alten KSC-Herzen verfolgt. Was war das für ein Antritt! Erst als der Ball die Maschen wölbte und – abgebremst auf seiner vorbestimmten Bahn – mit größtmöglichem Effekt im Netz herunterrauschte, gefror Forbachers widernatürliches Lächeln. Während um ihn herum ein Tosen losbrach, wurde es eisig und still in seinem Innern. Nach Sekunden der Unentschlossenheit, der Verwirrung murmelte er vor sich hin: „Das war dein Todesurteil, du Loser."

Wenn so was einreißt – nicht auszudenken. Ein Exempel statuieren, na klar. Und möglichst bald.

Das Endlosband ist mittlerweile bei „America Pie" angekommen. Zwei Wichtigtuer, wahrscheinlich Kulturschwuchteln, die sich umständlich umarmen, lassen sich hinter Forbacher nieder. Bestellen „Rotweinchen". Mist! Auch den Macallan hat Forbacher nicht mitbekommen. Aber der Lagavulin, diese bittere Essenz aus Torf und Salz, die schmeckt er mit allen Sinnen. Die Zigarre ist hinuntergeraucht. Schon nach Hause fahren? Axel hätte sich kaputtgelacht. Er sieht ihn noch vor sich, mit seinen weit ausladenden Gesten, seinem badisch eingefärbten „Ha machsch du schon schlapp?" Ohne Forbachers Erlaubnis einzuholen, hätte Axel noch eine Lage bestellt.

Wahrscheinlich Grappa di Barolo. Oder Hennessy. Verdammt, man war doch ganz schön einsam geworden. Es ist herb, jemanden fallenlassen zu müssen, nach zwanzig Jahren. Wie ihn Axel angeschaut hat nach dieser Sache an der Sportschule bei Edenkoben, das war schon hart. Fast unerträglich.

In den Abba-Schlager hinein, der die dringende Notwendigkeit besingt, auch noch nach Mitternacht irgendeinen Mann irgendwo her zu kriegen, meldet sich Forbachers gräßliches Handy-Fiepen. Jetzt noch? Muss das sein? Es ist BB. Klar, wer sonst ... Übellaunig, wie meistens. Schnell raus, unter den Baldachin. Er sieht sich um. Spricht gedämpft. – Was das denn wieder gewesen sei, da unten in Freiburg? Wieder! Zum Kotzen, der kriegt auch alles mit ... Alles im grünen Bereich. War mal eine härtere Maßnahme nötig. Folgendes ... Befeuert von den Whiskys, schwingt sich Forbacher noch einmal zu einer gekonnten Schilderung der Tagesereignisse auf. Unterlässt auch keineswegs, den vormittäglichen Erfolg zu erwähnen. Es ist kein angenehmes Lachen, das BB hören lässt, ganz im Gegenteil. Aber im Augenblick tut es Forbacher gut. Nur keine neuen Schwierigkeiten. Es gibt genug zu tun in den nächsten Tagen.

Wieder verkriecht sich Forbacher in den schwarzen Ledersessel. Irgendein englischer Diskant-Sänger aus den Achtzigern beschwört gerade eine gewisse „Juliet", dieses oder jenes zu tun oder doch besser bleiben zu lassen. Forbacher schwankt: Soll er die Nacht einfach hier bleiben? Warum eigentlich nicht! Ist Monate her, dass er sich das mal gegönnt hat. Vielleicht ist die Suite frei, wo er und Judith ... glücklich waren, drängt sich eine seltsame Formulierung in sein Hirn. Die Suite, wo er sich später dutzende Male mit anderen herumgebalgt hat. Im Handy ist Patricias Nummer gespeichert. Wenn sie selber nicht kann, vielleicht hat sie einen aktuellen Tipp für ihn? Beim letzten Mal, wie hieß die noch ... Aus Rumänien kam die. Oder Ungarn? Blieb länger als vereinbart. War nett. Und gar nicht mal teuer.

# Übersteiger

Als Klotzke sich dem MTV über die verwaisten Trainingsplätze nähert, sieht er schon vom weitem, dass Heinz die Terrasse wieder eröffnet hat. Zufrieden lässt er sich auf seinen Lieblingsplatz sinken, ganz außen, in unmittelbarer Nähe der Platanen, deren trockene Blätterreste im milden Wind rascheln.

„Was für ein Traumtag heute!"

„Tag Jens. Ja, ich dachte mir, dass ich die letzten warmen Tage des Jahres ausnützen und für meine sonnenhungrigen Stammgäste die Terrasse herrichten muss. Hatte nach den schrecklichen, regnerischen Tagen der letzten Woche ja schon alles in den Schuppen geräumt."

„Wenn man es nicht wüsste, würde man glatt meinen, dass der Frühling vor der Tür steht."

„Bis auf das fehlende Vogelgezwitscher, gell! Und, möchtest du was essen vor eurem Nachmittagsprogramm? Was steht denn eigentlich an?"

„Krafttraining. Also, dann gib mal ein ordentliches Schnitzel rüber!"

Klotzke kann sich das Gesicht des Ernährungsberaters gut vorstellen, falls der von seiner Bestellung erführe. Für den gibt es ja nur frisches Gemüse, ausreichend Ballaststoffe und vor dem Spiel die obligatorischen Kohlehydrate, sprich Nudelgerichte. Mit diesem neumodischen Kram kann Klotzke nichts anfangen. Soll der doch sein Grünzeug selber fressen ...

Während sich die Terrasse mit weiteren Sonnenanbetern füllt, hängt Klotzke seinen Gedanken nach. Die Stimmung im

Team bereitet ihm große Sorgen. Als ob Jans Tod nicht schon schlimm genug wäre, häufen sich zur Zeit die Hiobsbotschaften. Atletico befindet sich in der spanischen Liga auf dem Durchmarsch nach oben, der 3:0 Sieg letztes Wochenende gegen Barca hat denen noch zusätzlich Rückenwind gegeben ... Dann die zwei Verletzungen im gestrigen Training. Eine dumme Sache war das! Der Mario Loos ist total übermotiviert seit ein paar Tagen, der ist viel zu hart eingestiegen. Sein Gegenspieler konnte nur noch schnell das Bein wegziehen und drüberspringen ... beim Landen dann hat er sich das Knie verdreht ... Und auch der Gürtler, klar, der wittert seine Chance, jetzt, wo der Stammhüter angeschlagen ist. Aber wie sich der Gürtler auf den heranstürmenden 7er gestürzt hat – als wolle er ihn mit Haut und Haaren fressen! Kurz vor dem Zusammenprall hat er sich dann seitlich weggedreht und dem Angreifer 'nen ordentlichen Hüftcheck versetzt! Der blieb erst mal liegen, wird wohl auch nicht spielen können. Noch schlimmer wurde es dann in der Kabine, ein explosives Gemisch aus Anspannung und Aggression ... vielleicht auch Schuldgefühle bei Loos und Gürtler, wer weiß ... Plötzlich ging's los: Ein Rempler, Versehen oder Absicht, laute Worte, Gebrüll, spontane Rudelbildung ... zum Glück kam in diesem Moment der Trainer rein. Plötzlich herrschte Stille, alle Blicke ruhten auf ihm. Und dann brach ein Donnerwetter los! Die Raufbolde durften sich gleich wieder anziehen und zum Abkühlen der Gemüter zehn Strafrunden drehen. Die Rädelsführer auf beiden Seiten müssen zusätzlich einige Tausend in die Vereinskasse blechen. Heute Abend wird das alles aufgearbeitet: Treffen in großer Runde, Aussprache und Teambildung stehen auf dem Programm, selbst die Vereinsspitze wird anwesend sein.

Der Duft von frisch gebrutzeltem Wiener Schnitzel reißt Klotzke aus seinen Gedanken. „Danke Heinz. Mensch riecht das gut, da muss ich wohl heute Abend sofort wieder kommen!"

„Hab's schon gehört. Mächtig was los bei euch!"

„Mhm, gab Stunk beim Training. Jetzt sollen die Wogen geglättet werden."

„Wenn du mich fragst: Wird auch Zeit!"

Und nach einer kurzen Pause fügt Heinz noch hinzu:

„Als du weg warst, letzten Samstag, habe ich mich noch ein wenig mit Pike und Greiners Freundin, der Silvia, unterhalten. Nettes Mädchen übrigens. Und verdammt hübsch! Nun, die glaubt, dass bei Jans Tod nicht alles mit rechten Dingen zugegangen sei. Irgendjemand habe ihn vorher mächtig unter Druck gesetzt!"

„Diesen Quatsch hat sie mir auch weiszumachen versucht. Die ist total runter mit den Nerven."

„Na, ich weiß nicht ..."

„Und ob! Ein hysterisches Huhn ist die! Wenn da was gelaufen wäre, hätte ich das doch mitgekriegt!"

„Und? Haste was mitbekommen?"

„Natürlich nicht! Bis zu Jans Tod lief alles prima. Erst danach haben einige begonnen durchzudrehen – so wie heute Vormittag. Aber das ist halt der Schock."

„Aber du hast doch selbst einmal gesagt, dass die anderen, vor allem die Jungen, dem Jan doch gar nicht so nahe standen? Neid und so ..."

„Was meinst du jetzt damit?"

Klotzke schaut Heinz scharf an.

„Na, wenn der Konkurrenzkampf so heftig ist ... gab's denn Streit? Du als Kapitän und Vertrauensperson hättest das ja mitbekommen müssen, hättest einschreiten ..."

Weiter kommt Heinz nicht, denn Klotzke unterbricht ihn. Zorn rötet sein Gesicht.

„Das wird ja immer schöner. Bin ich denn der Psychiater? Lass mich mit diesem Psychogeschwafel in Ruhe! Konkurrenzkampf ist normal, sogar wichtig, wenn man an seine Leistungsgrenze gehen will. Wir sind Fußballer und keine Heulsusen!"

Erschrocken von Klotzkes Heftigkeit, lenkt Heinz ein.

„He, Jens, lass gut sein! Hab's nicht bös gemeint! Ich mach mir halt so meine Gedanken. Das Mädchen jedenfalls macht auf mich einen soliden Eindruck. Was ich vom Klüber allerdings nicht behaupten kann."

„Wie kommst du denn auf den Klüber?"

„Ich weiß nicht, nur so ein Gefühl ... und dann trifft der sich in letzter Zeit immer wieder mit so einem gelackten Typen."

Von einem Augenblick zum nächsten ist Klotzke wieder ganz ruhig.

„Der Klüber. Ja. Das ist schon ein seltsamer Typ ... spielt sich hier in letzter Zeit als Berater auf ... weiß gar nicht was das soll. Mir ist der auch nicht ganz geheuer."

Heinz, überrascht von Klotzkes schneller Gemütsänderung, wendet sich Schulter zuckend dem nächsten Gast zu.

Klotzke widmet sich seinem mittlerweile völlig ausgekühlten Essen. Werte von Eiweißen und Kohlehydraten gehen ihm durch den Kopf. Ständig neue Aufbauprodukte gab es in letzter Zeit, immer das Neueste aus Amerika oder sonstwo her. Die Sportmedizin mache große Fortschritte, wird Klüber nie müde zu betonen. Liegt ständig im Clinch mit dem Manschaftsarzt – der ist doch viel vernünftiger! Nahrungsergänzung, so nennt er das. Klotzke kann das nicht verstehen. Früher ging es auch ohne. Und wenn einer nachfragt, dann gibt es Auswertungen und Statistiken. Ja, dem Klüber kommt man nicht bei, der ist wirklich seltsam ...

Am späten Nachmittag bereitet Heinz den großen Saal für das abendliche KSC-Treffen vor. Stühle müssen gerückt, Tische geschoben werden. An einem Ende der Tafel stellt Heinz zwei Tische quer zu den anderen. Dort wird die Vereinsspitze sitzen, zusammen mit dem Manager und dem Trainerstab. Als er die Gedecke verteilt, hält er bei einem Stuhl in der Mitte des Langtisches inne. Hier saß Jan Greiner immer. Sein Platz wird heute leer bleiben. Heinz konnte ihn gut leiden, seine freche Art, für jeden Unfug zu haben. Früher war er auch einmal so gewesen, vor seinem Unfall ...

Mit 16 kam Heinz zur KSC-Jugend. Sein damaliger Trainer vom SVK Beiertheim hatte ihn zu einem Probetraining geschickt. Heinz hatte sich mächtig ins Zeug gelegt und sofort wie eine Granate eingeschlagen. Sein Antritt, die Lässigkeit seiner Dribblings, sowie sein rechter Hammer waren bald berüchtigt. Mit 17 rückte er in die erste Mannschaft auf. Tolle Erfolge wurden gefeiert, schon fragten große Clubs an. Aus heiterem Himmel brach das Unglück über ihn herein. Ein harmloses Freundschaftsspiel ... der überaus mittelmäßige gegnerische Verteidiger grätschte am Ball vorbei. Mit einem hässlichen Knacken trat er genau gegen Heinz' Knöchel ... Der Schmerz raubte ihm fast die Sinne ... er musste fortgetragen werden. Ein komplizierter mehrfacher Bruch wurde diagnostiziert. Mehrere Operationen folgten, immer mit anschließenden Rehas. Die Schmerzen blieben und mit ihnen ein Humpeln. Er konnte den Fuß nicht mehr voll belasten, mitreißende Dribblings und sein rechter Hammer waren Geschichte. Der Absturz folgte gleich darauf: Frust, Wechsel zwischen Aggression und Depression. Alkohol und andere Drogen gaben ihm den Rest. Das Einzige was ihm blieb, war seine Liebe zum Fußball. Kein Heimspiel des KSC hat er versäumt, wenngleich er die Aktionen auf dem Rasen oft nur durch einen dichten Drogenschleier verfolgen konnte.

Im Stadion, genauer am Bierstand, lernte er auch den alten Schlageter, den Wirt der MTV-Kneipe, kennen. Oft stand er noch lange nach Spielschluss an dessen Stand, vom Bier vernebelt, im Selbstmitleid versunken. Den Schlageter kümmerte Heinz' tragisches Schicksal. Er half ihm ins Leben zurück zu finden, indem er Heinz bei sich mitarbeiten ließ. Erst nur einfache Tätigkeiten, wie Auf- und Abbau, bald schon im Ausschank. Die berühmten Würstchen brutzelte er erst später.

Heinz stellte sich geschickt an und war beliebt bei den Fans, die meisten kannten ja seine traurige Geschichte. Nach einigen Monaten stieg er als Teilhaber beim Schlageter ein und Jahre später, nach dessen Tod, übernahm er den Laden zur Gänze.

Heinz hat sich ein frisches Bier gezapft. Alles ist bereit für die große Aussprache am Abend. In einer Stunde wird der gesamte KSC eintreffen, mit einem Haufen Ärger im Gepäck und – hoffentlich – auch einem Funken Hoffnung. Sein Blick wandert über die perfekt vorbereitete Tafel. Bei dem Platz ohne Gedeck hält er inne. Langsam hebt er sein Glas und prostet der Leerstelle zu.

# Ersatzbank

Dr. Klüber verliert nicht den Überblick. In seiner „Bord-Apotheke", wie die Spieler den begehbaren Medizinschrank meistens nennen, herrscht absolute Ordnung. Es gibt noch einen anderen Ausdruck:

„Mann, oh Mann, das ist ja 'n richtiges Cockpit, was Sie da haben! Würd ich mich nie und nimmer auskennen ..."

Das war ein guter Moment für Klüber, damals, an seinem ersten Tag, als er Greiner unter seine Fittiche gekriegt hat. Was heißt Respekt? Bewunderung, Staunen, Unglauben war die Reaktion des früheren Fitness-Coaches, als Dr. Jost Klüber sein Equipment auspackte. Das war kein Medizintäschchen, wie es die alten Kollegen sportlich-salopp am Henkel trugen: Das waren mehrere Schrankkoffer, aufklappbar, fein säuberlich klassifiziert in Mittel und Mittelchen – gegen Schmerzen, für schnelleren Muskelaufbau, zur Weitung der Atemwege, Beschleunigung der Wundheilung, Stärkung des Immunsystems und was nicht noch alles.

Der aufstrebende Sportmediziner sortiert eine neue Lieferung ein, die er gestern von Forbacher bekommen hat. Mist, das Wichtigste war nicht dabei ... Klüber stellt die Fläschchen ziemlich weit nach hinten, ins Klappfach. Muss erst einmal einer drauf kommen, dort nachzusehen. Klüber weiß: Niemand außer ihm kann hier Überblick gewinnen. Es sei denn, sie würden ihm sämtliche Schränke komplett ausbauen und mitnehmen. Wenn mal was sein sollte. Die Kontrollen haben sich zwar verschärft, die letzten Jahre; aber der sportpolitische Wille, wirklich einzugreifen in die Kapriolen der Branche, fehlt in Wahrheit. Außerdem, Klüber kennt sich aus. Wie man mit diesen Fuzzis umgeht, das hat er schon im zweiten Semester gelernt, während des Praktikums in der oberbayerischen Provinz. Es war zum Kaputtlachen, wie da Medikamente hin- und hergeschaukelt wurden. Und sein Anleiter damals, eine unglaublich korrupte Sau namens Porst, der war ein Virtuose.

„Jo woaßt, Jostl", hatte er immer wieder gesagt, „entweder wuillst a Geld machen oder du wuillst di dotschaffe ..."

Totschaffen, nein, das war es eigentlich nicht, was Jost Klüber beabsichtigt hätte. Fleißig war er immer, gar keine Frage. In seinem Falle ist Fleiß sogar eine Primärtugend. Und dann kommt lange nichts. Seit ihn sein Vater in den Achtzigern aus dem Sumpf dieses Großstadtgymnasiums geholt hat und den verunsicherten Jost in die Eliteschule Niederbeuern gestopft hat, beherzigt er, dass alles möglich ist, wenn man die Zähne zusammenbeißt. Wenn man besser ist als andere. Seither hat er sich nie wieder hängen lassen. Jost Klüber könnte sich alles verzeihen, im „Privaten" sowieso – aber Schlappschwanzereien, das nimmermehr. – Gleich hat er sein Cockpit wieder in Ordnung. Die Beschriftungen der Ampullen und Ampüllchen müssen haarfein justiert nach vorne schauen, sonst ist das nichts. Wenn ab und zu ein Spieler zu ihm kommt und über irgendeinen Kikifax klagt, dann spürt Klüber mit Wohlbehagen, welchen Effekt es macht, wenn er hier – mit voller Absicht – mehrere Türen gleichzeitig aufmacht, in größter Geschwindigkeit hierhin und dorthin greift, hier ein Hebelchen zieht, dort eine Klammer löst ... und plötzlich das geeignete Präparat in Händen hält.

„Boah, würd ich mich nie auskennen!"

Das hört er immer wieder. Und er hört es gern.

In Niederbeuern haben alle für den FC Bayern geschwärmt. Klar, eine Siegermannschaft, da musste man sich dran orientieren, drunter ging's nicht. Selbst das ärmste Schwein konnte sich noch was zuschreiben vom Ruhm, den der Dauer-Meister bei jedem Sieg verströmte, wenn es nur rechtzeitig gejubelt hatte. Jost war die Dynamik einsichtig. Schon in der Elften las er Bücher über die Psychologie der Anerkennung. Seine Selbstdiagnose: narzisstische Persönlichkeit, überdehntes Geltungsbedürfnis. Für Klausuren lernte er wie ein Besessener. Leider war er immer zu nervös, deswegen reichte es auch nicht für die 1,0 im Abi. Verdammt, das hatte ihm den triumphalen Einzug in eine der Elite-Privatunis verhagelt. Da musste er kontern. Bei der Betriebsjubiläumsfeier seines Vaters gab der smarte Filius denn auch die richtige Antwort. So ein Typ aus dem Vorstand, dessen Töchterlein die 1,0 natürlich gepackt hatte, konnte es nicht lassen vor versammelter Mannschaft zu lästern: „Na, und wo studieren wir denn mal?"

Jost Klüber war vorbereitet:

„Kommt ja nicht nur drauf an wo man studiert, sondern eher was. Ich studiere Jura und Sportmedizin."

„Was? Gleichzeitig?"

„Ja natürlich gleichzeitig. Wenn man sich sein Studium organisiert, geht das problemlos. Außerdem geh ich sowieso erst mal ins Ausland."

Das hatte gesessen. Das Raunen im Saal klingt Klüber noch immer wohlig im Ohr. Und sein Vater hatte richtiggehend gestrahlt! Wenigstens einmal hatte er gestrahlt.

Als Jost Klüber dann, anderthalb Jahre später, das Bett in einer Spezialklinik hüten musste, war seinem Vater das Strahlen vergangen. Alles hatte der über die Maßen erfolgreiche Herr Papa darauf gesetzt, dass sein Sohn dieses aufwändigste aller Doppelstudien schaffen würde. Wieder nix! Jost Klüber war zusammengeklappt. Das Knirschen mit den Zähnen hatte er sich so sehr angewöhnt, dass er den Mund nicht mehr richtig aufbekam; ein Kieferorthopäde musste die Verspannungen lösen. Gesamtdiagnose: Total burn out. Mit 21! Auch nicht schlecht ... Jost Klüber, beinahe stolz auf den Befund, saß halbaufgerichtet im Bett eines Erkerzimmers in diesem Privatklinik-Schlösschen. Der Ausblick über die Alpen war ihm scheißegal. Er glotzte Fernsehen, wochenlang. Europameisterschaft. Er glotzte mit Ingrimm. Eigentlich war ihm Fußball genauso scheißegal wie die Alpen. Aber einer imponierte ihm: Dr. Müller-Wohlfahrt. Wie der immer wieder eingeblendet wurde, von schräg unten, hochkonzentriert, dabei entspannt, sonnengebräunt, überlegen, die geballte Kompetenz ... Ja, da war ein neues Ziel: Jost Klüber würde ihn einst entthronen. Dr. Jost Klüber! Wenn das schon nichts würde, wenn das Doppelstudium schon über seine Kräfte ging, dann wollte er wenigstens der Beste sein auf seinem Sektor. Und das musste doch zu schaffen sein. Der Masse der Mitstudenten, diesem Pfuhl aus Faulheit und Verkommenheit, fühlte er sich zurecht überlegen. Weit überlegen!

Klüber wartet auf den Anruf. Tja, das hat er sich eigentlich anders vorgestellt. Aber ohne diesen Forbacher läuft es im Moment nicht. Wie soll er den anderen voraus sein, wenn ihm die geeigneten Mittel fehlen? Was kann er dazu, dass die deutsche Gesetzgebung so knauserig ist. Ein paar Dopingleichen, und schon drehen die hohl! Dabei, Fußball ist doch gar nix gegen Radsport, Schwimmen, Leichtathletik ... Letzteres war zwischendurch ein interessantes Betätigungsfeld. Ganz knapp nur verpasste Klüber – damals noch Assistenzarzt! – den Sprung nach oben, in die Olympia-Equipe. Aber was sollte er da auch? Dieses blödsinnige Gewetze vom Startblock zur Ziellinie, das war kein Maßstab für ihn. Wo waren da die charismatischen Gestalten! Viel schlimmer wurde es für ihn, als er bei Klinsmann nicht landen konnte. Der hatte seinen Stab dicht bei sich. Unmöglich, da noch reinzukommen. Aber so wird's gemacht! Für dergleichen hegte Klüber zähneknirschende Bewunderung, das gefiel ihm: perfekt kalkuliertes Marketing. Zielorientiertes Management. Durchgeklügelte Motivationsstrategien ... Die Klinsmänner hatten nur einen Nachteil: Dass er, Klüber, nicht dabei war.

Nun, er musste noch einmal einen Umweg gehen. Wie es so mancher Spitzentrainer vorgelebt hat. In der Provinz ein paar spektakuläre Erfolge feiern. Und sich dann abwerben lassen. Genau studierte er die Daten aller Vereine. Und es war ein großer Moment, als er den Stift auf die KSC-Unterlagen senkte, einem Feldherrn vergleichbar: Da geh ich hin! Für ein Weilchen. Und endlich ein fetter Erfolg. Im Vorhinein hatte Klüber alles analysiert, was mit dem KSC irgendwie zusammenhing. Hatte seine Bewerbung als externen Fitness-Berater maßgeschneidert. Hatte das Vertrauen einiger Spieler gewonnen. Bei einer privaten Feier war es ihm gelungen, einem Spielerberater ein paar Gesundheitstipps für seine erkältete Tochter zu geben. Bingo! Alles lief zusammen. Als er die Zusage hatte, rief er sofort seinen Vater an. Die Reaktion?

„Karlsruhe? Hmhm ... Willst dich vorzeitig pensionieren lassen oder was?"

Achtung, Papa, ich komm noch. Pass nur auf! Zwei Jahre höchstens, dann wird sich die ganze Bundesliga nach meinen Devisen richten ...

Und es fing auch ganz gut an. Klübers Fitness-Programme für Greiner und Co. liefen besser an als er selbst geglaubt hatte. Er wurde nicht müde, ein Zwischenhoch der Mannschaft immer wieder auf seine Strategien zurückzuführen. Doch dann der Knick. Die Kicker stagnierten. Zahlreiche Verletzte in der Zeit vor Weihnachten. Niederlagen. Es wurde kritisch. „Mann, was ist denn bei euch los?", hatte ein Kollege gelästert, mit scheelem Blick. Dringendst mussten Erfolge her. Eindeutige Erfolge! Die Liga sollte aufblicken: Huch, wie hat er den oder jenen so schnell fit gekriegt? Was heißt fit! Laufen muss der Kerl, schneller rennen als andere, Tore schießen soll er! Was spielt es da für eine Rolle, ob einer gesund ist? Was ist überhaupt Gesundheit: Ein Vorwand für Schlappschwänze!

Das war der Moment, als Forbacher den Kontakt aufbaute. Ein bisschen wie Mephisto, dachte Jost Klüber damals, nach dem ersten Gespräch. Er hatte, wie so oft, in seiner Asservatenkammer herumsortiert, als plötzlich, ohne dass er Schritte gehört hätte, jemand ihn ansprach: „Ganz schön faszinierend, was Sie hier alles haben ..."

„Was? Wie kommen Sie herein?"

„Ich nehme an, in Ihrem Sortiment befindet sich auch ..."

Und dann kam der Name eines Präparats, von dem Klüber zwar gehört, gelesen hatte, wovon er allerdings wusste, dass es noch nicht zugelassen war. Und überhaupt nicht zu bekommen.

„Die Resultate sind ganz phantastisch."

Ah, ein Vertreter. Klüber hatte Forbacher in diese Richtung eingeordnet. Das war nicht ganz falsch. Aber auch nicht ganz richtig.

„Sagen Sie bloß, Sie könnten das besorgen?"

„Ich kann alles besorgen."

Uff. Zum ersten Mal seit langem kam Klüber ins Schwitzen. Es leuchtete ihm unmittelbar ein, dass hier der Mann war, auf den er gewartet hatte.

Und Forbacher verhalf Dr. Jost Klüber zu ganz erstaunlichen Erfolgen. Einige Spieler kamen viel schneller zu Kräften als dies je vorher geschehen war. Ungläubiges Staunen auf allen Seiten war bald die Reaktion. Mittelfußbruch beim Mittelstürmer? Ein paar Wöchelchen später wetzte der Typ wieder über den Rasen. Schwere Sprunggelenksverletzung beim Torwart? Nicht ein halbes Jahr, sondern drei Monate höchstens währte die Rekonvaleszenz.

„Also das grenzt ja an Zauberei, Herr Kollege!"

Dieser ironische Kommentar des Spezialisten störte ihn nicht weiter. Die Presse wurde aufmerksam. Titelseite in der BNN: „Dr. Jost Klüber, der Wunderheiler des KSC!"

Jetzt musste er natürlich aufpassen. Nur nicht zu großkotzig werden. Deswegen spielte Klüber in der Öffentlichkeit auch stets den Skeptiker. War nie ganz zufrieden. Hob die Leistung des Fitnesstrainers hervor – nicht ohne die eigene Superkompetenz durchblicken zu lassen. Und anzudeuten, dass ihm, Dr. Jost Klüber, noch ganz andere Dinge gelingen könnten:

„Ja, wissen Sie, es ist natürlich kompliziert. Wenn wir zu schnell voranmachen, schlägt das am Ende noch auf die Gesundheit des Spielers. Und das wollen wir keinesfalls. Aber verlassen Sie sich drauf, wir kriegen das hin ..."

Ja, Klüber gab den Väterlichen, den Besorgten. Und das kam gut an. Es fiel ihm zwar nicht leicht, zu den ihm Anvertrauten wirklich freundlich zu sein; er hielt sie für Halbidioten, mit denen man sich besser über Grunzlaute verständigen sollte. Aber er brauchte sie natürlich. Und dann – bei der Konferenz in Zürich – diese kaum getarnte Anfrage von diesem Top-Manager aus der Premiere League: „Wie lange läuft Ihr Vertrag in Karlsruhe eigentlich noch?"

Endlich, endlich! Jetzt war er so weit. Nur noch ein Fitzelchen, dann hatte er's geschafft. England, das wäre der Einstieg. Dort sich bewähren, gut verdienen. Und dann der Angriff auf die deutsche Nationalmannschaft. Jetzt ist er vierzig. Vielleicht noch zwei Jahre? Und dann sitzt er gut im Sattel. Und er wird sitzen bleiben, bis zur Pensionierung. Und bei jeder Fernsehübertragung wird er einmal in die Kamera schauen, diesmal von der anderen Seite. Und er wird seinem greisen Vater zuzwinkern: „Na, Alter? Hättest du nicht gedacht, was? Du hast zwar Millionen gemacht mit deiner komischen Fabrik. Aber dich kennt niemand mehr. Niemand! Außer vielleicht der Putzfrau, die du früher gequält hast ..."

Unmerklich war Dr. Jost Klüber in eine Art Abhängigkeitsverhältnis gegenüber Forbacher geraten. Ohne die Präparate, meist irgendwo im Osten günstig produziert, würde er das Niveau nicht halten können. Die Spieler wussten ja nicht, was sie da einnahmen. Niemand wusste es. Und dann, bei einer Übergabe, hinten im Hardtwald, plötzlich diese Anfrage: „Was würden Sie denn vorschlagen ... Wir haben da ein Problem. Sehen Sie, es geht um sehr viel Geld. Und einer unserer Vertragspartner hält sich nicht an die Absprachen. Wir müssen befürchten, dass das um sich greift. Ein Exempel statuieren, nicht wahr, so heißt das doch ...?"

Sofort war Klüber klar, was da auf ihn zukam. Die Gegenleistung, natürlich. Wie hatte er so naiv sein können! Selbstredend würde einer wie Forbacher sich auf Dauer nicht mit den – zugegebenermaßen unverschämt hohen – Summen für die illegalen Medikamente zufrieden geben. Da musste ja was nachkommen. Und ausgerechnet jetzt, kurz vor dem entscheidenden Schritt, drohte die Quelle zu versiegen. Das durfte nicht geschehen. Unter keinen Umständen! Klüber war zu allem bereit.

Das Telefon klingelt. Puh, unangenehm ist das schon. Aber jetzt muss er da durch. Er ist weit gegangen, sehr weit. Auf einen Schritt mehr oder weniger kommt es jetzt auch nicht mehr an. „Dr. Klüber?"

„Ja, Forbacher. Gibt ein paar Schwierigkeiten mit der Lieferung."

„Was?! Sie wollen doch nicht sagen, dass ich gerade jetzt ..."

„Regen Sie sich nicht auf."

„Also, ich brauch unbedingt vor Mitte nächster Woche ..."

„Es ist zweitrangig, was Sie brauchen. Im Moment läuft eine ganz andere Geschichte. Hörn Sie mal gut zu ..."

Verdammt, gegen diesen Forbacher kommt er nicht an. Es ist jedes Mal dasselbe: Er nimmt sich vor, genauso hart zu sein. Dagegen zu halten. Schließlich, ohne ihn kommt Forbacher genauso wenig weiter wie er ohne Forbacher. Also, pari-pari. Oder doch nicht? Scheinbar nicht.

„Sie machen jetzt Folgendes ..."

Es ist unglaublich! Anfangs war Forbacher immer so konziliant. „Das schaffen Sie schon, da bin ich ganz optimistisch ..." Oder: „Haben Sie wieder klasse hingekriegt, Kompliment ..." Das waren so die Umgangsformen. Und jetzt? Dieser Befehlston! Klüber ist gekränkt, jedes Mal tiefer.

Hat er nicht schon genug getan für diesen Forbacher? Nun werden dessen Forderungen uferlos. Nein, das kann er sich nicht bieten lassen. Dagegenhalten, nicht unterkriegen lassen!

„Nein, Forbacher, das reicht mir jetzt. Wenn ich den Wirkstoff nicht Mitte der Woche habe, kann ich da überhaupt nichts machen. Was die drei Jungs anbetrifft, da misch ich mich nicht mehr ein. Das ist Ihre Sache."

„Äh, Klüber?" Ein hüstelndes Lachen am anderen Ende. „Ich hab Sie gerade nicht verstanden."

„Ich glaube, Sie haben mich ganz gut verstanden."

Jost Klübers Herz klopft so laut, dass er fürchtet, es wäre durchs Telefon zu hören.

„Sie können nicht immer noch mehr verlangen, das läuft nicht, ja?"

Eine Pause tritt ein. Klüber zieht sich der Hals zu. Er muss sich räuspern. Was kommt jetzt ...

„So, Klüber. Mal ganz langsam. Sie wissen ganz genau, dass es nichts nützt auf dicke Eier zu machen. Sie hängen viel zu tief mit drin. Ein Wort von mir, und Sie kleben die nächsten zwanzig Jahre Tütchen. Aufpassen: Sie geben den drei Angsthasen eben was anders, da hab ich volles Vertrauen in ihre Phantasie. Und dabei schärfen Sie denen ein, dass es gegen Madrid haargenau darauf ankommt, ob sie Knete kriegen oder Beulen, ist das klar? Sie wissen, dass ich ein geduldiger Mensch bin, Klüber. Aber so eine Scheiße wie eben will ich von Ihnen nicht mehr hören, kapiert? So, und jetzt schnappen Sie sich ihr Arztköfferchen und setzen sich in Bewegung. Aber Galopp."

Klick.

Klüber zittert. Er starrt vor sich hin. Eine ohnmächtige Wut steigt in ihm auf. Am liebsten würde er sich selber ohrfeigen, wie er es als Kind manchmal getan hat. Sein Wunsch zu brüllen wird abgedimmt zu einem jämmerlichen Fauchen. Und seinen Tritt gegen den Medizinschrank bremst er im letzten Moment noch ab. Die Reagenzgläser klirren, die Pipetten geben ein sphärisches Geräusch von sich. Der soll ihn kennen lernen, dieser Forbacher! Nur wie? Dr. Jost Klüber ahnt nur zu deutlich, dass Forbacher ihn über die Klinge springen lassen würde. Er ist der Einzige, der dazu imstande wäre. Und ausreichend Beweise hätte. Und umgekehrt? Was sollte Klüber der Kripo sagen? Hallo, ich kenn da jemand, der hat mich bestochen, dass ich ein paar Spielern illegale Medikamente gebe? Und dass ich einen, Sie haben sicher davon gehört ... Verdammt noch mal! –

Klüber stützt den Ellenbogen auf den Fenstersims, reibt sich die Augen. Er steht genau im Grenzbereich zwischen dem Neonlicht der Praxis und diesem fanatischen Blaugold, das draußen von den Platanen herstrahlt. – Nein, es geht nicht anders. Ein paar Wochen noch – und dann ab nach England! Ewig wird ihm dieser Forbacher auch nicht im Nacken sitzen können. Aber jetzt: Noch einmal funktionieren. Einmal noch ... Wer weiß, wen der noch alles im Hintergrund hat. Es ist bitter, aber dagegen ist er nur ein Würstchen. Er, Dr. Jost Klüber, ein Würstchen! – Statt noch einmal mit vermehrter Wucht gegen den Schrank zu treten, fixiert er die Ampullen. Sein Blick wandert die Galerie der Spritzen entlang. Und mit einem geräuschvollen Ausatmen justiert er die Fläschchen wieder, eines nach dem anderen. Die Etiketten müssen exakt nach vorne schauen. Sonst ist das nichts.

# Viererkette

Silvia steht in der Küche und bereitet ihr Lieblingsessen zu: Spaghetti con aglio e olio. Sie liebt diesen Geschmack des Südens, die angenehme Schärfe des Knoblauchs und das den Gaumen umschmeichelnde Olivenöl. Bei diesem Essen kann sie den milden Wind der frühlingshaften Toskana förmlich auf ihrem Gesicht spüren. Eine geöffnete Flasche Chianti steht neben dem Herd. Nicht der billige von Aldi. Heute Morgen hatte sie sich in der Weinabteilung vom Scheck-In beraten lassen. Sie wollte sich etwas Gutes tun, nach der schlimmen letzten Woche. Trauer beherrscht noch immer die Tage und Nächte, hält ihr Herz fest umklammert. Trotzdem genießt Silvia diesen Abend, das Kochen und den Wein. Das alles erdrückende Dunkel, das in ihrem Inneren gewütet hatte, ist verschwunden – für den Augenblick. Zurückgeblieben ist eine sonderbare Leichtigkeit, ein Gefühl der Beinahe-Freude. Die Ruhe in der Wohnung ist wohltuend. Ihre Mitbewohnerinnen sind verreist und haben auch Obermeier mitgenommen. Silvia kann sich voll und ganz der Essenszubereitung widmen und dabei im Geiste in ihren Erinnerungen treiben.

Der schrille Ton des Telefons reißt sie aus ihren Gedanken. Kurz überlegt sie, es läuten zu lassen, dann greift sie doch zum Hörer.

„Silvia Schätzle?“

Keine Antwort.

„Hallo! Ist da jemand dran?“

Rauschen.

„Hallo!? Ich kann Sie nicht verstehen. Probieren Sie es doch noch mal."

Silvia drückt das Gespräch weg. Sie wartet darauf, dass der Anrufer es ein zweites Mal probiert; vielleicht sind dann ja auch die Verbindungsprobleme behoben. Als das Telefon einige Minuten ruhig bleibt, legt sie es achselzuckend zur Seite und holt das Nudelsieb aus dem Schrank. Nach dem Abgießen des Wassers schwenkt sie die Nudeln in der Knoblauch-Öl-Pfanne. Anschließend gibt sie die fertige Pasta in ihre rot glasierte Lieblingsschüssel mit dem weißen Rand. Gerade als sie sich ihr Weinglas füllen will, klingelt das Telefon erneut.

So ein Mist ... das ist ja wohl wirklich das schlechteste Timing ... ich lass es klingeln, sonst wird ja die gute Pasta kalt. Silvia setzt sich an den Tisch, das penetrante Klingeln ignorierend. Sie nimmt den ersten Bissen, genießt den Geschmack auf der Zunge, trinkt einen Schluck. Der Chianti ist wirklich ausgezeichnet. Währenddessen läutet im Hintergrund ununterbrochen das Telefon. Im Kopf zählt Silvia mit. Bei dreizehn legt sie entnervt die Gabel aus der Hand und geht zurück in die Küche.

„Hallo!" presst sie recht unwirsch zwischen ihren Zähnen hervor. „Hallo! Wer ist denn da?"

Stille. Kein Geräusch ist zu hören.

„Hallo, können Sie mich hören?"

Immer noch keine Antwort.

Da packt Silvia die Wut.

„He! Ist da wer? Meld dich doch! Oder bist du so ein Perverser, der Frauen anruft und sich daran aufgeilt?! Aber so läuft das bei mir nicht! Ich drück dich jetzt weg und stöpsle das Telefon aus! Und tschüß, du Arschloch!"

Silvia knallt den Hörer auf die Küchentheke und geht zum Couchtisch zurück. So ein verdammtes Arschloch ... was bildet sich der eigentlich ein ... na, hoffentlich ist der jetzt erst mal kaltgestellt ... so einer hat ja schon mal unsere WG terrorisiert ... tagelang immer wieder aufgelegt, bis wir dann die Nummer gewechselt haben ...

Silvia nimmt einen großen Schluck, versucht sich zu beruhigen. Auf der Straße vor dem Haus hört sie vereinzelt Autos vorbeifahren. Um diese Uhrzeit ist nicht mehr allzu viel Verkehr zwischen Beiertheim und Weiherfeld. Wenn im Sommer abends das Fenster offen steht, kann sie die nahe Alb plätschern hören. Jetzt ist es dafür zu kühl, schade eigentlich. Obwohl der Herbst mit seinen feuchten Nebeln und der frühen Dämmerung Silvias Lieblingsjahreszeit ist, denn im Herbst hatte sie auch den Jan wieder getroffen, vor zwei Jahren, auf diesem Fest einer Bekannten, auf das sie eigentlich gar keine Lust hatte ... gut, dass sie sich damals aufgerafft hatte, doch noch hinzugehen. Schon am Tag darauf hatte er bei ihr geklingelt. Silvia lächelt bei der Erinnerung an Jans unbeholfene Annäherungsversuche. Obwohl er ja meinte, er wäre super souverän und cool ...

Wieder klingelt das Telefon. Silvia springt hoch, läuft in die Küche und brüllt in den Hörer.

„Das ist nicht lustig, du perverses Schwein!"

„Silvia?", tönt eine männliche Stimme vorsichtig aus der Leitung. „Silvia, bist du es?"

„Hallo? Ja, hier Silvia Schätzle!"

„Hallo! Heiner hier! Mensch, was ist denn bei dir los? Was brüllst du denn so rum?"

„Hallo Heiner. Tut mir echt leid, ich wollte dich nicht beschimpfen! Da hat gerade eben ein paar Mal so ein Idiot angerufen und dann nichts gesagt! Das hat mich total auf die Palme gebracht!"

„Brauchst dich nicht zu entschuldigen. Ist schon in Ordnung. Aber reg dich nicht gleich so auf. Das sind ja meistens nur dumme Jungenstreiche! Nimm's nicht persönlich! Je mehr du dich ärgerst, desto öfter rufen die an."

„Wahrscheinlich hast du Recht. Ist echt doof von mir! Ich glaube, ich bin einfach mit den Nerven am Ende."

„Deswegen rufe ich dich ja auch an. Erstens wollte ich hören, wie es dir so geht. Und dann auch noch mal mein Angebot von der Beerdigung erneuern. Meld dich, wenn du was brauchst, beziehungsweise wenn ich dir irgendwie helfen kann."

Da fällt Silvia auch wieder das schmierige Verhalten Heiners bei der Beerdigung ein. Wie er sie an sich gedrückt hatte. Als ob sie sich so nahe stehen würden! Dabei haben sie sich in ihrem Leben höchsten zwei-, dreimal gesehen. Und Jan konnte Heiner eigentlich auch nicht so wirklich gut leiden.

„Alles o.k. bei mir, danke der Nachfrage. Ich komme schon klar."

Silvia versucht das Gespräch kurz zu halten. Ihr Chianti auf dem Couchtisch sieht verlockend aus.

„Schön, dass du klar kommst ... Soll ich die Tage mal bei dir vorbeikommen? Oder willst du erst mal ein paar Wochen warten, bis du die geschäftlichen Dinge regelst?"

„Welche geschäftlichen Dinge?"

„Eure Geldanlage natürlich!"

„Sag mal Heiner, wovon redest du eigentlich?"

„Jan hat mich doch kurz vor seinem Tod noch beauftragt, eine gute Anlagemöglichkeit für euer Kapital ausfindig zu machen. Nun, ich habe mich ein wenig umgeschaut und habe, glaube ich, genau das Passende für euch – entschuldige, für dich – gefunden. Ich habe auch schon alle Verträge fertig gemacht. Du brauchst nur noch zu unterschreiben ..."

„Was soll denn das jetzt wieder? Ich weiß nichts von irgendwelchem Geld! Und ich habe auch keine Lust, jetzt darüber zu reden!"

„O.k., habe verstanden. Du brauchst noch ein wenig Ruhe. Aber denk dran: Bevor du etwas mit dem Geld unternimmst, frag mich. Ich finde auf jeden Fall die beste Möglichkeit für dich! Also meld' dich ..."

„Ja, gut dann. Ich meld mich dann mal die Tage ... Tschüss Heiner!"

„Tschüss, Silvia!"

Verwirrt schaltet Silvia das Telefon ab.

Das sieht dem Heiner ähnlich ... Jan ist eben erst beerdigt, schon will er irgendwas Geschäftliches regeln ... der hat überhaupt kein Herz ... genau deshalb hat ihn auch der Jan nicht leiden können ... seltsam eigentlich, dass der Jan sich an Heiner gewendet haben soll ... welches Geld wollte Jan denn anlegen ... so viel hat er nun auch wieder nicht verdient ...

Ein erneutes Klingeln lässt Silvia hochfahren. In der Annahme, dass Heiner noch etwas mehr nerven möchte, hebt sie ab. „Ja?"

Sofort merkt Silvia, dass das nicht Heiner am anderen Ende der Leitung ist. Gedämpftes Atmen dringt an ihr Ohr. Silvia lauscht angestrengt. Das Atmen hört sich schwer und langsam an, immer wieder ist es vom Rauschen in der Leitung übertönt. Silvia beschleicht ein mulmiges Gefühl.

„Hallo, wer ist denn da?", fragt sie leise.

Nach einer kurzen Pause ein Knacken. Eine ihr unbekannte, schwer zu verstehende Stimme knarzt aus dem Hörer.

„Frau Schätzle ... wir wollen es gern wieder haben ... das verstehen Sie doch ... sicher tun Sie das."

„Was, was wollen Sie wieder haben?"

„Das, was Sie uns genommen haben ... gestohlen ..."

„Wie bitte? Wovon sprechen Sie eigentlich?" Silvias Stimme ist unangenehm schrill. „Wer, zum Teufel sind Sie?"

„Namen tun hier nichts zur Sache ... kümmern Sie sich nur darum, dass wir alles wieder bekommen ... alles, bis auf den letzten Cent ... wir werden uns bald wieder melden ... und Frau Schätzle: keine Dummheiten ... wir beobachten sie!"

Noch bevor Silvia etwas erwidern kann, hat der Anrufer aufgelegt. Silvia wird sich plötzlich bewusst, wie alleine sie heute Abend ist. Sie geht zum Fenster und schaut hinaus. Draußen ist alles ruhig. Keine Menschenseele weit und breit. Wenn doch nur Obermeier hier wäre! Auch wenn Obermeier ein ausgesprochen gutmütiger Hund ist und keiner Fliege was zu Leide tut, sie würde sich sicherer fühlen hier zu Hause. Wer war das eben am Telefon? Was meinte er? Welches Geld? ... Zuerst Heiner, dann dieser Fremde ... irgendetwas stimmt da nicht ... Silvia läuft unruhig in der Wohnung herum, vom Wohnzimmer in die Küche, dann in ihr Zimmer, um anschließend wieder zum Couchtisch zurückzukehren. Um sich zu beruhigen, nimmt sie einen großen Schluck Wein.

Durch das kleine Fenster in der Wohnungstüre sieht sie das Licht im Treppenhaus aufleuchten. Das Licht? Wer soll denn um diese Uhrzeit nach Hause kommen? Die Wohnung über ihrer WG steht leer, wird erst nächsten Monat bezogen. Ihre Mitbewohnerinnen kommen frühestens in zwei Tagen wieder und die Leute unter ihr, die schlafen längst. Leise geht Silvia zur Tür und lauscht hinaus. Kein Laut. Vorsichtig öffnet sie die Wohnungstüre, langsam streckt sie ihren Kopf hinaus. Niemand zu sehen. Also öffnet sie die Türe vollends und tritt hinaus in das Treppenhaus, um einen Blick nach unten zu werfen. Aus den Augenwinkeln meint sie eine Bewegung wahrgenommen zu haben, aber als sie genauer hinsieht, kann sie nur leere Stufen erkennen. Mit einem Mal wird ihr ganz seltsam zumute. Ihre Nackenhaare stellen sich auf und ein Schauer jagt ihren Rücken hinunter. Mit einem Satz springt sie zurück in die Wohnung, schlägt die Türe zu und kauert sich hinter ihr auf den Boden. Das Licht, das durch die kleine Scheibe fällt, verlischt. Plötzlich kann sie leise Schritte auf den Stufen hören. Panisch springt sie hoch, schaltet das Licht in der Wohnung aus, um nicht von draußen gesehen zu werden. Ein Gedanke schießt durch ihren Kopf: Die Fenster! Doch gleich darauf fällt ihr erleichtert ein, dass es heute Abend draußen frisch war und sie schon vor langer Zeit alle fest geschlossen hat.

Leise schleicht sie zur Wohnungstür zurück, versucht zu erkennen, ob da jemand steht. In der Dunkelheit ist das allerdings nicht möglich. Als sie ihr Ohr gegen das Holz drückt, vernimmt sie plötzlich einen dumpfen Schlag, der sie sofort erstarren lässt. Ein Stockwerk unter ihr schlägt die Haustüre zu. Also war jemand vor kurzem im Treppenhaus, wahrscheinlich sogar während sie hinaustrat um nachzusehen! Und wahrscheinlich ist dieser jemand anschließend im Dunkeln rumgeschlichen ... Silvia fährt sich mit der Hand übers Gesicht ... dreht sie jetzt vollkommen durch? Schnell eilt sie zum straßenseitigen Fenster um zu überprüfen, ob sie jemanden sehen kann ... ein Motor springt an ... Scheinwerfer leuchten auf, bei einem Auto auf der anderen Straßenseite ... das stand vorher noch nicht dort, da ist sich Silvia sicher ... schon schießt es mit einem Satz aus der Parklücke heraus und verschwindet in der Nacht.

Mit einem Schlag weicht alle Anspannung aus Silvia und sie sinkt auf das Sofa nieder. Ihre Hände pressen sich gegen das tränennasse Gesicht, Schluchzer schütteln ihren Körper. Ein gequältes Heulen entspringt ihrer Kehle und zerschneidet die Stille in der Wohnung. Die Angst lauert immer noch in allen Ecken, bereit, sich erneut auf sie zu stürzen und ihr den Rest zu geben. Mühsam rappelt Silvia sich auf und schaltet alle Lichter in der Wohnung ein, jedes einzelne. Dann nimmt sie sich ihr großes Kissen und legt sich auf die Wohnzimmercouch, den Blick starr auf die Wohnungstür gerichtet. Ganz klein krümmt sie sich zusammen. Das Kissen fest an sich drückend, wiegt sie sich langsam vor und zurück. In dieser Stellung findet sie der Schlaf. Er erbarmt sich ihrer, kommt über sie und deckt für ein paar gnädige Stunden alles mit Vergessen zu.

# Blutgrätsche

Die Tür wird aufgerissen. Daniela Kämmerer hasst so was. Wie schnell es doch manche Übereifrige von der Pforte bis ins Büro schaffen ... Gerade heute kann sie dergleichen überhaupt nicht gebrauchen. Zum ersten Mal seit Anfang März ist sie wieder im Dunkeln zur Arbeit geeilt. Hat dem Knaben die Honig-Smacks hingestellt ... und dann ab in den Mantel, ab ins Auto. Ab unter den Berg der Akten, der seit Wochen über ihr zusammenzubrechen droht. – Doch Daniela hat nicht einmal Zeit, ihre berühmte furchteinflößende Was-wollen-Sie-hier-Grimasse aufzusetzen. Denn schon bebt ihr etwas im Arm, klein, scheu, verwundet. Ein Tierlein, das sich aus den Pranken des Raubtiers gewunden hat.

„Jetzt waren sie da!"

Silvia schreit es in voller Lautstärke, überschnappend. Obwohl an Derartiges gewöhnt, erschrickt Daniela bis ins Mark. Sie will Silvia beruhigen, doch sie kommt nicht dazu.

„Jetzt müsst ihr was machen! Jetzt müsst ihr unbedingt was machen! Ja? Macht ihr was? Was macht ihr?"

Daniela nickt die ganze Zeit. Nickt und streichelt. Obwohl Silvia quer über ihr liegt, die Augen zu Boden gerichtet, weiß Daniela, dass die Ärmste ihre Zustimmung spürt. Dass sie ihr Sicherheit gibt. Die Beamtin muss nicht einmal nachdenken. Die Schritte, die jetzt zu gehen sind, kennt sie im Voraus. Der Heulkrampf geht nur langsam vorüber. Währenddessen macht sich Daniela Kämmerer Vorwürfe. Klar, sogar Uwe hätte Personenschutz unter diesen Bedingungen abgelehnt. Hätte sie

Silvia bei sich wohnen lassen sollen? Unprofessioneller Gedanke. Aber nahe liegend. Uwe – natürlich. Der muss jetzt ran.

„Wart mal kurz. Bin sofort wieder da."

Silvia schaut angstvoll auf.

„20 Sekunden. Versprochen. So lange ist mein Kollege Wächter für dich da."

Daniela öffnet die Zwischentüre zum benachbarten Büro.

„Wächter, kannst du mal eben für 'ne Sekunde dieser jungen Frau Gesellschaft leisten? Ich möchte nicht, dass Morgenroth zufällig ins Büro gestolpert kommt und dort eine Klientin ganz alleine sitzen sieht"

„Geht klar."

Silvia guckt Daniela ängstlich an und beginnt wie ein kleines Mädchen die Finger zu strecken. Daumen, Zeigefinger, Mittelfinger, eins, zwei, drei ... natürlich viel zu schnell.

Die Tür wird aufgerissen. Uwe Steiner könnte kotzen. So einer hat ihm gerade noch gefehlt! Nicht genug damit, dass der Idiot, den er seit einer halben Stunde vernimmt, nach Schnaps stinkt wie ein ganzer Männergesangsverein nach der Jubiläumsfeier; jetzt, im entscheidenden Moment, da er ihn festgenagelt hat, da es kein Ausweichen mehr gibt, da die Drecksau gestehen muss – genau in diesem Augenblick: eine Störung.

„Uwe?"

Statt aus der Haut zu fahren, blickt Uwe nur geradeaus. Es dauert keine drei Sekunden, bis er den Stinker aus der Tür bugsiert hat.

„Kommen Sie morgen wieder."

„Was? Wann denn? Ich wollt doch grade ..."

„Vor neun. Tschö."

Neben Daniela hastet Uwe den Gang entlang. Sie erklärt nichts. Das ist auch gar nicht nötig. Was es auch sei – wenn Daniela so die Tür aufreißt und „Uwe?" sagt, sind alle Fragen überflüssig.

„Wer hat Sie belästigt? Haben Sie niemanden erkannt?"

„Wie denn? Es war ja durchs Telefon. Erst war's durchs Telefon. Und dann hat jemand an der Tür gestanden. Ich hab ihn atmen hören!"

„Ein Mann?"

„Ja, ganz bestimmt. Den Schatten hab ich gesehen, mehr nicht. O Gott, ich hab so Angst."

Uwe weiß, dass Daniela jetzt trösten will. Aber er ist ungeduldig. Ein wenig indigniert schaut ihn die Lieblingskollegin an, als er, etwas zu schroff, wieder ansetzt:

„Frau Schätzle, es ist ganz wichtig, dass Sie sich auf jedes Detail besinnen. Stand ein Auto vor der Tür, das sonst nicht dasteht? Haben Sie mit Nachbarn gesprochen? Ist in den letzten Tagen irgendetwas Besonderes vorgefallen?"

Uwes Methode zeigt Wirkung. Silvia fängt sich. Obwohl sie innerlich schlottert, verbeißt sie die Panik und erzählt jede Einzelheit des gestrigen Abends. Stockend, mit rauer Stimme. Sich selber fremd.

Eine halbe Stunde später lehnen Uwe und Silvia im Fenster. Es ist die dritte Reval, die Silvia jetzt raucht. Daniela tippt. Und dann kommt etwas, das sie aufblicken macht.

„Es tut mir leid, Frau Schätzle. Ich hab die Sache falsch eingeschätzt."

Uff. Das kam in fünfzehn Dienstjahren höchstens zweimal vor, dass Uwe Steiner sich bei wem entschuldigt hätte. Daniela lächelt ihm zu. Aber Uwe bleibt ernst.

„Wir haben noch keine Ahnung. Aber eines kann ich Ihnen versprechen: Ab jetzt sind Sie sicher."

Silvia, völlig entkräftet, fällt die Zigarette aus den Fingern. Sie stürzt, trudelt durch die Luft, der Glimmstengel fällt tiefer, schlägt auf einem Fenstersims auf, sprüht Funken. Dann bleibt das Ding liegen. Eine viertel Drehung – und Silvia lehnt an Uwes Schulter.

„Danke. Danke, vielen Dank."

Das ist schon kaum mehr ein Flüstern. Ein Hauchen ist es, wie von ferne.

Erst im Auto schwindet Silvias Angst. Hier, auf dem Rücksitz, neben Daniela, ihrer mütterlichen Freundin Daniela, wandelt sich Silvias Stimmung. Empörung steigt in ihr auf. Sie schimpft wie ein Rohrspatz, nur noch selten unterbrochen von Schniefern und Schluchzern. – Daniela hat ein wenig Mühe, ihren Ärger auf Uwe hinunterzuwürgen. Es ist doch jedes Mal dasselbe: Immer will er fahren! Dabei kann sie das genauso gut, vielleicht sogar besser. Jedenfalls regelkonform – und das wird in letzter Zeit sehr genau registriert von den zahllosen Chefs. Gerade heute wär ihr das wichtig gewesen; komisch, hat sie Silvia beeindrucken wollen? Nein, es ging um was anderes. Silvia sollte sehen, dass nicht immer Männer die Hand am Steuer haben, ganz einfach. Aber der alte Macho lässt sich partout nicht von Frauen kutschieren.

„Weg da!" Sagt der einfach „Weg da!" Zwar mit einem, wenn man's so interpretieren will, ironischen Unterton. Aber das ist doch eine Unverschämtheit! Puh ... – Im Rückspiegel beobachtet Uwe Danielas Mienenspiel. Er weiß genau, was los ist. Und grinst sich eins.

Silvia redet sich in Rage. „Das könnt denen so passen! Ich mach überhaupt nix! Die können mich mal! Was müssen das für Dreckschweine sein – dass es so Menschen überhaupt gibt, das kapier ich nicht! Man muss sich das mal vorstellen! Schleicht so einer ums Haus, wartet drauf, dass ich endlich heimkomm – und versucht mir Angst zu machen. Wie idiotisch! Käm ich mir blöd vor, echt, was'n Job ..."

„Sie glauben gar nicht, Frau Schätzle, was es für komische Gestalten gibt. Manchmal haben wir selbst den Eindruck, die Leute spielen noch Räuber und Gendarm."

Oh, Uwe – so charmant? Hat natürlich einiges wieder gut zu machen. Daniela taut Schicht um Schicht wieder auf.

„Jaja, genau. Wie die Kinder! Ruft bei mir an und haucht so blöd ins Telefon. Und was hat er dann gesagt? Wir wollen's wieder haben, wir wollen's wieder haben ... wie im Sandkasten!"

„Was hat er gesagt?"

Daniela und Uwe fragen gleichzeitig. Uwe bremst unwillkürlich ab.

„Na ja, was weiß ich. Irgendwas wollen die halt wieder haben. Ich weiß nicht, was. Ich hab nix."

Uwe dreht sich um. Er sieht Daniela an. Sie schüttelt den Kopf. Dann nickt sie.

„Und Sie haben absolut keine Ahnung, was der Kerl gemeint haben könnte?"

„Nee, woher soll ich das wissen?"

Uwe hat das Auto vor Jans Wohnung geparkt. Galant öffnet er Silvia die Wagentür. Bevor er zu Danielas Seite eilen kann, ist sie schon ausgestiegen. Sie grellt ihn kurz an, aber nicht mehr böse. Dann legt sie die Hand auf Silvias Schulter:

„Es muss etwas ziemlich Wertvolles sein."

„Ja! Wahrscheinlich! Außer Obermeier hab ich aber nix Wertvolles mehr. Und der ist verreist."

Daniela schmunzelt traurig. Uwe ist ganz bei der Sache:

„Was war das mit Jan ... Könnte es nicht sein ... Sie sagen ja, er war in irgendwas verstrickt. Wenn er von dieser Seite etwas bekommen hätte, was diese Seite jetzt wieder haben will ...?"

„Keine Ahnung."

„Hat Jan nie etwas angedeutet?"

„Was denn?"

Daniela übernimmt: „Zum Beispiel, dass er was erwartet. Geld vielleicht?"

„Nö. Nie."

Da bleibt Silvia plötzlich stehen.

„Na ja, ich hab ja schon gesagt, dass er so nervös war. Aber zwischendurch, da hatte er mal ... so 'ne optimistische Phase.

Er hat ja immer gesagt, es dauert nicht mehr lang. Und – ja genau, stimmt, das hat er gesagt: Ich krieg's morgen, ich krieg's morgen ..."

„Wofür eigentlich? Irgendeine Gegenleistung muss er ja gebracht haben, als Spieler ..."

Silvia zuckt die Schultern. Sie fixiert den Hauseingang.

„Übrigens geh ich da nicht mit rein."

Uwe insistiert.

„Es wäre aber ganz wichtig. Ohne Sie finden wir's doch nicht."

„M-m!"

Silvia schüttelt den Kopf. O nein, schon wieder Tränen in den Augen, denkt Uwe. Und macht sich alleine auf. Daniela und Silvia warten.

„Komisch, hier zu stehen, oder?"

„Sehr komisch. Können wir wieder einsteigen?"

„Klar. 'Schuldigung. Hätte mir klar sein müssen. Aber du musst Uwe verstehen."

„Schon o. k."

Im Auto lehnt Silvia den Kopf zurück gegen die Stütze. Schließt die Augen. Daniela spürt, dass ihr neuer Lieblingsfall jetzt Ruhe braucht. Sie sitzen eine Weile da, still, man hört nicht einmal den Atem. Schließlich blickt Daniela zu Silvia rüber. Sie hat die Augen wieder offen, starrt vor sich hin.

„Bisschen Musik?"

„Egal."

Ächzend beugt sich Daniela vor zum Autoradio. Schaltet ein. Und drückt sofort weiter. Uwes Sender ist ihr Sender nicht. Nie gewesen. Ah, da findet sie was. „Take me back to my boat on the river ..." Oldie-Sender. Vielleicht zu traurig. Aber ganz passend.

„Kennste das?"

„Nö. Is'n das?"

„Styx."

Uwe Steiner kommt eilig zurück. Wenn er so in Fahrt ist, hat er direkt was Jugendliches, denkt Daniela. Die kompakte Energie.

„Kacke. War schon jemand da. Versiegelung aufgeknackt."

Gleichzeitig blicken Silvia und Daniela auf, Daniela ärgerlich, Silvia erschrocken.

„Glaub nicht, dass die was gefunden haben, was wir nicht gefunden haben ..."

Daniela fährt sich durch die Haare.

„Ja, kann sein. Machen wir jetzt?"

Steiner sucht abwechselnd in Silvias und Danielas Augen nach der Lösung. Ausgerechnet Silvia gibt der Ermittlung eine neue Richtung.

„Pike."

„Was? Wer?"

„Na ja, Jans Freund. Ich kenn ihn auch ganz gut. Der totale KSC-Fan. Der hat den Jan länger gekannt. Hat Kontakte zum Verein."

Ohne weiter nachzufragen, lässt Steiner den Motor an.

„Adresse?"

„Glaub nicht, dass er daheim ist. Um die Zeit sitzt er immer beim MTV. Ich ruf ihn schnell an."

„Die Turnerkneipe?" Die Adresse scheint Uwe Steiner zu gefallen. „Gute Idee!"

Daniela weiß: Wenn ihr Kollege die Möglichkeit zu einem Frühschoppen außer der Reihe bekommt, dann nimmt er die auch wahr, auch in ungewöhnlichen Situationen. Schließlich, fast fünf Jahre waren das damals in München, da lernt man so was.

Silvia findet es richtig goldig, wie nervös Pike ist, als er zwei „echten Ermittlungsbeamten" gegenübersitzt. Schon am Handy hat er ziemlich rumgestottert, er wäre jetzt nicht so drauf, ob man vielleicht morgen ... – Immerhin, Uwe Steiner gelingt es mit einer einzigen Geste, Pikes Zutrauen zu gewinnen. Er hebt das Glas Richtung KSC-Fahne und stößt mit Pike an.

„Mmh, herrlich!"

Während Pikes Lippen kaum die Schaumkrone berühren, hat Steiner das Glas schon ex gepumpt. Routiniert wischt er sich den Schaum vom Schnurrbart. Dann bemerkt Uwe die Blicke der Frauen.

„Ja, Gott, was denn? Das sind doch nur 0,3! 'Ne Preußenhalbe! Bin eben andere Mengenverhältnisse gewöhnt. – Pike – ich darf Sie doch auch so nennen, oder?"

„Äh was? Aber klar, natürlich, machen ja alle."

„Sie waren der beste Freund von Jan Greiner."

„Na ja, früher. Also zwischendurch. Wir haben den Kontakt natürlich nie verloren. Aber manchmal waren Wochen dazwischen, dass wir uns gar nicht gesehen haben. Trotzdem, wenn wir uns getroffen haben, dann war das fast immer wie früher ..."

„War er der kommende Mann?"

„Auf jeden Fall!"

Pike sieht zu Silvia hinüber. Die schaut woanders hin, schaukelt ihren Fuß.

Daniela Kämmerer fängt ein Nebengespräch mit Silvia an. Es ist ganz klar, die Sache mit Pike hat Uwe unter Kontrolle. Jetzt kommt es darauf an, Silvia genug Aufmerksamkeit zu schenken. Nach einer Weile erheben sich die beiden, um einen kleinen Spaziergang zu machen.

„Kommt doch mit, wer weiß, wie lang's noch so schön ist, da draußen."

Hätte sich Daniela eigentlich denken können, dass der Vorschlag nicht einmal in die engere Wahl gezogen wird. Uwe und Pike haben sich bereits verständigt und Letzterer, stolz, hier gewissermaßen Hausrecht zu besitzen, hat Heinz bereits ein Zeichen gemacht. Zwei Finger und ein Nicken.

„Wir haben ja schon drüber geredet, die Silvia und ich. Ich sag Ihnen, mit dem Klotzke, da ist was nicht in Ordnung.

Der hatte neulich ’nen ganz komischen Auftritt, stimmt’s, Heinz?“

„Was? Jaja.“

Heinz ist jetzt mit dem Bier beschäftigt. Dann kann er nicht.

„Jens Klotzke, der Abwehrrecke?“

Steiner schaut ungläubig. Pike trinkt zum dritten Mal das leere Glas aus.

„Ja, scheint sich auch verändert zu haben. Sowieso einiges anders, in letzter Zeit. Hab’s der Silvia schon erzählt. Muss wieder besser werden, ehrlich. Komische Typen kreuzen dauernd auf, seit ’nem halben Jahr, so ungefähr. Und der Klotzke, der schleppt irgendwas mit sich rum. Wird sofort aggressiv, wenn man ihn was fragt, echt!“

Als Daniela mit Silvia zurückkommt, haben Steiner und Pike nicht nur jeder drei Biere geleert, sondern sämtliche Informationen ausgetauscht, die zur Zeit zur Verfügung stehen. Sie verstehen sich glänzend. Uwe findet Gefallen an dem sensiblen Typen, der schon einiges erlebt hat, sich aber unter keinen Umständen verbiegen lässt; und Pike, na klar, der bewundert einen wie Steiner – so was in der Richtung wäre er auch gern geworden. Ein bisschen härter, ein bisschen männlicher. Na ja. Jeder, wie er’s kann.

Die Anerkennung, die er bei dem Kriminalbeamten spürt, tut ihm überaus wohl. Heinz hat ein Weilchen daneben gestanden, sich aber geärgert, als Uwe Steiner die detailgetreuen Ausführungen über das letzte Auswärtsspiel unterbricht und wieder aufs Thema kommt.

„Na, Nüsse gesammelt?“

„Nee, bunte Blätter. Für’n Klebebild. Machen heut ’n Bastelnachmittag.“

„Oh, prima, krieg ich das dann? Ich häng’s auch auf im Büro, versprochen!“

Etwas verunsichert schauen Silvia und Pike einander an. Dann müssen sie lachen. Das Geflachse zwischen den beiden

Profis gefällt ihnen gut. Hätten sie nicht gedacht, dass es da so menschlich zugeht.

„Tja, Daniela ... Ihr könnt noch ein paar Kastanien suchen gehen. Wir, mein Freund Pike und ich, wir fahren jetzt erst mal ins Büro. Bisschen was protokollieren."

Daniela dreht ihm eine Nase. Natürlich fahren sie mit.

Es ist Abend geworden. Während der Protokollaufnahme durch Daniela Kämmerer und Uwe Steiner haben Pike und Silvia immer wieder zusammen gewartet. Silvia war schweigsam, fast die ganze Zeit über.

„Sind wirklich total in Ordnung. Oder? Die zwei?"

„Hmhm."

„Hätt' ich nie gedacht. Völlig falsches Bild gehabt. Vor allem diese Kämmerer ist super nett zu dir, stimmt's?"

„Schon."

„Du bist sauer auf den Klotzke, gell?"

„Ach, weiß nich."

„Oder auf mich?"

„Mensch Pike, nee! Nerv doch nicht! Du siehst doch, wie's mir geht!"

Pike ist beleidigt. Furchtbar, die Frauen! Fragt man nix, gilt man als Stoffel; fragt man doch, dann heißt es du nervst. Zum Kotzen!

Erst als schräg gegenüber die Tür aufgeht, kommt wieder Leben in Silvia. Als sie bemerkt, dass Pike vorsätzlich beleidigt dreinschaut, gibt sie ihm einen Klapps.

„O Mann, komm jetzt ..."

Aber so richtig hilft das auch nicht.

Der Vorschlag, noch 'ne Pizza essen zu gehen, kommt von Uwe. Eigentlich war nur Daniela gemeint, aber die hat es gleich mit auf Silvia bezogen. Eher aus Höflichkeit fragt Daniela auch Pike. Aber der – mit einem Blick auf Silvia – lehnt ab. Er wäre gerne mitgekommen, verdammt gerne; es hätte ihn halt Silvia fragen müssen! Pike verabschiedet sich kühl. Und es tut ihm weh, dass er nicht anders kann. Draußen flucht er vor sich hin. Wieso bedeutet ihm diese Silvia auf einmal so viel? Muss ihm doch nicht so nahe gehen, war doch Greiners Freundin! War. Wenn er ehrlich ist, wäre ihm Silvia schon viel früher viel fester ans Herz gewachsen. Jan war da ein guter Puffer. Schlimmer Gedanke, das. – Ach, was soll's! So eine wie Silvia würde sich nie, niemals für einen wie Pike interessieren. Höchstens als Kumpel ... und wahrscheinlich nicht einmal das. Das ist das Naturgesetz, und das Naturgesetz ist scheiße. Die Hände in den Taschen, latscht Pike quer durch die Stadt zum MTV zurück. Wo soll er auch sonst hin? Bei seiner Mutter war er ja erst gestern. Haben den Abend über Fernsehen geguckt. Raumschiff Orion, in der fünfzehnten Wiederholung. Eigentlich gemütlich. Aber passt das zu seinem Alter?

Daniela schlägt den Weißen Stern vor. Uwe ist zwar dagegen, wegen der Parkerei. Aber dann machen sie sich doch auf, Richtung Dörfel. Der Himmel glimmt dunkelblau über den Häusern am Lidellplatz. In den Platanen hängen ein paar überdimensionale Sterne. Silvia hakt sich bei Daniela ein. Die Ältere schickt ihr einen mahnenden Seitenblick.

„Der Pike ist eigentlich ein netter Kerl. Er hat dich gern."

„Ja, kann sein."

„Sei 'n bisschen vorsichtig."

„Wieso?"

„Weil du ihm sonst wehtust."

Steiner grunzt. Als gäbe es irgendwo auf Erden auch nur eine einzige Frau, für die das eine Rolle spielen würde! Höchstens für Daniela, scheint's.

„Worauf soll ich denn noch alles achten?"

Da hat Silvia natürlich auch wieder Recht.

Der Abend wird viel schöner als Daniela erwartet hat. Unausgesprochen hat die ganze Situation etwas von Mama, Papa, Kind. Ein ziemlich erwachsenes Kind allerdings, das es in diesen Stunden einfach mal wieder genießt, ein bisschen klein sein zu dürfen. Nach der heißen Tomatencrèmesuppe, den ersten zwei, drei Schlückchen Chianti, gekuschelt an den wunderbaren Kachelofen, kommt Silvia richtig ins Plaudern. So gelöst hat nicht einmal Daniela ihren Schützling bislang erlebt. Sie kommt vom Hundertsten ins Tausendste. Ein paar Mal platzt Uwe Steiner richtig mit dem Lachen heraus. Es ist einfach zu drollig, was die Kleine erzählt. Wie sie beim Plätzchenbacken früher immer nur Elefanten ausstechen wollte und die anderen Förmchen auf dem Klo versteckt hat ... wie sie im Schullandheim einmal den halben Tag unter der Decke geblieben ist, und die andern mussten sie suchen – und es war toll, als alle so sauer auf sie waren ... wie Jan ihr einmal einen Stoffelefanten geklaut hat ... Lauter Kinderkram, aber unglaublich komisch erzählt. An diesem Abend hat Uwe Steiner nur väterliche Gefühle für Silvia. Die aber mit voller Wucht.

Daniela schaut auf die Uhr.

„Du schläfst heute bei mir, ja?"

„Das ist aber ganz lieb von Dir. Aber ich hab keine Angst mehr."

„Trotzdem. Ist sicherer, wirklich."

„Nee, danke, ich möchte echt in mein eigenes Bett."

„Was meinst du, Uwe?"

Steiner zuckt die Schultern.

„Eigentlich wär's schon besser. Aber wir können sie ja nicht zwingen."

„Eben! Echt, macht euch keine Sorgen. Ihr könnt ja erst mitkommen und nachgucken, ob jemand im Hausflur wartet."

„Das sowieso."

Daniela blickt sorgenvoll vor sich hin. Als Uwe aufs Klo marschiert, bezahlt sie schnell. Wenigstens an dieser Stelle will sie Silvia zeigen, dass man sich nicht den Wünschen der smarten Herrenwelt anpassen muss. Die Brieftasche schon aufgeklappt, kehrt Uwe zurück. Doch die Kellnerin weist mit dem Kopf zu Daniela hinüber. Uwe schüttelt den Kopf und verlässt das Restaurant. Silvia schaut ein wenig erschrocken. Doch Daniela wiegelt ab.

„Der fängt sich schon wieder."

Silvia hat keine Ahnung, dass aus diesem „Im-Hausflur-Nachgucken" eine penible Wohnungsdurchsuchung wird.

„So, das reicht dann wohl, oder? Ich bin total müde."

„Schlaf gut, Silvia."

Daniela sagt das alles anders als glücklich. Sie streichelt Silvia kurz die Wange und trollt sich ins Treppenhaus, von wo sie schon dreimal in die Wohnung zurückgekehrt ist.

„Komm, Daniela, für heute ist sie in Sicherheit."

„Eigentlich weiß ich das. Hab aber trotzdem so ein blödes Gefühl ..."

Uwe Steiner kann nicht vermeiden, dass auch ihm ein wenig unbehaglich zumute ist. Es gibt zwar keinen Grund dafür; die Wohnungstür ist einigermaßen stabil. Bis da jemand durch ist, hat Silvia schon Hilfe geholt. Hoffentlich. Ganz sachte streicht er Daniela über den Rücken. Macht er sonst nie. So gut wie nie. Und er setzt noch einen drauf.

„Unglaublich, wie du die Kleine wieder hingekriegt hast."

„Noch nicht, Uwe. Noch lange nicht."

Was für ein langer Tag! Silvia ist vollkommen fertig. Katzenwäsche, hat ihre Mama das immer genannt. Wenn man fast zu erschöpft zum Atemholen ist. Schnell noch die Zähne putzen. In den riesigen Frottee-Pyjama schlupfen. Silvia betrachtet sich im Spiegel.

„Mensch, seh ich aus ..."

Noch blasser, noch dünner. Dazu diese furchtbare Frisur. Ist ihr seit Tagen nicht aufgefallen. Vielleicht wenigstens ein bisschen Crème ... Da knackt was im Wohnzimmer. Silvia läuft es den Rücken runter. – Scheiße. Bitte nicht. Hätte ich doch bloß auf Daniela gehört! – Ach Schwachsinn, hat halt was geknackt. Na und? Muss ja nicht gleich ... Vorsichtig, wie auf heißem Wachs, stackst Silvia in den Flur. Endlich hat sie den Lichtschalter erreicht. Im Wohnzimmer brennt nur das Leselämpchen. So schnell wie möglich hastet sie zum Schalter für das Deckenlicht. Uff, nichts! Was ein Glück. – Verflixt aber auch! Hallo? Hier waren zwei absolute Spezialisten ... und haben nichts und niemanden gefunden. Schluss jetzt! Doch schon das Wörtchen „niemand" macht ihr Angst. Weil es beinhaltet, dass auch jemand da sein könnte. Jemand.

So. Das reicht. Schnell ins Bett. Das ist das Beste, das Einzige, was Silvia jetzt braucht. Ausschlafen. Zur Ruhe kommen. Morgen sieht dann alles schon ganz anders aus. Wie eine Fünfjährige hüpft Silvia in ihr kuscheliges Bett. Die Decke über den Kopf ziehen und den Schalter ausklopfen ist eine einzige Bewegung. Eisig ist das Laken, noch schlimmer die Decke. Es dauert eine Weile, bis sich Silvia warmgeschaukelt hat. Sie wackelt hin und her, so wie ganz früher.

Knack.

Nicht schon wieder. O.k., es sind die blöden Dielen. Ist doch klar, den ganzen Tag wars kalt hier und jetzt ... dehnen sie sich eben aus. Aber ich hab die Heizung doch gar nicht hochgedreht ... Naja, auch egal, wer hat schon ständig die ganze Physik parat ... Silvia versucht an was Schönes zu denken. Hm ... Daniela fällt ihr ein. So ein Glück mit dieser lieben neuen Freundin! Ja, eine Freundin, anders kann man das nicht mehr nennen. Und ausgerechnet bei der Polizei. Nicht zu fassen. Naja, ein bisschen Recht hat Daniela schon: Silvia sollte etwas netter zu Pike sein. Natürlich nicht zu nett. Süß ist er ja. Aber etwas tappsig. Halt kein Jan ... Ach, alles nicht so einfach. Jetzt aber schlafen. In ihrem großen, endlich, endlich immer wärmer werdenden Schlafkasten.

Aber Silvia Schätzle wird nicht schnell einschlafen. Sie wird überhaupt nicht einschlafen in dieser Nacht. Sie wird aufgeregt hin und her wackeln. Dann schwitzen. Und dann ist ihr wieder kalt. Schließlich hält sie es nicht mehr aus. Mit einem Ruck schlägt sie die Decke zurück. – Steht da nicht was? Steht da nicht was Hohes, Dunkles, mitten im Zimmer? Etwas mit zwei Zacken obendrauf? Das war doch vorher noch nicht da! Hört sie nicht etwas atmen? Ich werd verrückt, ich werd verrückt, das gibt's doch nicht! Wieder zieht sich Silvia die Decke über den Kopf. Aber länger als zwei Sekunden hält sie es nicht aus. Silvia springt aus dem Bett, macht Licht. Nichts. Niemand. Ein schreckliches Wort. Gern würde sie noch mal aufs Klo gehen. Aber sie traut sich nicht. Daniela ... Daniela ... Du hattest so Recht! Soll ich sie anrufen? Doch noch zu ihr hinfahren? Aber da muss ich ja aus dem Zimmer. Nach draußen! Das schaff ich heute nicht. Dann lieber zurück ins Bett. Licht wieder aus. – Silvia liegt so still wie möglich. Hoffentlich knackt es nicht gleich wieder.

„Silvia?“

Was? Was? Um Gottes Willen! Hat sie das wirklich gerade gehört? Oder bildet sie sich das nur ein? Es ist zum Wahnsinnig-Werden! Das kann ja gar nicht sein. Daniela und Uwe Steiner haben doch alles abgesucht. Es ist also in Ordnung. Alles andere hat sie ihrer überstrapazierten Phantasie zuzuschreiben. Ist ja auch kein Wunder.

„Wir hatten das anders vereinbart, Silvia.“

Kein Zweifel – es ist jemand da. Jemand. Silvia liegt starr. Sie kann nicht atmen, nicht schreien. Nur lauschen. Ihr Herz donnert. Da wird das Leselämpchen angeknippst. Im Sessel drüben an der Wand sitzt – der Teufel! Nein, eine riesige Katze ist es, sie hat einen beigen Trench-Coat an. Mit übereinandergeschlagenen Beinen sitzt sie da. Und schaut Silvia an.

„Ich bin richtig enttäuscht, Silvia. Du machst ganz schlecht mit. Das muss sich ändern. Aber ganz schnell. Ja?“

Silvia bekommt fast keinen Ton raus.

„Ja."
„Bitte? Ich hab dich nicht richtig verstanden. Du musst dir mehr Mühe geben."
„Ja!" Es ist ein heiseres, ersticktes Ja, das Silvia aus sich herauspresst.
„Schon besser, schon etwas besser."

Die Katze richtet sich auf. Es knackt.
„Statt sich an die Vereinbarung zu halten, bist du zu den Bullen gerannt. Das ist nicht fein, so was. Hast du denn geglaubt, wir merken das nicht? – Na?"
„Nein. Ja."
„Ich habe gesagt, du sollst dir mehr Mühe geben. Wo ist der Umschlag?"
„Ich ... hab keinen."
„So. Und was hast du damit gemacht?"
„Wirklich. Ich bitte Sie ... bitte nicht."
Weiter kommt Silvia nicht. Ihr versagt die Stimme.
„Du hast jetzt Angst, nicht wahr, dass ich aufstehen könnte. Dass ich zu dir rüberkomme. Leider, heutzutage ist nicht einmal ein Bett ein sicherer Ort, verstehst du das? Ich sag's dir nur noch ein einziges Mal: Du gehtst nicht zu den Bullen. Und gleich morgen früh suchst du den Umschlag."
Auf einmal schreit die Katze mit allergrößter Lautstärke:
„Ist das klar?"
Silvia nickt, so gut sie kann. Sie nickt und nickt, richtig fleißig nickt sie.
„Denn sonst müsste ich doch mal rüberkommen. Und das wäre dann gar nicht schön für dich. Vielleicht würde dir am Ende was fehlen. Und das wollen wir uns doch ersparen, nicht wahr?"
Das Licht wird ausgeknippst. Silvia rührt sich nicht. Nur nicht bewegen. Nur nicht atmen. Dann geht es wieder fort. Ganz bestimmt geht es wieder fort. Sie darf nur nicht ... sie darf

nichts. Nur daliegen. – Lange bleibt Silvia so liegen. Regungslos. Dann traut sie sich ein paar leise Atemzüge. Oh Gott, wenn das Licht wieder anginge! Oder, wenn Silvia es selber anschalten würde. Dann spränge die Katze sie an! Nein, lieber warten. Bis zum Morgen. Bis es richtig hell ist im Zimmer. Wäre es nicht besser, nicht zu leben als auf diese Art? Es wäre vielleicht überhaupt besser, nicht mehr zu leben. So wie Jan. Plötzlich hat sie eine so gewaltige Sehnsucht, bei ihm zu sein, dass sie zu zittern anfängt. Silvia krümmt sich. Aber nicht zu sehr. Sie darf ja kein Geräusch machen.

# Rückzieher

Als Daniela den Wagen vor dem kleinen Häuschen zum Stehen bringt, schaut Uwe überrascht auf. Bei Tag wirkt dieser Winkel Karlsruhes angenehm verschlafen, fast idyllisch. Hier hätte er wirklich keine WG junger Frauen vermutet, dann schon eher Süd- oder Oststadt. Eigentlich hatte Daniela alleine losfahren wollen, um Silvia Schätzle, die Silvie, wie sie sie seit neuestem immer nennt, noch ein paar Fragen zu stellen. Erstaunt hatte Steiner vor einigen Tagen das Du in der Anrede Frau Schätzles registriert. Das ist sonst nicht Danielas Art.

Irgendetwas hatte ihn aber dazu bewogen mitzufahren, obwohl sich auf seinem Schreibtisch die Akten türmen und Morgenroth bei der letzten Monatsbesprechung deutlich gemacht hat, dass unbearbeitete Aktenberge nicht mehr toleriert würden. Der kann ihn mal und die Akten laufen ja nicht weg. Außerdem ließ ihm sein berühmtes Steiner'sches Bauchgefühl keine andere Wahl. Und so fuhr er mit, unter Danielas Protesten und Beteuerungen, dass das doch nicht notwendig sei.

Die Straße vor dem Häuschen ist wenig befahren, in unmittelbarer Nähe plätschert die Alb, der warme Herbstwind trägt Vogelgezwitscher aus dem angrenzenden Park herüber. Die Szenerie wirkt ausgesprochen friedlich und doch schleicht sich ein dunkler Missklang in diese Symphonie der hellen Töne. Steiner jedenfalls meint ihn zu spüren.

Sich hinter seiner Kollegin haltend, betritt er die Einfahrt. Der Türöffner summt nur wenige Augenblicke, nachdem Daniela geklingelt hat. In der halb geöffneten Wohnungstür im ersten Stock steht eine junge Frau.

„Guten Tag! Daniela Kämmerer, Kriminalpolizei. Das ist Hauptkommissar Steiner", fügt sie nach hinten deutend hinzu.

„Guten Tag. Monika Bauer. Was kann ich für Sie tun?"

„Wir würden gerne mit Frau Schätzle sprechen. Dürfen wir reinkommen?"

Ohne sich von der Stelle zu bewegen oder die Türe weiter zu öffnen, erklärt die junge Frau den Polizisten, dass das gerade ein schlechter Zeitpunkt sei – und die Silvia eh nicht zu Hause.

„Wissen Sie denn, wann Frau Schätzle wieder nach Hause kommt?"

„Keine Ahnung, mir hat sie nichts Genaues gesagt."

„Wohin sie gegangen ist, können Sie uns auch nicht sagen? Vielleicht könnten wir sie ja von dort abholen?"

„Nein, kann ich nicht. Und mit dem Abholen wird's wohl auch nichts werden, denn die Silvia ist erst vor einer halben Stunde mit dem Rad los. Das kann länger dauern."

„Mit ihrem Fahrrad, das da unten im Hof an den Zaun gekettet ist?" Danielas Stimme ist plötzlich sehr scharf.

„Frau Bauer, was soll das? Wollen Sie wegen Behinderung polizeilicher Ermittlungen belangt werden?"

Steiner hat die ganze Szene aus dem Hintergrund beobachtet. Er ist jedes Mal aufs Neue überrascht, wie knallhart seine Kollegin sein kann, und er hat großen Respekt vor ihrem klaren, analytischen Geist. Wenn Daniela dieses Blitzen in den Augen hat, sollte man sich besser nicht mit ihr anlegen und wenn doch: Steiner möchte jedenfalls nicht der Gegenspieler sein. So viel ist sicher ... Gerade als er der unbekannten, ziemlich süßen jungen Frau verbal aushelfen will, ertönt eine weitere Stimme aus dem Hintergrund der Wohnung.

„Lass es gut sein, Moni! Sonst bekommst du noch Ärger. Danke, dass du es versucht hast!"

Silvia Schätzles Kopf erscheint hinter Moni, die den Polizisten immer noch den Weg versperrt. Silvia schiebt sie freundlich zur Seite und bittet Daniela und Uwe mit einer angedeuteten Verbeugung ins Wohnzimmer.

„Guten Tag Frau Kämmerer! Herr Steiner! Nehmen Sie doch Platz. Meine Mitbewohnerin Frau Monika Bauer haben Sie ja soeben kennen gelernt. Sie ist heute früh aus dem Urlaub zurückgekommen. Kann ich mit den beiden Kommissaren ins Wohnzimmer gehen, Moni? Wir brauchen auch nicht lange!"

Und zu den Polizisten gewandt fügt sie noch hinzu:

„Kann ich Ihnen etwas zu trinken anbieten?"

Steiner setzt sich auf die beige Cordcouch, nicht ohne innerlich den Kopf über die Farbauswahl dieses Möbelstücks zu schütteln. Er hatte sich darauf eingestellt, dass seine Kollegin die Befragung durchführen würde. Diese bleibt aber stumm. Ein kurzer Blick in Danielas Gesicht genügt. Die eigenartige Vorführung an der Wohnungstür hat sie völlig aus dem Konzept gebracht. Warum lässt sich Frau Schätzle von ihrer Mitbewohnerin verleugnen, wenn sie doch fast befreundet mit Daniela ist, die wiederum kommt, um ihr zu helfen? Intuitiv übernimmt er. Steiner ist klar, dass es den gestrigen Abend nicht gegeben hat. Kein nettes Zusammensein bei Pizza und Wein, kein ausgelassenes Rumalbern über Kindheitserinnerungen und vor allem kein Du. Der Polizist in ihm hat das Kommando übernommen.

„Mir ein Glas Leitungswasser bitte. Und dann hätten wir noch ein paar Fragen an Sie." Damit verschafft er Daniela eine kurze Pause, die sie dringend benötigt, um ihre Fassung wieder zu gewinnen. Mit einer Hand zieht er seine erstarrt stehende Kollegin neben sich aufs Sofa und bedeutet ihr mit seinem „Jetzt-bin-ich-dran-Blick", sich aufs Beobachten zu konzentrieren.

Silvia Schätzle kommt mit zwei Gläsern in der Hand aus der Küche zurück. Langsam lässt sie sich auf den Sessel gegenüber den Kommissaren sinken. Mann, die gibt sich aber betont lässig, denkt Steiner. Wenn ich so aussehen würde, als wäre ich nach einer durchzechten Nacht gerade erst aus dem Bett gekrochen, wäre ich höchstwahrscheinlich nicht in der Lage, so cool zu wirken. Respekt, Respekt, Frau Schätzle! Wenngleich dein Äußeres ja nicht so ganz mit deinem Auftritt übereinstimmt ...

„Frau Schätzle, wie schon erwähnt, wollen meine Kollegin und ich Ihnen gerne noch ein paar Fragen stellen. Auf dem Kommissariat gestern erzählten Sie, dass es einige Ungereimtheiten im Zusammenhang mit dem Tod Ihres Freundes Herrn Greiner gibt? Sie erwähnten da einige Telefonate ..."

„Ach ja!", fällt Silvia ihm ins Wort. „Mann, war ich fertig gestern. Mir gingen da echt die Pferde durch. Nach der letzten Nacht war ich so flatterig, dass ich einfach total neben mir stand."

„Was wir auch vollkommen verstehen können! Nach so einem Erlebnis ginge das wohl jedem so. Also, was uns an der Sache interessiert ist ..."

Wieder wird er von Silvia unterbrochen.

„Ich will damit sagen, dass ich gestern irgendwie unter Schock stand. Ich wusste nicht, was ich tat beziehungsweise sagte. Ich glaube, da habe ich total überreagiert ... Es tut mir echt leid ... ich war wohl eine ... eine hysterische Kuh!"

Ein scheues Lächeln huscht über Silvias Gesicht. Als sie zu ihrem Wasserglas greift, zittert ihre Hand.

„Und heute geht es Ihnen wieder besser?"

„Nun ja, ich glaube schon. So langsam verarbeite ich das Geschehene ... verstehen Sie mich nicht falsch ... es tut immer noch sehr weh, dass der Jan ... also, dass er fort ist ... für immer ... aber irgendwie bin ich heute Nacht ... etwas in mir drinnen ist zur Ruhe gekommen."

„Das freut mich für Sie. Gerade die ersten Tage nach einem tragischen Tod sind für die Angehörigen die schwierigsten. Die meisten Betroffenen erleben einen massiven Schock, aus dem sie erst einige Zeit später wieder erwachen ... Und da Sie nun wieder etwas klarer denken können, wäre es für die Polizei enorm wichtig, dass Sie versuchen, sich noch einmal an alle – auch die nebensächlichsten – Einzelheiten zu erinnern. Also, ihr Freund, Herr Greiner, wurde nach ihren Aussagen unter Druck gesetzt. Sie sprachen von ungewöhnlichen Treffen und Telefonaten. Ist Ihnen dazu noch etwas eingefallen? Ein Name, den Ihr Freund einmal erwähnt hat? Eine Person, die ihn abgeholt, mit der er sich getroffen hat?"

„Lieber Herr Steiner! Ich danke Ihnen dafür, dass sie nicht versucht haben, mich als durchgeknallte, maßlos übertreibende Tussi zu sehen. Aber ich muss Ihnen wohl sagen, dass an dem allem nichts dran ist ... diese ganzen Theorien von Verfolgung und Druck, ich habe mir da einen ganz schönen Blödsinn zusammengereimt!"

„Auf uns wirkte das alles ganz und gar nicht blödsinnig!"

„Ich war einfach zu verstört, das ist alles."

„Das ist alles?"

„Ja!"

„Und die Anrufe? Das seltsame Verhalten ihres Freundes in den letzten Wochen? Der plötzliche Tod auf dem Spielfeld? Nicht zuletzt der unheimliche Besucher vorgestern Abend?"

„Ich schäme mich ja so dafür, Ihnen das alles erzählt zu haben. Jetzt, im Nachhinein, denke ich ganz anders darüber. Ich meine, jede Beziehung läuft mal besser und mal schlechter ... daraus aber gleich ein Mordkomplott zu schmieden ... ich war wohl wirklich nicht ganz zurechnungsfähig! Und dieser vermeintliche Besucher: Ich sollte wohl besser nicht so viele Horrorfilme schauen!"

Steiner wirft einen Seitenblick auf seine Kollegin, die dem Gespräch bisher regungslos zugehört hat. Danielas Gesicht wirkt aufmerksam gespannt, nicht überrascht oder gar schockiert, wie er eigentlich vermutet hätte. Immerhin war es Daniela gewesen, die sich um Frau Schätzles Verdächtigungen bemüht, die ihr Glauben geschenkt hatte. Steiner indessen denkt fieberhaft darüber nach, was er mit diesen neuen Informationen anfangen soll. Eigentlich müssten er und Daniela jetzt gehen, wenn Frau Schätzle ihre Anschuldigungen zurücknimmt und es auch von anderer Seite keine Hinweise auf einen unnatürlichen Tod gibt ... wäre da nicht Silvias krass widersprüchliches Verhalten ...

„Frau Schätzle, was sollen wir denn jetzt mit diesen Aussagen anfangen? Zuerst kommen Sie zu uns und behaupten Ihr Freund wäre umgebracht worden und ein paar Tage später stellen Sie sich als hysterische Frau dar, die nicht wusste, was sie sagte?"

Aus Danielas Tonfall kann Steiner nur zu gut seine eigene Ratlosigkeit heraushören.

„Ich sagte ja schon, dass es mir leid tut und dass es mir auch extrem unangenehm ist, aber ..."

„Aber was?", fällt ihr Daniela ins Wort.

„Aber ... aber ich glaube, dass Sie ihre Nachforschungen einstellen können. Kein Mensch hätte Jan unter Druck setzen können!"

„Mensch Silvie!", entfährt es Daniela nun, „was soll denn das? Das war doch echt konkret, was du mir alles erzählt hattest! Du warst auch kein bisschen durchgeknallt oder so was!

Warum möchtest du denn plötzlich nicht mehr, dass wir dir helfen?"

„Weil das alles eine Riesendummheit von mir war, deswegen!"

Silvias Stimme klingt ungewöhnlich schrill, ihre Augen füllen sich mit Tränen.

„Ich habe Sie nicht darum gebeten, mich hier in meiner Wohnung zu besuchen. Ich will nicht, dass Sie noch länger hier bleiben ... gehen Sie jetzt und ... und lassen Sie mich endlich in Ruhe!"

Steiner sieht, dass Daniela noch etwas erwidern will. Fest legt er seine Hand auf ihren Unterarm, bedeutet ihr, es gut sein zu lassen. Er erhebt sich aus dem Sofa und zieht seine sich dagegen sperrende Kollegin mit hoch. In diesem Augenblick betritt Moni das Zimmer. Die zwei Polizisten mit vorwurfsvollen Blicken bedenkend, schließt sie Silvia fest in ihre Arme.

„Ja dann ... entschuldigen Sie Frau Schätzle, dass wir Sie gestört haben ... auf Wiedersehen."

An der Haustüre dreht Steiner sich noch einmal zu den zwei Frauen um.

„Und falls Ihnen doch noch etwas einfällt ... Sie wissen ja, wo wir zu finden sind."

Für ihre süße Freundin gilt natürlich dasselbe, fügt Steiner noch in Gedanken hinzu ...

Beim Auto angelangt, nötigt er Daniela auf den Beifahrersitz, sich selbst hinters Steuer quetschend. Nach einigen stillen Momenten, in denen jeder seinen eigenen Gedanken nachhängt, ergreift Daniela das Wort.

„Eigentlich hätte ich mir ja gleich denken können, dass da heute etwas schief geht, als du so darauf bestanden hattest mitzufahren. Und ich bin echt froh, dass ich nicht allein in Silvias – Frau Schätzles – Wohnung war. Das hätte ich nicht geschafft. Du und deine einmalige Spürnase!"

„Spürbauch würde ich eher sagen."

Mit einem angedeuteten Grinsen lehnt Steiner sich in seinem Sitz zurück und steuert das Auto auf die Straße zurück Richtung Karlstraße.

„Und was machen wir jetzt? Wir können doch nicht so tun, als ob Silvie uns das alles nicht erzählt hat!"

„Tun wir auch nicht. Wir fahren jetzt erst einmal direkt zum Wildpark. Die Vormittagseinheit müsste gleich zu Ende sein und ich möchte mir unbedingt mal diesen Klotzke vornehmen. Sowohl Pike als auch Heinz vom MTV haben bestätigt, dass der in letzter Zeit sehr gereizt wirkt. Mal schauen, wie er reagiert, wenn wir ihn ein bisschen direkt angehen, den Zweikampf suchen, sozusagen."

„Was meinst denn jetzt damit? Willst du dich jetzt etwa auch in Fußball versuchen?"

„Nee, türlich nicht! Aber so ein wenig Tackling kann bei diesem Fall sicherlich nicht schaden."

„Also haben wir doch einen Fall?"

„Klar. Da ist doch was oberfaul; das stinkt doch wie 'ne ganze Müllkippe!"

„Mensch, bin ich froh, dass du das sagst! Ich dachte schon, dass ich jetzt ganz allein dastehe mit meiner ... Verschwörungstheorie."

„Nix da, allein. Das stehen wir schon zu zweit durch ... Pass auf: Da kommt eine aufgelöste Frau und behauptet, ein Verbrechen wäre geschehen, später wiederholt und verstärkt sie diese Aussage noch, liefert sogar ein paar Anhaltspunkte. Kurz darauf nimmt sie alles zurück und behauptet, sie hätte sich geirrt! Wonach hört sich das an?"

„Klassischer 1/3er, würd ich mal sagen?"

„Genau! Auf jeder Polizeischule der Welt würde man den ermittelnden Beamten nahe legen, den Background der Person zu durchleuchten, um nach Anzeichen für Druckausübung oder gar Erpressung zu suchen."

„Also: Wer hat ein Interesse daran, dass Silvie ihre Aussage zurücknimmt?"

„Mir fällt da spontan nur Mr. X ein!"

„Der Anrufer? Der, der abends ums Haus schleicht?"

„Oder sein Auftraggeber."

„Aber welches Motiv könnte er haben? Silvie hat erwähnt, dass der Jan etwas – wahrscheinlich Geld – erwartete."

„So sieht's aus."

„Aber von wem und warum?"

„Da wir den Verein aller Wahrscheinlichkeit nach ausschließen können, bleiben nur noch Außenstehende übrig. Und egal an welchen Grund ich auch denke, mir fallen nur faule Eier ein!"

„Du meinst, irgendjemand wollte ihn kaufen? Ein anderer Verein, so etwas wie ein Vorschuss auf eine bessere Zukunft?"

„Das glaube ich kaum, wenngleich ich nichts ausschließen kann. Aber meistens gibt es in den Vereinen eine undichte Stelle, die mit der Presse oder sonst wem Kontakt hat. Diese Information wäre früher oder später durchgesickert ... nein, ich denke da eher an ... an Spielmanipulation, obwohl mir dieser Gedanke im Zusammenhang mit meinem KSC ganz und gar nicht gefällt ..."

„Wow, das wäre im Spitzensport dann ja so ziemlich der größte Sumpf, in dem wir uns verlaufen könnten ... ich hoffe mal, dass du mit dieser Befürchtung falsch liegst, denn wenn nicht ..."

„... dann gute Nacht!"

In diesem Moment setzt Steiner den linken Blinker. Langsam biegt er zum Wildpark ein. Das große Tor steht offen, die Spielerautos parken noch auf dem südseitigen Parkplatz.

Alles sieht so friedlich aus, denkt Steiner, als er mit Daniela auf die Kabinen zugeht. Aber schon zum zweiten Mal zieht heute ein ungutes Gefühl durch seinen Bauch ...

Pike hat Recht gehabt. Klotzke kann ganz schön übellaunig sein. Als er vor der Kabine von Steiner abgefangen wird, reagiert er enorm unwirsch.

„Gibt's ja wohl nicht! Ham Sie 'ne Ahnung, wie der uns heut Morgen geschunden hat? Ich will nach Hause. In zwei Stunden geht's schon wieder weiter. Straftraining, sozusagen."

Aber Uwe Steiner lässt nicht locker:

„Können wir hier irgendwo ungestört reden?"

Klotzke sieht ein, dass ihm Ausflüchte nicht weiterhelfen werden.

„Bringen wir's halt hinter uns. In der Kabine is' jetzt keiner mehr."

„Also gut."

Die Begrüßung zwischen Jens Klotzke und Daniela Kämmerer fällt seitens des Spielers frostig-genervt aus. Als sie die Kabine betreten, wird ihnen ganz anders zu Mute. Das also ist das Allerheiligste! Hier werden die Siege im innersten Zirkel bejubelt. Hier ist die Depression am stärksten, wenn's mal wieder nicht funktioniert hat. Es ist eine zum Bersten mit Erinnerung, Aufregung, Irrsinn angefüllte Atmosphäre. Außerdem kämpfen in der Luft Deodorant und Männerschweiß um die Vorherrschaft, wie Daniela feststellt.

„Da."

Uwe Steiner hat die richtige Ecke gefunden. Und er hat klug gewählt. Hier, in der vertrauten Umgebung, geht Jens Klotzke ein wenig aus sich heraus.

„Ich kann mir schon denken, worum's geht. Sie können mir glauben, wir alle sind auch noch ganz fertig wegen dem Jan ..." Unsicherer Blick zu Daniela. „Aber, es tut mir wirklich leid, da ist nichts. Auch wenn es noch so schwer zu verstehen ist."

Steiner macht ernst.

„Haben Sie auch ein Angebot bekommen?"

„Hä? Was für'n Angebot?"

„Ich nehme natürlich an, Sie haben sofort abgelehnt. Aber können Sie sich nicht erinnern, dass Ihnen jemand vor einiger Zeit Geld angeboten hat, wenn Sie ... ihre Spielleistungen ein wenig herunterschrauben?"

„Was sind denn das jetzt schon wieder für Horrorgeschichten? Ist jetzt Märchenstunde oder was? Keine Ahnung, wer so was immer aufbringt."

Wütender Blick zu Daniela.

„Sie sagen „immer". Also das Thema ist da."

„Klar ist das Thema da. Ach verdammt, was weiß ich ..."

Es folgt eine der brillanten Engführungen Steiners. Dafür ist er bei den Kollegen bekannt. Nur ein Krümelchen genügt ihm, ein Körnchen – und binnen Minuten wächst ein Gebirge daraus. Pressing heißt das Äquivalent im Fußball. Kaum hat Jens Klotzke irgendetwas Ausweichendes begonnen, wird er schon abgewürgt – und befindet sich genau an der Stelle wieder, wo er eigentlich weg wollte. Nur noch viel tiefer drin. Er kommt aus der Verteidigung kaum mehr heraus. Bis schließlich, als Steiner angreift und die Sache taktisch in eine Anklage umformuliert ... da kann er nicht mehr. Da platzt es aus ihm heraus:

„Verdammt, Hacke, ja! Vor ein paar Monaten war halt so'ne Type da, einer von denen, die teure Mäntel tragen und blankgewichste Schuh ... Ich wusst erst gar nicht, was der wollte. Ein Idiot war das. Irgendwas von einem ‚Vertrag auf Zeit' hat er gefaselt."

„Worin bestanden die Vertragsinhalte?"

„Ich kick' ein paar Mal beschissen."

„Und dafür gibt's Knete."

„Genau."

„Viel Knete."

„Mensch, ja!"

„Wie viel Knete?"

„Verflucht noch mal, fast hunderttausend, wenn Ihr's genau wissen wollt!"

Klotzke zoppelt nervös an einem Handtuch, das er vom Haken gerissen hat. Steiner macht eine Kunstpause. Daniela sieht ihn an: Soll ich? Andeutung eines Kopfschüttelns. Denn jetzt kommt der tödliche Konter.

„Gar kein schlechter Preis. Sie verdienen ja eigentlich genug. Aber so ein Sümmchen kann man immer mal brauchen. Oder?"

Keine Antwort.

„Sie haben natürlich sofort abgelehnt."

Auf einmal wird Klotzkes Stimme leise:

„Nee. Nicht sofort. Ich Volldepp hab sogar erst mal halb zugesagt."

„O.k., gut, würde wohl jedem so gehen, bei so einem Angebot. Ist es zu einer Geldübergabe gekommen?"

„Was? Nee, auf keinen Fall! Als der das nächste Mal wiederkam, hab ich ihm sofort gesagt: Schieb ab, Mann, hier kannst du nicht landen! Aber ihr glaubt nicht, was mich das Nerven gekostet hat! Ich wollt absolut nix mehr mit zu tun haben, ehrlich. Ich hatt' so einen Hass auf mich ... Wie konnt' ich so bescheuert sein!"

Wieder eine der Steiner'schen Kunstpausen. Dann:

„Sie halten es also für möglich, dass nicht nur Sie von dem teuren Mantelträger angequatscht worden sind? Dass auch andere dran kamen? Jan Greiner zum Beispiel?"

„Naja ... Ja."

Klotzke lässt den Kopf hängen. So hat man ihn auch noch nicht gesehen. Daniela betrachtet ihn mitleidig. Und dann passiert etwas, das niemand vermutet hätte: Jens Klotzke laufen die Tränen runter.

„Wenn ich das gewusst hätte, dass die Ernst machen ... Ich hätt den Jan vielleicht noch retten können! Wer denn sonst, wenn nicht ich? Aber ich hab' auch nix mitgekriegt, ehrlich! Nur eben: Weil ich nix mitkriegen wollte. Ein einziges Mal, nur ein einziges Mal, als ich den Saftsack über'n Parkplatz hab latschen sehen, und der Jan hat so verdattert rumgestanden, hab ich ihn angemacht: He, lass das! – Können sich denken, wie der reagiert hat ..."

„Wie denn?"

„Na ja, leck mich, so in der Art. Der Jan war keiner von den Kuschis. Der hat auch gegen uns Alte ausgeteilt."

„Ich möchte sie bitten, Herr Klotzke, dass sie die Aussagen auf der Wache zu Protokoll geben. Nachmittagsunterricht fällt heute aus."

Klotzke nickt schwer. Wieder wird er ganz leise:

„Ist wohl das Beste, glaub ich."

Als sie zusammen die Kabine verlassen, will Jens Klotzke Daniela Kämmerer die Tür aufhalten. Etwas umständlich steht er eher im Wege, als dass er es ihr wirklich leichter machen würde. Daniela bedankt sich trotzdem mit einem schmalen Lächeln. Klotzke starrt vor sich hin.

# Platzverweis

„Un? Fraisch dich aa schon wie varriggt?"

„Ha du bleeder Hund, du bleeder! I heb doch koi Kaat meh griegt!"

„Na, also das gibt'n Ding. Wo guckt ihr denn?"

„Ich glaub, wir gehn zu Thomas. Kann das public viewing nicht mehr ertragen."

„Und was macht ihr nächsten Donnerstag?"

„Komische Frage. Hab doch extra 'n neuen Flachbildschirm besorgt ..."

Diese freudig-nervöse Stimmung in der Stadt, von Tag zu Tag ansteigend bis zur Raserei, hat nur einen Grund: Das entscheidende Spiel gegen Atletico Madrid rückt näher. Aufregend näher. Bedrohlich näher! Unsinn, was heißt bedrohlich? Nur die unverwüstlichen Pessimisten haften an ihrer ängstlichen Strategie.

„Du wersch schon noch sehe: die spiele ganz annerschd, i waiß net, ob unsre mit dem zurechtkomme ..."

„Puh, hast du diesen Außenstürmer gesehen? Wer von unsern soll den denn aufhalten ...?"

„Es ist ja wie immer: Wenn wir mal was reißen könnten, geraten wir garantiert an so 'ne Übermannschaft ..."

Es ist die Zeit, wenn alle Gespräche, ganz gleich, wo sie stattfinden, auf ein und dieselbe Richtung eingenordet sind. Am eindeutigsten in den Straßenbahnen. Manche, die es wagen andere Themen anzuschlagen, werden beinahe feindselig angeschaut. Zumindest ein tadelndes „Wie können die nur!“ schwingt mit. – An den Autos häufen sich die blau-weißen Wimpel. Vor Ampeln kommt es zu verkehrsgefährdenden Verbrüderungsszenen. Es wird eindeutig mehr gehupt als üblich. Das hört sich alles an wie vorweggenommene Jubelrufe. Manchmal genügen aber auch Handzeichen: Die eine zeigt vier Finger, die andere formt eine Null. Reaktion: Entweder eine geballte, emporgereckte Faust. Oder das Victory-Zeichen. Oder eben animalisches Gebrüll und Dauergehupe.

„Ha soowas, des hew i aa noch net erlebt. Des isch jo schlimma wie bei de Weltmoischdaschaft!“

„Hajoo, wenn de Klinsi dortmols unser Mannschaft g’hatt hätt, hätt Iddalje koi Chance g’hatt!“

Nicht immer überwiegen die realitätsnahen Einschätzungen. Vielmehr, sie sind Mangelware. Am Ludwigsplatz ist geflaggt. Ganz egal ob Badische Bier- und Weinstuben, Eisitaliener oder Szene-Café: Allenthalben flattert es blau und weiß vor diesem seit Wochen unverändert stahlblauen Herbsthimmel.

In den Schulen haben es die Lehrkräfte aufgegeben, das Tragen von KSC-Trikots zu untersagen.

„Aber nur bis nach dem Spiel!“

„Na sicher, nach dem Spiel erst recht!“

Viele steigern sich über die Vorfreude in eine regelrechte Euphorie hinein. An Jan Greiner denkt kaum noch einer. Will keiner mehr denken. Bei Heinz ist das anders. Er ist vielleicht der glücklichste und zugleich der unglücklichste Fan in Karlsruhe. Logisch, den MTV, seine Fan-Höhle, hat er herausgeputzt, wie man das erwarten darf. Zwei neue, extrem lange Fahnen hat er gekauft – und noch am selben Tage hochgezogen. Auf einer prangt eine Vier. Auf der anderen eine Null. Hat er selber aufgeklebt. – Keiner weiß, wie es zu diesem 4:0 kam, von dem überall die Rede ist. Auf einmal stand es fest: Wir gewinnen! Und wir gewinnen vier zu null! – Mit Pike spricht Heinz überhaupt nicht mehr über Jan. Auf einmal war da eine Sperre.

Möglich, dass sie einander nicht traurig machen wollen, gerade jetzt nicht. Pike schaut sowieso so trübe drein, die letzten Wochen. Ab und zu kann es Heinz doch nicht lassen und versucht ihn zu ermuntern:

„Pike, waisch, wenn wir da durchkommen – dann ist alles möglich! Das gibt den Triumph des Jahrhunderts. Dass ich das noch erleben darf!"

„Bringst mir'n Jägerschnitzel?"

„Also wirklich, Pike, so'n bisschen drauf freuen könntest du dich auch!"

„Nich' so viel Pommes. Dafür mehr Salat."

Kopfschüttelnd kehrt Heinz hinter den Tresen zurück. Naja, wird sich schon wieder fangen. Vielleicht kriegt Pike nach dem 4:0 bessere Laune. – Seltsam, jetzt hat Heinz einen Moment lang geglaubt, das Ergebnis stehe schon fest. Wie man sich doch manchmal mitreißen lassen kann ...

Doch da sind einige, die lassen sich überhaupt nicht mitreißen. Die Rede ist nicht von den Zweckpessimisten; es sind die Vielbeschäftigten, die mit den Aktenköfferchen, in abgetönten Limousinen oder mit mords teuren Falträdern durch die Stadt huschend. Ja, es gibt auch diese Unbeteiligten, die nicht davor zurückschrecken, allzu Begeisterungsfähige in die Grenzen zu weisen.

„Können wir jetzt mal wieder weiterfahren, wenn ihr euch ausgehupt habt?"

Allerdings: Diese Herren sitzen in den entscheidenden Positionen. Es scheint, wer's ganz nach oben schafft, steht außerhalb. Kann sich nicht mitfreuen. Weiß gar nicht, wozu. Ist dies der Preis, den alle bezahlen müssen, deren Karriereleiter nicht schon ab dem Abteilungsleiterposten die Sprossen ausgehen? Da sind manche, deren Geschäftigkeit keine Unterbrechung kennt, die weder die Lust der Vorfreude noch die Qualen der Angst vor der Niederlage kennen. Sie haben zu tun. Sie ziehen die Fäden. Und – wer weiß – am Ende hängen all die anderen noch ab von dem, was diese eiligen Gesellen ausspinnen. Am Ende ist es so, dass diesen Sichtbar-Unsichtbaren, diesen unauffälligen Gewinnern die Entscheidung obliegt, wer weinen muss und wer lachen darf. Am Ende ist die Entscheidung schon längst gefallen – und kaum einer weiß es. Außer diesen vielbeschäftigten Herren mit den blankgewichsten Schuhen und teuren Mänteln. Vielleicht – man wird es sehen.

„Hau ab!"

Langsam verliert Forbacher die Geduld mit diesem Mistvieh. Fast jedes Mal, wenn er morgens das Haus verlässt oder heimkommt, spät abends, so wie jetzt, schleicht dieser dicke rote Kater seitlich an ihn heran und lässt sein schrilles Gemaunze hören. Jetzt wälzt er sich auch noch auf dem Rücken und schaut Forbacher so widerlich vertrauensselig an.

„Ich hab gesagt, du sollst verschwinden!"

Forbacher tritt nach ihm.

„Kscht!"

Na endlich. Das aufdringliche Tier verzieht sich unter die Gartenhecke. Wo das nur immer herkommt? Bestimmt von einer dieser grässlichen Spießerfamilien, die auf Anzeigen wie „Top-sanierter Altbau" abfahren, deren laute Brut die alten Gärten verwüstet. Da – schon wieder! Mit einem erschreckten Fauchen taucht der Kater aus den gilbenden Blättern hervor. Forbacher will schon den Schlüssel, den er eben gezückt hat, nach ihm werfen. Da erkennt er drei Schatten, die hinter der Hecke hervortreten. – Warum jetzt? Warum ausgerechnet jetzt?, denkt Forbacher. Aber das denkt er ja immer, wenn er Besuch bekommt. Besuch von BB. Natürlich nicht direkt von ihm. Aber von seinen engeren Mitarbeitern. Da steht er drunter, in der Hierarchie.

„'N Abend Forbacher! Dachten, wir schaun mal wieder vorbei. Freust dich doch. Oder?"

Das ist der dicke Glatzkopf, eine Type wie aus dem Comic. Gleich wird er wieder seine Hände reiben. Furchtbar. Nun gut, es geht nicht anders. Forbacher muss mitspielen. Es ist ein anstrengendes Spiel. Und das Schlimmste daran: Dass es nicht seine Spielregeln sind.

„Aber sicher. Immer nett mit euch. Auch, wenn ich heute Abend eigentlich etwas müde bin."

„Ooch, müde. Das geht ganz schnell vorbei, mit uns als Gesellschaft."

Der Brutalste aus der Mannschaft, ein Spanier, den sie Cappuccino nennen, weiß Gott warum. Einmal hat er Forbacher den Finger angebrochen.

„Was habt Ihr in meinem Garten gemacht? Die Platten auf dem Hauptweg sind ein bisschen verrutscht. Sagt bloß, Ihr habt das in Ordnung gebracht? Danke sehr."

Der Dicke lacht für alle mit. Kehlig, asthmatisch.

„Ey, ist immer wieder klasse. Du bist so geistreich, Forbacher."

„Höre ich selten."

Forbacher will den Schlüssel ins Schloss schieben.

„Nicht nötig. Haben uns schon mal drin umgeschaut."

Forbacher schaut auf, mit verhaltener Wut.

„Reines Interesse. An deiner Sammlung von Heimatkunst."

Forbacher versucht den Stoß zu parieren. Doch es gelingt ihm nicht. Sein Ärger ist einfach zu groß. Aber er darf sich nichts anmerken lassen. Mit dem „Dichter", wie nicht nur BB den grauen Schlaks nennt, darf man sich auf keine Weise anlegen. Nicht mal ironisch. Ein Wort von ihm zu BB – und Forbacher treibt im Rheinhafen. Natürlich ist er gut. Aber ebenso eindeutig: Er ist ersetzbar. Wie alle.

„Die Schuhe bitte gut abstreifen. Die Putzfrau war heut' Morgen da."

Das wenigstens musste sein. Natürlich hat er's nicht zum Dichter gesagt. In die Mitte, zwischen Cappuccino und dem

Glatzkopf hat er's hingesprochen, wie einen guten Schmetterschlag beim Volleyball. Wieder dieses Asthmalachen. Forbacher muss sich keine Gedanken machen: Die Abgesandten behalten ihre Schuhe sowieso an. Und verteilen Blätter und Dreck auf den Marmorfliesen.

„Tut mir leid, muss erst mal schiffen."

„Du bleibst hier."

„He, ich muss wirklich. Bin von Stuttgart hier raufgerauscht, in einem durch, hatte wirklich keine Zeit."

„Setz dich. Ruh dich aus. Du wirst deine Kraft brauchen."

Es ist eine sehr trockene Lyrik, was der Dichter da von sich gibt. Forbacher setzt sich hin. Auf den Hocker. Die beiden Ledersessel im Erker sind schon belegt.

„Wenn ich den Herren etwas anbieten darf?"

Langsam wird es Forbacher heiß. Freilich, die Heimsuchung hat er erwartet. Seit Wochen schon. Es ist schließlich nicht alles nach Plan gelaufen. Aber er hat doch alles wieder hingebogen! Naja. – Forbachers Angebot war natürlich sarkastisch gemeint. Cappuccino lehnt schon anderthalb Meter tief in der Hausbar und holt die besten Whiskys hervor.

„Bedient euch ruhig. Das Haus schätzt sich glücklich, so hohen Besuch bewirten zu dürfen."

„Das sollte uns wundern."

Der Dichter steckt sich eine von Forbachers Panatelas an. Wurden nach eigenen Vorlieben privat hergestellt, mitten im Vuelta Abajo. Forbacher merkt, dass er die Provokationen bald Leid sein wird. Und dann?

„Leute, was ist los? Ich hab gestern, nein, vorgestern mit dem Chef telefoniert. Er ist auf dem neuesten Stand. Wenn ihr vor zwei Wochen aufgekreuzt wärt, ich hätt's ja noch verstanden ..."

„Hups! O, das tut mir aber leid."

Cappuccino hat eine von Forbachers Lieblingsflaschen fallen lassen. Ein uralter Glenfarclas. Unersetzlich. Einen Moment lang hat sich Forbacher nicht unter Kontrolle. Fährt hoch. Doch der Dicke drückt ihn mit dem Ellenbogen auf den Hocker zurück.

„Kann doch jedem mal passieren! Nicht gleich so aufbrausend ..."

Von tiefem Schmerz ergriffen, greift sich Cappuccino ans Herz:

„Mein Gott, wie konnte ich nur. Dabei war doch die Putzfrau heute Morgen erst da. Hmhmhm ... Vielleicht kommt sie ja wieder."

„Sie ist immer pünktlich."

„Oh! Freut mich."

Der Dichter ergreift das Wort.

„Es scheint, der Chef und du haben unterschiedliche Interpretationen von der Sache. Ich bin überzeugt, dass der Chef Recht hat. Bist du nicht auch davon überzeugt? Na?"

„Sicher."

„Was?"

„Sicher!"

„Na also."

Es folgt eine Unterweisung von oben herab, von welch außerordentlicher Bedeutung es sei, dass der KSC nächste Woche den Kürzeren ziehe. Die Wetteinsätze hätten sich letzte Nacht noch einmal astronomisch erhöht.

„Ungeduldige Kunden aus dem Osten sind dabei, die Chinesen sowieso ..."

Als der Wohlbeleibte die vierte Panatela zerkrümeln will, verliert Forbacher endgültig die Nerven.

„Ey, was soll das denn dauernd? Lässt du mal die Flossen bei dir!"

„Ich wäre zufrieden an deiner Stelle, dass es nur diese mittelmäßigen Zigarillos sind", wendet Cappuccino ein.

„Was weißt du denn?"

Cappuccino will Forbacher attackieren. Aber der Dichter weist ihn mit einem Kopfzucken an, sich – noch – zurückzuhalten.

„Leute, ich weiß überhaupt nicht, was ihr mir vorzuwerfen habt. Wenn irgendwas los ist, was ich nicht wissen kann, sagt's mir bitte gleich, ich kann das nicht ab, auf die Art."

„Ich möchte ja nicht", beginnt der Dichter von neuem, „längst bekannte Dinge in Erinnerung bringen, aber wir sind uns doch einig, dass diese Tussi mit ihrer Hektik unser Projekt in Gefahr bringt."

„Die hab ich längst unter Kontrolle. Der Chef weiß das doch."

„Ja, sicher. Und deswegen hat die Ziege ihren Stall verlegt und kriegt bei der Kripo ihr Heu."

„Vergangenheit. Hab ich auch schon gemeldet. Die pisst ins Bett vor Angst. Das kann ich euch garantieren: Die macht nix mehr. Gar nix."

„Wäre ja schön."

Der Dichter raucht geruhsam.

„Wäre weniger schön, wenn sie sich's anders überlegen sollte."

„Wie gesagt, das is 'ne ganz, ganz arme Nummer. Da leg ich meine Hand für ins Feuer."

„Gutes Stichwort!"

Cappuccinos Feuerzeug entfährt eine Stichflamme.

„Wir meinen aber – der Chef meint – es sei an der Zeit ... es sei für alle bei weitem sicherer, du würdest die Ziege beizeiten schlachten. Sonst wird sie noch zäh."

„Das muss doch nicht sein."

„Wenn er meint, dass es sein muss, dann wird er wohl Recht haben. Oder? Der Chef kennt ja deine periodisch auftauchenden Sensibilitäten."

Nur ein wenig neigt sich der Dichter nach vorne.

„Und die mag er nicht."

Der nächste Morgen beginnt für Silvia mit einer schrecklichen Nachricht. Eigentlich hat sie damit gerechnet, dass ihre Freundin mit Obermeier im Laufe der Nacht zurückkäme. Nachdem Moni schon wieder auf und davon ist, mit diesem Typen aus Rastatt, hätte die Übergabe gerade so geklappt. Ihre Freude auf das gemütliche, schützende Tier war grenzenlos. Und dann wacht sie auf – und nichts Dickes, Schwarzes schnauft vor ihrem Bett. Kälte, Leere, niemand. Erst erschrickt sie, dann wird sie sauer, dann ängstlich. Sofort ruft sie an. Auch niemand. Verdammt noch mal! Erst beim zweiten Versuch – sie hat nur vergessen einzuhängen, vor sich hingestarrt ... und das Ding hat zwanzigmal geläutet – geht jemand ran. Tatsächlich, ihre Freundin. Extrem verschlafen. Leicht gereizt.

„Sag mal, wieso seid ihr noch da? Ihr wolltet doch heut Nacht kommen!"

„O, echt? Ja, stimmt, ich glaub, das hab ich gesagt, ja ..."

„Aber das gibt's doch nicht, ich wart auf euch die ganze Nacht ..."

„Du, echt, ich hab nur vergessen anzurufen. Du, der Uli hat gestern Abend noch 'n Nudelsalat gemacht, voll lecker. War total witzig!"

„Das ist mir scheißegal! Mir geht's miserabel und du ... und du entziehst mir meinen Hund!"

„Jetzt hör aber mal auf. Ich zieh mich ja gleich an, und wir fahrn los. Mannometer!"

Silvia legt auf. Sie sitzt auf ihrem Bett. Die nackten Füße fummeln im Teppich herum. Es überläuft sie. Also doch alleine. Wieder alleine. In der Wohnung. Dabei hat sie sich alles so schön ausgedacht.

„Hat nicht geklappt, hat nicht geklappt", murmelt sie vor sich hin. „Worst case, worst case, worst case ..."

Nach einer Weile steht fest: Hier kann sie nicht bleiben. Ohne sich zu waschen oder irgendwie in Ordnung zu bringen, schlupft sie in ihre schwarzen Jeans, zieht den Wollpulli drüber. Jacke, Schal, Schlüssel. Raus! – Durchs Treppenhaus kriecht sie wie durch kontaminiertes Gelände. Eine Gänsehaut wird von der nächsten abgelöst. Überall könnte die Katze auftauchen, von überall her könnte sie fauchen:

„Na, wo wollen wir denn hin?"

Im Hof das übliche Durcheinander. Styroporreste von der letzten Kühlschranklieferung spielen das ganze Jahr über Januar. Aufgeweichte Zeitungen. Die Mülltonnen stehen krumm und quer. Silvia fühlt einen Drang, sie ordentlich hinzustellen. Traut sich aber nicht, eine anzufassen. Es könnte ja der Deckel aufspringen und ... In Panik gesetzt von dieser Vorstellung, rennt sie los. Sie reißt das Hoftor auf – und prallt gegen den Postboten. Der bleibt zwar freundlich, wie immer. Doch sein „So stürmisch, junge Frau?" kann Silvia heute nicht erheitern. Sie rast die Breite Straße hinunter. Richtung Bahnhof.

Am Albtalbahnhof ist erst einmal Schluss. Schräg über die Anlage eilt Silvia auf die Gleise zu. Da – wie üblich. Einer dieser enervierenden Langzüge aus Bretten, Forbach, Heilbronn oder sonst wo schiebt sich genau vor den Übergang. Silvia kann es nicht fassen. Sie sieht sich um. Auf dem Kinderspielplatz tollen drei Kinder herum, ein rotes und zwei gelbe. Sehr gemächlich steigt der Wagenführer aus, eine gebogene Eisenstange in der Hand. Auf dem Weg, den er mit äußerster Geruhsamkeit zurücklegt, entdeckt er offensichtlich einen Bekannten. Er hält inne.

„Un? Was tippsch?"

„Ei, Rudi! Ha, i glaub scho, die haue merr weg. Vier Null!"

Beide lachen sich kaputt. Silvia fühlt blanken Hass in sich hochsteigen. Wenn ihr jetzt nicht weitermacht, ich schlag euch tot. Alle zwei.

„Fahren ihr am Wocheend wieder nunner?"

„Ha, i glaub schon. Muss erscht emal sehe, wie's der Hilde dann geht."

„Als noch des Bein?"

„Hajo!"

Warum nur spüren die zwei Schwätzer nicht Silvias Wut, warum haben sie keine Angst vor ihr? Silvia kocht.

Endlich, nach ausgiebigen Erörterungen, wer wohl zuerst in die Mannschaft kommt, wer wahrscheinlich wann eingewechselt wird, quält sich der Triebwagenführer die Stufen in die Bahn hinauf. Ausführliche Verabschiedungen. Vielfältige Glück- und Segenswünsche. Dann fährt das gelb-rote Ungeheuer endlich an. Der Durchgang wird frei. Noch nicht ganz. Drei, vier Meter fehlen noch, da kommt das Ding schon wieder zum Stehen. Inzwischen haben sich ein gutes Dutzend Leute hinter Silvia eingefunden. Sie wagt aber nicht sich umzudrehen. Stattdessen erblickt sie einen weiteren Bahnbeamten, wie er auf den Zug zuschlendert und aufgeregte Zeichen macht. Wiederum beugt sich der gesprächige Schaffner aus dem Fensterchen.

„Ha, nee – de Stefan!"

„Ha, wer dann sunscht?"

Die Wiedersehensfreude ist groß. Silvia überlegt, ob sie das Geländer überklettern soll, um hinter der Bahn die Gleise zu passieren. Aber die Räder sehen so riesig aus, so gefährlich, aus der Nähe. Mit einem Ruck wendet sie sich um. Und ohne aufzupassen, wen sie anrempelt, drängt sie sich durch den Knäuel der Wartenden. Rennt außenrum davon.

„He, mit dem falschen Fuß aufgestanden oder was?"

„'Ne ganz Eilige. Wichtig, wichtig ..."

Als Silvia auf der anderen Seite des Gleiskörpers den Bahnsteig entlangläuft, fährt der Zug tatsächlich an. Gleichzeitig mit den anderen, die gewartet haben, steht sie wieder an der roten Ampel.

„Na, sehn se! Lohnt doch gar nicht, diese Hetze. Immer schön locker bleiben."

Ein paar Leute lachen. Silvia will bei Rot rüber. Aber die Lastwagen röhren dutzendweise an ihr vorbei. Riesige Reifen haben die, doppelt und dreifach hintereinander. – Lange steht Silvia vor der Anzeigetafel des Bahnhofs. Paris, Odenheim, Neustadt, Stralsund. Der ICE nach Basel ist in der Ankunft voraussichtlich 85 Minuten verspätet. Aha. Es verkehrt kein Ersatzzug. Auch nicht schlimm. Wohin nur? Wegen Personenschadens entfällt der ICE nach Hamburg über Mannheim, Frankfurt, Fulda, Kassel ... Silvia hetzt nach draußen. Der Bahnhofsplatz ist weit. Aber so viele Menschen hier. Bestimmt Katzen darunter. Eine Straßenbahn fährt ein. Hochstetten. Silvia springt hinein. Quetscht sich zwischen die Reisenden. – So treibt sie es den ganzen Tag. Von Straßenbahn zu Straßenbahn. Irgendwie muss sie die Verfolger doch abschütteln. Wer weiß, wieviele es sind!

Erst als es dunkel wird, bleibt sie an einer Haltestelle sitzen.

„Silvia?"

Jeden Augenblick rechnet sie damit, von irgendwoher angequatscht zu werden. Aber hier ist niemand. Gottesauerplatz, liest sie. Wieder starrt sie vor sich hin. Zurück in die Wohnung kann sie nicht. Will sie nicht. Ob Obermeier schon da ist? Egal. Soll sie anrufen? Eigentlich ist sie noch viel zu wütend auf die Freundin. Da fällt es ihr ein. Pike! Der wohnt ganz in der Nähe. Ja, zu Pike! Jetzt, sofort! Hoffentlich ist er zu Hause. Hoffentlich, hoffentlich, hoffentlich! Mit wehendem Schal und offener Jacke läuft sie unter verzierten Balkonen entlang, an erleuchteten Bäckereien, vielen, vielen Autos. Schönfeldstraße. Da ist der Eingang. Sie klingelt. Gleich dreimal, viermal. Nichts. Keiner meldet sich. Aber jetzt: der Summer. Die Tür geht einfach auf. Pike ist da! Er muss einfach da sein! Schon als sie die Treppe hochrast, fühlt sie sich, als spränge sie in eine heiße Badewanne.

Pike muss aufpassen, dass er nicht losschluchzt, als er das angebetete Wesen in seinen Armen hält. Er ist völlig überfordert, kann gar nichts denken, hat auch keine Ahnung, warum sie, die ihn doch nie besuchen würde, plötzlich da ist. Und ihn gar nicht mehr loslässt. Sondern ganz fest drückt. So fest sie kann, wahrscheinlich. Pike atmet diesen schwindelerregenden Silvia-Duft ein. So glücklich war er noch nie. Keine Sekunde auch nur annähernd so überströmt, so durchgeschüttelt. Ob sie ihn liebt? Ob sie deswegen ...? Weiter will er nicht denken. Wäre viel zu schade, wenn ganz andere Gründe ... Tja. Irgendwas muss er jetzt sagen. Muss er?

„Äh, kann ich dir irgendwas anbieten?"

Der Kopf an seiner Schulter bewegt sich hin und her. Was wahrscheinlich „Nein, danke" bedeutet. Jedenfalls fühlt es sich schön an. Man sollte glatt noch mal was fragen, worauf sie „Nein, danke" anworten müsste. Am besten nur mit dem Kopf.

„Willst du vielleicht 'ne Hühnerbrühe? Ich könnt dir eine machen!"

„M-m. Nur schlafen."

„Ach so, naja, ist ja noch gar nicht so spät. Aber klar, komm, ich mach dir's Sofa zurecht."

Mehrere Wolldecken übereinandergestapelt, kommt Pike aus dem Flur zurück.

„Silvia?"

Sie liegt gar nicht auf dem Sofa. Um Gottes Willen! Ob sie wieder ...

Ein Blick ins Schlafzimmer. Unter der Steppdecke wuschelt etwas hervor. Silvia hat sich einfach ins Bett gelegt. In Pikes Bett! Nicht zu fassen. Leise schleicht Pike in die Küche hinüber. Vielleicht schläft sie schon. Was ist zu tun?

„Kommst du?"

Was war das? Galt das ihm? Undenkbar. Pike lauscht.

„Nur 'n bisschen in den Arm nehmen, ja?"

Uff. Wie ein Verurteiler nähert sich Pike seinem eigenen Bett. Ohne sich umzudrehen, schlägt Silvia die Decke zurück. Vorsichtig kriecht er drunter, als würde er in eine giftige Substanz eintauchen. Nur kein Körperkontakt, denkt er, sie könnte ja denken, dass er ... – Wupps! Schon hat sie sich umgewandt, ihren Kopf auf seine Schulter platziert, die Hand sachte über seine Brust gelegt. Pike stockt der Atem. Silvias Augen sind geschlossen. Sie atmet gleichmäßig.

Es wird eine Nacht für Pike, wie noch keine zuvor. Er wusste gar nicht, dass Menschen so tief schlafen können wie Silvia. Es spielt scheinbar gar keine Rolle, dass er sie liebt. Wichtig ist nur, dass sie ausruhen kann. Und das tut sie. Ausgiebig. Von halb neun Uhr abends bis halb vier Uhr nachts bewegt sie sich überhaupt nicht. Pike ebenfalls nicht. Sie könnte ja gestört werden. Starr liegt er da – ein Heros der Passivität. Alles tut ihm weh, stundenlang. Aber er gibt sich völlig seiner neuen Funktion als Liegewiese hin. – So genau hat er sein Zimmer wirklich noch nie betrachtet. Vor allem die Decke nicht. In allen Schattierungen lernt er sie kennen. Die Wanderungen des Mondlichts über die Schrankecke. Den offen stehenden Koffer obendrauf, der ihn manchmal angrinst. – Als Silvia endlich, endlich eine Regung zeigt, dreht sie sich nur um.

„Silvia?“

Nichts. Jetzt atmet sie nach der anderen Seite. Schade. Aber sie liegt noch auf seiner Schulter. Schön. Immerhin, jetzt kann Pike seine Position minimal variieren. So hält er's noch ein Weilchen aus. Dass er's bis zum anderen Tag aushalten muss, weiß er zu diesem Zeitpunkt noch nicht. Erst gegen Elf schlägt Silvia die Augen auf.

„Pike? Bist du da?“

# Steilvorlage

Dumpf verhallen die Schritte im Weinberg, ungehört. Grau deckt alle Farben zu. Dunkles Grau, sich zu Ballen drängend, undurchsichtig, bedrohlich ... schiefergau an den Rändern auslaufend, verfließend in und mit dem gleichmäßig matten Hintergundgrau ... weißgrau zerreißt es zu Fetzen, die langsam über die Landschaft ziehen, dem nächsten, noch dichterem Grau entgegen. Vollgesogen wie ein Schwamm, drückt der alles umhüllende Nebel Feuchtigkeit auf die Hügel und die darunter sich ausbreitende Ebene. Nassschwarz würden die Stämme der Bäume stehen, doch der Wald ist fort, verschluckt vom unersättlichen Grau. Von den einstmals endlos sich hinziehenden Rebenreihen bleibt nur ein kurzes Stückchen verschont. An den wenigen verbliebenen Blättern, vor kurzem noch mit dunklem Rot sich der nieder senkenden Sonne präsentierend, sammelt sich die Nässe. Dicke Tropfen hängen an den Spitzen, unbeweglich im ewig währenden Augenblick erstarrt. Sie dürfen nicht fallen, denn das Geräusch des Aufprallens auf den groben Erdklumpen käme einem Erdstoß gleich und ließe die zähe Stille zersplittern ...

Kurz gesagt: Dichter Nebel liegt über der herbstlichen Südpfalz.

Daniela Kämmerer und Silvia Schätzle quälen sich fröstelnd den Hang vom Parkplatz hoch. Sie sind deutlich zu leicht angezogen. Wer hätte nach den letzten Spätsommertagen auch mit dieser kalten Nebelsuppe gerechnet?

„Danke Silvia, dass du dich bei mir gemeldet hast. Ich bin so froh, dich gesund wieder zu sehen!“

„Ach wo! Ich muss mich bei dir entschuldigen ... ich ... ich ... ich war ja so dumm! Aber du musst mich auch verstehen ... ich hatte einfach Angst. So große Angst! Und jetzt bin ich einfach nur froh hier zu sein, bei meiner großen Polizistenfreundin!“

Silvia grinst Daniela scheu von unten an.

„Aber sag mal, wieso treffen wir uns eigentlich hier, mitten in der Pampa, und was sollte denn dieser Begleitservice heute Morgen?“

„Nach dem, was vorgefallen ist, waren Uwe und ich uns erst recht einig, dass da etwas nicht stimmt. Nun, und mittlerweile hat sich unser Verdacht bestätigt!“

„Echt ...“

„Ja, in echt.“

Und nach diesen Worten ist es nun an Daniela zurückzugrinsen.

„Wir haben mit jemanden gesprochen, der uns einige interessante Dinge erzählt hat ...“

„Mit wem denn?“

„Klotzke natürlich! Wir haben die Aussage deines Freundes Pike sehr ernst genommen und haben uns ihn mal vorgeknöpft ... beziehungsweise Uwe hat das gemacht ... und dabei ... doch dazu später! Ja und warum wir uns hier treffen ist ganz einfach: Raus aus der Gefahrenzone Karlsruhe, rein in die ruhige, weite Pfalz ... und außerdem ist der Rietburgsessellift wohl die einzige Möglichkeit im Umkreis von 50 Kilometern, über diesen schrecklich kalten und mürbe machenden Nebel zu gelangen.“

Leicht außer Atem erreichen die beiden die Talstation. Wundersamerweise stehen nur wenige Leute vor ihnen. Nach kurzer Wartezeit lassen sie sich auf die vom Liftpersonal schnell noch mit Kissen gepolsterten Sessel fallen. Silvia rechts, Daniela links. Wippend nimmt der Zweiersessel die erste Stütze, Silvia registriert, dass sie mehr als drei Rädchen hat, dann geht es steil bergauf. Wenn man die Füße nach unten streckt, kann man an niedrigen Stellen sogar die nachwachsenden Maronibäume berühren. Die Geschwindigkeit des Liftes wurde seit den Fünfzigerjahren nicht verändert und bietet gestressten Neujahrtausend-Menschen die Möglichkeit zur Entschleunigung. Silvia schließt kurz die Augen und atmet tief durch, denn hier auf dem Lift neben Daniela, durch den dichten Nebel vor allen Blicken geborgen, fühlt sie sich erstmals seit zwei Tagen wieder sicher.

Was war das für eine Aufregung heute Morgen. Zuerst das Erwachen neben einem sichtlich befangenen Pike ... was hat der sich in ziellose Geschäftigkeit gestürzt ... zuerst etwas zu essen bereitet, anschließend Kaffe gekocht – davon versteht der Pike allerdings einiges! Kein nach Pappe schmeckender Filterkaffee, sondern schöner, schwarzbrauner Espresso aus frisch gemahlenen Bohnen mit dünnem Schaum obenauf – der tat wirklich gut. Kaum hatte er sich zu ihr an den Tisch gesetzt, sprang er auch schon wieder auf, um irgendwas auf den Tisch zu stellen oder wegzubringen. Seltsam einerseits, aber andererseits war sie froh, dass es so zu keinen peinlichen Szenen des schweigsamen einander Gegenübersitzens kam. Überhaupt war sie viel zu sehr damit beschäftigt, die Geschehnisse der vorangegangenen Tage zu ordnen – schnell wurde ihr klar, dass es so auf keinen Fall weitergehen durfte. Die wenigen Dinge, die sie Pike auf seine Fragen hin erzählt hatte, stürzten ihn nur in noch größere Verwirrung. Immerhin hat er sie in ihrem Entschluss, die Polizei zu verständigen, bestärkt. Pike hatte nur allzu leicht erkennen können, dass sie knapp davor war durchzudrehen, überall meinte sie Verfolger wahrzunehmen.

Pike hatte recht: Sie hatte nur eine Verbündete, eine Verbündete, die sie selbst vor kurzem vor den Kopf gestoßen hatte

… aber trotzdem … Daniela war ihre letzte Hoffnung! Zum Glück hatte sie Danielas Handynummer behalten und sich zum Anruf durchgerungen. Dann ging alles ganz schnell. Ein unauffälliger dunkelfarbiger Kleinwagen holte sie eine halbe Stunde später direkt vor Pikes Haus ab. Zuerst erschrak Silvia, als sie drinnen nur zwei fremde Männer erblickte. Doch dann nannte der Fahrer das vereinbarte Codewort – Jan – und sie stieg ein. In rasantem Tempo und mit mindestens zwei Richtungswechseln ging es quer durch die Stadt, auf die Südtangente und anschließend auf die A 65 Richtung Landau. Schließlich landete Silvia zu ihrer großen Überraschung hier am Parkplatz unter der Rietburg, wo sie von einer freudig strahlenden Daniela in die Arme geschlossen wurde.

Silvia öffnet die Augen und blickt Daniela an.

„Was hat Klotzke denn so Interessantes gesagt?"

In wenigen Worten fasst Daniela die Erkenntnisse des Verhörs zusammen.

„Kannst du dir jetzt vorstellen, welche Sorgen Uwe und ich uns um dich gemacht haben? Erst erzählt uns Klotzke etwas von Spielmanipulation und unangenehmen, mit viel Geld um sich werfenden Männern, dann bist du plötzlich verschwunden und niemand weiß, wo du zu finden bist. Immerhin hat dich anscheinend auch sonst niemand gefunden …"

„Nein. Ich bin einen Tag lang durch Karlsruhe gefahren. Von einer Straßenbahn in die nächste, immer in Bewegung, so wie in den Agentenfilmen. Ich dachte mir, dass meine Verfolger so meine Spur verlieren werden. Einige Male bin ich kurz bevor die Türen sich schlossen, noch in eine Bahn gesprungen. Trotzdem hatte ich immer das Gefühl, dass mich gleich jemand ansprechen wird. Ich war wirklich knapp davor durchzudrehen!"

„Aber, sag mal, was war denn jetzt eigentlich los? Warum hast du plötzlich deine Aussagen zurückgenommen? Uwe und ich sind der Meinung, dass dich irgendjemand unter Druck gesetzt hat! Aber wer? Und wie?"

Als Silvia zu sprechen beginnt, lässt ihr verstörter Gesichtsausdruck Daniela erschaudern.

„An dem Abend nach dem Pizzaessen hat mich jemand besucht. Ich meine, jemand war in meiner Wohnung ..."

„Wie! Das kann doch nicht sein! Uwe und ich haben doch alles durchsucht! Oder hast du die Person selbst hereingelassen – ist es jemand den du kennst?"

„Nein! Und es ist auch kein jemand ... es ist eine Katze ... nein, nicht wörtlich genommen ... und ich weiß nicht, wie sie in meine Wohnung gekommen ist ... sie saß einfach so da, ganz still, im Eck meines Zimmers ... mit so einer tiefen, kalten Stimme, vor der man sich schon als Kind immer gefürchtet hat, von der du weißt, die ist abgrundtief böse ... und dann hat sie gesagt, dass ich böse war, dass ich mich nicht mit der Polizei treffen darf ... und dass ... und dass sie mich ..."

Silvias Stimme erstirbt. Schluchzer dringen aus ihrer Kehle. Danielas Augen sind vor Schreck weit geöffnet. Das kann doch alles nicht sein, das kann nicht wahr sein!

Während Silvia sich in ihrem Arm langsam wieder beruhigt, überlegt Daniela, was sie als Nächstes tun sollen. Dieser Fall nimmt immer größere und unüberschaubarere Dimensionen an. Als Erstes muss sie Silvia beruhigen, um dann mit ihr eine Personenbeschreibung anzufertigen. Diese dann sofort an Uwe weiterleiten ... Uwe! Erst mal muss sie ihn sofort auf den neuesten Stand bringen.

„Silvia! Ich ruf grad mal schnell den Uwe an. Der soll auf dem Präsidium schon mal alles für eine Fahndung vorbereiten."

Daniela holt ihr Handy aus der Jackentasche und dreht sich während des Gesprächs zur Seite. Silvia beobachtet derweilen die zu Tal fahrenden Sessel, die wenige Meter rechts vor ihr aus dem Nebel tauchen, um nach kurzen Augenblicken der Sichtbarkeit hinter ihr erneut ins Grau zu entschwinden. Auf einmal sträuben sich Silvia die Nackenhaare. Aus dem Nebel schält sich eine dunkle Gestalt. Irgendetwas an ihr kommt

Silvia vage bekannt vor. Etwas Unangenehmes. Sie fühlt einen dumpfen Druck in der Magengegend und ihr Unbehagen steigt mit jedem Meter, die der Schemen näher kommt. Bedrohliche Bilder rasen durch ihren Kopf, Schwindel überfällt sie. Als die Gestalt auf gleicher Höhe mit ihr ist, dreht sie Silvia das Gesicht zu und Silvia schreit auf: Die Katze! Irrtum ausgeschlossen. Dieses schiefe Grinsen, die bösen, kalten Augen! Einen Lidschlag später ist die Katze im Nebel verschwunden.

„Was ist los, Silvie?"

Danielas feste Hände drehen ihren Kopf in die andere Richtung und sie blickt direkt in ihre besorgten Augen.

„Warum schreist du? Ist etwas passiert? Hast du dich an was erinnert?"

„Er ... sie ... ich meine, die Katze ... das war sie!"

„Was war sie? Was meinst du?"

„Sie war da ... hier! Gerade eben! Sie ist direkt an uns vorbeigefahren ... Richtung Tal ... ich bin mir ganz sicher! So schaut nur einer, das würde ich immer und überall wieder erkennen ... was macht der hier ... wie ist das denn möglich?"

„He, beruhige dich!"

Daniela drückt Silvias Kopf an ihre Schulter und streicht ihr behutsam übers Haar.

„Falls der wirklich auf dem Lift sitzt, haben wir ihn. Verlass' dich drauf!"

Noch einmal telefoniert Daniela.

„Es müsste gleich ein Mann bei euch unten ankommen. Bitte haltet ihn auf. Er steht unter dringendem Tatverdacht! Und meldet euch, sobald ihr ihn habt!"

Daniela steckt ihr Handy weg und starrt nach vorne, als sich die farbliche Eintönigkeit plötzlich verändert. Sie stupst ihre Nachbarin an.

„Da! Guck mal! Gleich haben wir es geschafft!"

Langsam wendet Silvia ihren Kopf nach oben. Wo eben noch dichter Nebel waberte, leuchtet, blitzt, klart ein alles durchdringendes Blau hoch über ihnen. Strahlender Sonnenschein flutet die höheren Gipfel des Pfälzerwaldes. Warme Luft streicht über die feuchten Wangen, trocknet die Tränen. Als sie die Ruine betreten, schlägt ihnen lautes Stimmengewirr entgegen. Alle Tische im beliebten Ausflugslokal sind besetzt. Selbst auf der Brüstung, in schwindelnder Höhe, haben es sich die Leute gemütlich gemacht. Überall lachende, strahlende Gesichter, der Sonne zugewandt. Gut, dass es auf der oberen Plattform noch einen Stand mit Ausschank von frischem Federweißen gibt. Während Silvia einen Platz an der sonnengewärmten Ruinenwand findet, ergattert Daniela zwei Gläser des begehrten Getränks. Lächelnd setzt sie sich neben ihre Schutzbefohlene und prostet ihr zu. Während Silvia den Blick über die atemberaubende Aussicht schweifen lässt, merkt sie, wie ein ungeheurer Druck von ihr abfällt. Endlich kann sie sich ein ganz klein wenig entspannen.

„Siehst du! Jetzt schaut alles wieder ein wenig freundlicher aus. Und wenn wir dieses Schwein erst mal gefasst haben ..."

Das Klingeln ihres Handys lässt sie innehalten.

„Kämmerer ... ja, ja ... alles abgesucht ... seid ihr euch sicher, dass ... ach so ... nun gut ... nein ... danke trotzdem!"

Ein freudloses Grinsen huscht über Danielas Gesicht.

„Meine Kollegen haben niemanden festnehmen können. Sie sagen, dass keine einzige Person, weder männlich noch weiblich unten angekommen ist."

„Aber, ich bin mir ganz sicher! Ich schwörs dir! Du glaubst mir doch, oder ...?"

„Ja ... klar glaube ich dir. Ich meine, es ist schon seltsam, dass meine Kollegen niemanden gefunden haben ..."

„Er könnte aber auch während der Fahrt abgesprungen sein. Manchmal ist das doch sehr niedrig!"

„Hmm, zumindest möglich wäre das. Komm, Silvie! Das Beste ist, wir konzentrieren uns jetzt auf eine exakte Personenbeschreibung, damit wir so schnell wie möglich mit der Fahndung beginnen können!“

Nachdem Uwe Steiner aufgelegt hat, leitet er sofort alle nötigen Schritte ein, um die Fahndung auszulösen. Nach so vielen Dienstjahren geht das alles schnell und routiniert. Obwohl, anfangs kam Steiner schon ein wenig ins Grübeln, denn die Angaben von Silvia Schätzle waren milde ausgedrückt recht vage. Ein Mann mit Trenchcoat, nun ja! Mit Katzengesicht, auch nicht so sehr hilfreich! Wahrscheinlich groß gewachsen, dabei – er saß ja die ganze Zeit! Aber eines ließ Steiner aufhorchen: die schneidende Kälte in der Stimme, absolut emotionslos und extrem Furcht einflößend. Diese Schilderung hatte er schon mal gehört – von Klotzke! Da fallen plötzlich einige Puzzleteilchen auf ihren Platz. Der Mann für das große Geld, die Spielmanipulationen ... selbst Klotzke war beeindruckt von dessen Stimme, musste seine Angst niederkämpfen, als er ihm gegenüberstand ... und Klotzkes Beschreibung war deutlich brauchbarer. Mit seinen Angaben konnte man ein Phantombild anfertigen, das mittlerweile in allen Polizeistationen Karlsruhes und des Landkreises vorliegen müsste. Seit gestern, als er offiziell vom die Ermittlungen leitenden Staatsanwalt Stoll zum Chef der zehn Personen umfassenden Sonderkommission ernannt wurde, laufen die Ermittlungen auf Hochtouren.

Bei der Lagebesprechung heute Morgen konnten sie schon umfangreiches Material durchsehen, das die Ermittlungen in eine völlig neue Richtung lenkte. Auf einmal führt eine Spur nach Osteuropa, in die Kreise der Wettmafia und somit sind auch die Kollegen vom Dezernat für organisierte Kriminalität beteiligt. Steiner ist mit manchen von denen nicht gerade auf du und du, aber der Schneider, den sie vom OK in die Soko berufen haben, was der in den wenigen Stunden schon erreicht hat! Ohne diese Informationen wäre Steiner noch keinen Schritt weitergekommen. Die Soko wurde mit noch drei weiteren Kollegen vom OK verstärkt, die sämtliche Fälle von Unregelmäßigkeiten im Wettgewerbe der letzten Jahre auf Analogien hin untersuchen. Bis zur Lagebesprechung morgen früh müssten auch die zwei Kollegen im Außendienst hoffentlich verwertbare Ergebnisse gesammelt haben. Sind zwar zwei ausgemachte Jungfüchse, noch einigermaßen grün hinter den Ohren, aber wohl sehr pfiffig. Die sollen alle Wettbüros der Umgebung abklappern und nach großen Gewinnauszahlungen forschen.

Bleibt nur noch eine unerledigte Aufgabe. Steiner muss den Staatsanwalt bitten, eine Obduktion der Leiche von Jan Greiner anzuordnen. Die Gerichtsmedizin in Heidelberg hat er schon mal vorab informiert, dass er die Auswertungen, wenn möglich, schon vorgestern benötigt. Ist nur gut, dass dort noch ein alter Freund von ihm sitzt. Der hat auch prompt versprochen, sich um alles zu kümmern; nur eine gute Flasche Rotwein beim nächsten Pokerabend muss Steiner springen lassen – wenn's weiter nichts ist! Also, jetzt schnell noch den Anruf bei Stoll, dann ab ins Auto zum vereinbarten Treffpunkt mit Daniela und Frau Schätzle. Die Geschichte will er sich doch mal gern selbst anhören, von wegen Katzenmenschen und so ...

# Anspielstation

„Ja, bin ich denn 'ne Tussi oder was?"

Jens Klotzke hat eine Wut auf sich, er könnt sich ins Knie beißen. Überdenkt er die vergangenen Monate, kommt er zu dem nüchternen Resultat, dass es die finstersten seiner Karriere waren. Nicht unbedingt auf dem Platz – er hat wirklich schon mal mieser gekickt. Nein, das ging gerade noch. Wenngleich: Die Diagonalpässe kamen nicht mehr so. Zuletzt hat er sie ganz bleiben lassen, lieber noch mal quer gespielt. Oder hoch und weit in die Spitze. Einmal, das hat er aus dem Augenwinkel beobachtet, ist der Trainer verzweifelt zusammengesackt, nach dem Motto: Nicht schon wieder! Hinterher gab's eine Standpauke. – Aber o.k., das muss jetzt anders werden. Das wird auch anders. Alles! Klotzke stampft den Waldweg entlang, in einem ziemlich straffen Rhythmus. Besser, es kommt ihm keiner zu nahe! Eine leichte Zerrung im Hintern vom Training gestern macht sich bemerkbar; bloß weg damit, so was kann er jetzt nicht brauchen. Schon ein paar Mal hat er sich auf die Stelle drauf geboxt, wie ein Bekloppter. Ist aber nicht viel besser geworden, dadurch. Klotzke verschärft das Tempo.

Plötzlich muss er schmunzeln. Den ersten Ansatz zur Besserung hat es ja schon gegeben. Im Training, das hat richtig Spaß gemacht! Einen nach dem andern ist er hart angegangen. Erst den Gürtler, beim Testspiel. Als die Flanke reinkam, hat er das Knie hochgezogen. Die andern haben den Kopf geschüttelt. Gürtler hat fragend hochgeguckt, ein wenig ängstlich. Sich die

Magengrube gerieben. Mehr nicht. Dann der Loos: sauber ins Seitenaus gegrätscht. Mit dem Stollen am Knöchel erwischt, nicht gefährlich, aber schmerzhaft. Klasse. Auch der hat sich kaum zu meckern getraut. Und im Kabinengang war der Pachuco dran, diese Gurke. Klotzke hat den Kahn gegeben, diesen Wicht am Nacken gepackt und ihn angemacht, wegen einer Nichtigkeit. Gott, ist der erschrocken. – Trotzdem: Klotzke kocht noch immer.

„Was war ich ein Arschloch!"

Vor ihm, am Rand des blättergesprenkelten Waldwegs, liegt irgendwas Weißes. Jens Klotzke beschleunigt. Wütend holt er aus. Und kickt es durch die Luft ... Es ist viel leichter als gedacht. Erst im Weiterlaufen bemerkt er, dass es ein Haufen Scheiße war, mit einem Tempo obendrauf. Nach einer Schrecksekunde muss er lachen.

„Na, hoffentlich nicht vom Mensch ..."

Klotzke reißt die Tür zur Umkleidekabine auf. Richtig, die Früchtchen hängen schon bereit: „So, ihr drei kommt jetzt mal mit. Ich hab mit euch zu reden. Na was? Ja, klar – alle! Hopphopp!"

Gernervt wie Neuntklässler schieben sich die Jungstars aus der Bank, aber ohne rechten Widerstand. Pachuco unternimmt einen halbherzigen Ausbruchsversuch: „Komm', is gleich Training. Wieso denn überhaupt?"

„Du kommst jetzt mit, hab ich gesagt."

Einige der älteren Mitspieler, die schon eingetroffen sind, grinsen sich eins.

„Was hat der denn?"

„Bestimmt 'ne Lektion. À la Klotzke."

„Au backe, möcht ich lieber nicht dabei sein."

„Ich auch nicht."

Ohne anzuhalten durchmisst Klotzke die Gänge der Gebäude am Trainingsgelände im Eilschritt. Erst als es ihm passend erscheint, hält er an. Hier, im abgelegensten Teil des Treppenhauses, kann er sich gut entfalten. Instinktiv stellt er sich eine Stufe höher, wie zu einer Ansprache. Gürtler, lange Zeit Ersatztorwart, inzwischen die große Hoffung des Trainers, steht einfach nur da, schaut unter sich. Mario Loos zappelt mit dem Bein.

„Was ist jetzt eigentlich?"

Endlich kommt auch Pachuco angeschlurft. Er gibt den Genervten. Stimmt Mario sofort zu:

„Ey, das find ich nicht in Ordnung, uns hier rauszuholen wie ... wiewiewie Kleinkriminelle."

„Wenn ihr das nur wärt."

Jens Klotzke wischt sich die Nase am Ärmel ab. Dann deutet er mit dem Zeigefinger auf die drei Jungkicker.

„Du, du und du. Ihr seid die größten Wichser, die der KSC je gesehen hat."

Die Empörung der Beleidigten kann sich gar nicht richtig entfalten. Denn Klotzke zieht gleich nach.

„Ihr braucht mir überhaupt nix zu erzählen. Ich bin genau im Bilde. Die andern merken vielleicht nix, aber wenn ihr jetzt nicht aufpasst, erzähl ich's allen."

Pachuco kann's nicht lassen:

„Sag mal, das gibt's wohl nicht, hier ..."

„Du hältst dein Maul, vor allem du! Ich nehm an, dich haben sie am leichtesten rumgekriegt. Also, ich mach's kurz: Wenn ihr euch gegen Madrid nicht reinhaut, bis euch der Arsch dampft, dann gibts hinterher ein Massaker. Habt ihr mich verstanden? Wenn ich nur ein einziges Mal irgendwas mitkrieg, dass hier einer 'n Fehlpass einbaut oder drübersemmelt oder sonst irgend 'n Scheiß schauspielert, dann renn ich mitten im Spiel zum Trainer rüber und sag ihm: Die Sau hat sich bestechen lassen."

Mario Loos kriegt heiße Ohren. Er räuspert sich, als wollte er was sagen. Weit kommt er nicht.

„Schnauze, Mario. Dich guck ich mir am genauesten an. Du hast eine Verpflichtung gegenüber dem KSC, ist dir das eigentlich klar? Wenn wir dich nicht rübergeholt hätten, würdest du heute noch in Mühlburg rumrumpeln. Tut mir leid, is' aber so. Du wärst nichts ohne den KSC – und dass ausgerechnet du zum Verräter wirst, das macht mich einfach nur fertig."

Kleine Pause. Gürtler, Loos und Pachuco bemühen sich, einander nicht anzublicken.

„Bei dir, Pachuco, war mir das sowieso klar. Du hast von Anfang an gesagt, dir geht's um den Reibach. Sonst ist bei dir eh nix los."

„Stimmt überhaupt nicht", flüstert Pachuco. Und fühlt sich dabei wie einst in der Schule, als er vergeblich geleugnet hat, den Schneeball der Mathelehrerin an die Birne geschmissen zu haben.

„Und du" – jetzt wendet sich Klotzke an Gürtler, der ein bisschen aussieht, als würde er gleich heulen – „du bist sowieso labil wie sonst was. Ich glaub dir gern, es ist manchmal verdammt schwer nein zu sagen. Aber jetzt kommt es darauf an. Versprichst du mir, dass du jeden verdammten Flugball sicher abfängst und jeden Schuss von der Linie kratzt – und wenn ihn einer aus drei Metern volley abfeuert?"

Das ist jetzt das erste Mal, dass Klotzke ein bisschen weicher wird. Gürtler kann nicht anders. Er wird rot und haucht:

„Ja."

„Na also."

Klotzke atmet durch. Sein Blick wandert vom einen zum andern. Er nickt. Er lächelt. Dann tritt er gegen das Treppengeländer. Es gibt einen Gong, die Kicker schrecken hoch.

„Ich will euch noch was sagen. Glaubt nicht, dass ihr die Einzigen seid, die von irgendwelchen Heinis angequakt werden. Das passiert in letzter Zeit vielen – und es ist ja klar, dass die sich vor allem die Talente raussuchen, die gern mal ein bisschen auf den Putz hauen würden. Ja, ich weiß es selber ganz gut, was für 'ne Mühe es kostet, sich zu überwinden, auf das schöne Geld zu verzichten. Ich weiß das ..."

Jetzt trauen sich die drei zum ersten Mal, Klotzke richtig anzugucken.

Auf einmal wirkt der alte Recke beinahe freundlich.

„Ihr habt den Jan vielleicht nicht so gut gekannt wie ich. Außer dir, Mario. Ihr könnt mir glauben, ich fühl mich so beschissen wie noch nie in meinem ganzen Leben – und das will was heißen. Mit ein paar Gramm Mut hätten wir den Jan aus der Scheiße rausziehen können. Glaube ich wenigstens. Jetzt haben die ihn gekillt. Und das wird an uns hängen bleiben – auch wenn ihr's vielleicht jetzt noch nicht wahrhaben wollt. Wir haben ganz schön was auf uns geladen, Leute. Wir. Und es gibt nur noch eine Möglichkeit, damit irgendwie ins Reine zu kommen: Charakter zeigen. Und zwar ab sofort. Vergesst die Knete, ihr verdient noch genug, wenn ihr's nicht ganz und gar dabbisch anstellt. So. Und jetzt will ich, dass mir jeder von euch seine Hand drauf gibt: Vier Null. Das schaffen wir. O.k.?"

Es ist schwer zu sagen, was in den jungen Männern vor sich geht, als sie nacheinander Klotzke die Hand reichen. Pachuco wirkt verwirrt, beinahe vergrübelt. Gürtler sieht entschlossen aus, wie geläutert. Und Mario hat mit den Tränen zu kämpfen. Er sieht Klotzke dankbar an, fast zärtlich.

„Was ist denn mit denen los?"

Dr. Jost Klüber hat es mal wieder zum Trainingsplatz rübergezogen. Ein Weilchen schaut er sich an, was da auf dem Übungsfeld passiert. Dann wendet er sich an den Konditionstrainer. Der zuckt mit den Schultern:

„Naja, ist doch klar. Will sich halt jeder aufdrängen, für's Spiel."

„Schon, aber das ist ja beinahe selbst- und fremdgefährdend, wie die da reingehen."

„Nee, nee. Normale Härte, würd ich sagen. Könnt öfter so sein."

In diesem Augenblick fegt der junge Pachuco dem alten Klotzke in die Parade. Kein Foul, aber ein Tackling, wie man es nur unter ganz besondern Umständen anwenden sollte. Klotzke segelt über den Mittelstreifen. Kommt auf den Ellenbogen auf. Rutscht noch ein Stück. Und was passiert? Keineswegs greift er sich den Jungspund, wie es sonst seine Art wäre. Kein Fluch, kein Scheibenwischer. Sondern der Routinier lacht laut heraus, zeigt Pachuco: Daumen hoch! Und dann drückt er ihm noch einen Kuss auf dem Schopf.

„Alle ein bisschen durchgedreht, was?"

Aber auch damit kommt Klüber beim Assistenztrainer nicht an. Der antwortet gar nicht, sondern ruft irgendwas quer über den Platz. Tja. So richtig heimisch geworden ist Dr. Klüber trotz seiner unstreitigen Erfolge beim KSC nie. Zumindest nicht bei den weniger Prominenten. Die ignorieren ihn meistens. Unangenehm. Hat er sich sicher anders vorgestellt. Ist ein bisschen wie ganz früher, zu Schulzeiten ...

Am Rande kriegt Klüber noch mit, wie sich Gürtler und Loos in die Haare geraten. Aber richtig böse sieht das auch nicht aus. Sie knuffen sich, klatschen sich ab ... Geräuschvoll stößt der Fitnesschoach Luft durch die Nase. Naja, ihm ist natürlich klar, was da los ist: Die ganze Palette der Simulationsstrategien wird da aufgefahren. Ein wenig ungestüm, vielleicht sogar ungeschickt ist das alles. Aber auch nicht ganz so leicht auszutarieren.Wie soll man zeigen, dass man motiviert ist bis in die Haarspitzen – und andererseits zwei Tage später das wichtigste Spiel des Jahrzehnts vergeigen? Da hat er es doch bedeutend leichter, wenngleich die Sache mit Forbacher ihm immer noch übel nachhängt. Er hat noch einiges zu tun. Einiges! – In diesem Augenblick fallen dem Sportarzt zwei Gestalten auf, eine Frau und ein Mann, die auf der anderen Seite des Spielfeldes entlangeilen. Jetzt bleiben sie beim Platzwart stehen. Fragen ihn was. Der sieht sich um. Und deutet – in Klübers Richtung. Ein seltsamer Fluchtimpuls bemächtigt sich seiner. Aber sowieso zu spät. Die beiden haben ihn entdeckt, streben auf ihn zu. Verdammt, wer kann das sein?

„Steiner, Kripo Karlsruhe. Dr. Klüber?"

„Ja?"

Verdammt! Viel zu dünn, schwächlich, kam dieses „Ja". Fast wie ein Eingeständnis: „Jawohl, Herr Kommissar, ich war's, egal was, nehmen Sie mich doch bitte mit ..." Jost Klüber ärgert sich ingrimmig. Kripo Karlsruhe – das hat ihn getroffen wie ein Schneeball mitten ins Gesicht. Er ist halt doch kein Alpha-Männchen, Scheiße. Aber Steiner ist eins:

„Wir haben noch ein paar Fragen zum Tod von Jan Greiner. Sie waren doch sein persönlicher Betreuer. Sie haben doch jetzt Zeit?"

„Aber ja, gewiss doch, warum nicht? Obwohl, eigentlich hab ich schon alles gesagt. Der Totenbericht liegt ihnen doch vor?"

Auch das war nicht vollständig souverän. Zumal dieser Kripo-Typ überhaupt nicht reagiert. Sondern Klüber direkt vor sich herschiebt. Was mag da nur wieder passiert sein?

Zum Glück übernimmt die weitaus sympathischere Kollegin dieses Stoffels die Gesprächsführung, als sie die Innenräume betreten.

„Wo ist denn hier ihr Allerheiligstes?"

„Allerheiligstes ist gut. Sie meinen wahrscheinlich mein Medikamentenzimmer. Wenn Sie bitte mitkommen möchten?"

Mit ein wenig zu groß geratener Geste schiebt Dr. Klüber die Türen auf.

„Wow, da ist ja mehr drin als in 'ner ganzen Apotheke!"

„Naja, das würd ich jetzt nicht grad sagen. Manche nennen's nur: Mein Cockpit ..."

Klüber versucht ein Lächeln. Es endet in unvorteilhaftem Gehüstel.

„Ich hab mich noch gar nicht vorgestellt: Kämmerer."

„Freut mich sehr. Dr. Jost Klüber, aber das wissen sie ja!"

Noch so ein verunglücktes Kichern. Klüber beginnt sich beinahe vor sich selber zu schämen. Indessen beugt sich dieser unangenehme Beamte tief in die Gefache.

„Vorsicht, dass Sie da nichts ..."

„Das werden wir alles überprüfen. Tut mir leid, uns liegen ein paar Informationen vor, die für Sie gar nicht erfreulich sein dürften."

„So? Was meinen Sie?"

Verlegen dreht Klüber die Etiketten der Fläschchen, die Steiner verschoben hat, wieder exakt nach vorne.

Statt einer Antwort misst Steiner die Tiefe des Schranks. Er nimmt tatsächlich Ellen, mit dem Arm macht er das. Steiner schaut zweifelnd auf: „Doppelter Boden, stimmt's?"

„Was? Ich ..."

„Ist ja auch egal. Wir bauen die Dinger sowieso aus. Komplett."

„Bitte? Das dürfen Sie gar nicht machen, vor allem jetzt nicht, vor dem entscheidenden Spiel! Sie haben doch sicherlich mitgekriegt ..."

„Daniela, denkst du bitte mit dran: Der Joschi soll die Dinger auffräsen. Von der Seite und von hinten."

„Also bitte, was soll das denn?"

Dr. Klüber startet einen letzten, besonders kläglichen Versuch: „Und außerdem, da brauchen Sie eine Sondergenehmigung dafür!"

Uwe Steiner tritt sehr dicht an ihn heran. Es scheint, als würde er ein Schmunzeln unterdrücken:

„Sie glauben gar nicht, wie schnell ich die habe."

# Freistoß

Mit einem freudigen Grinsen lässt sich Uwe Steiner auf den Fahrersitz fallen. Ah, endlich war mal der große 7er BMW frei. Ist gar nicht mehr so einfach heutzutage, ein für einen Hauptkommissar auch nur halbwegs angemessenes Auto zu bekommen. Vor ein paar Jahren sah das noch anders aus. Aber dann kam die große Reform – Einsparungen überall. Zuerst wurden Schutz- und Kriminalpolizei unter einem Dach zusammengefasst. Damit konnte man schon die eine oder andere Leitungsstelle einsparen. Anschließend wurden frei gewordene Stellen einfach nicht nachbesetzt. Keine Schwangerschaftsvertretungen mehr, kein Ersatz für beförderte Kollegen und was in den nächsten fünf Jahren passiert, wenn die große Pensionierungswelle über die Polizei hereinbricht, mag sich Steiner lieber nicht vorstellen. Wenigstens muss er sich dann nicht mehr um die wenigen verbliebenen großen Wagen streiten, falls nicht irgendein ganz schlauer aufstrebender Verwaltungsfuzzi bis dahin die Dienstflotte ganz abgeschafft hat; bei diesen Benzinpreisen wäre das ja ein großes Einsparungspotenzial und grad die Kripo kann ja auch mit den öffentlichen Verkehrsmitteln zu ihren Einsätzen fahren, denn die Toten können ja auch noch ein paar Minuten länger warten, denen pressiert's nicht ...

Als der Motor mit einem satten Schnurren warmläuft, verschwinden Steiners negative Gedanken ganz von alleine. Er biegt von der Siemensallee in die Neureuter Straße Richtung Norden. Nach ein paar hundert Metern beginnt der ausgebaute vierspurige Abschnitt der B 36 und Steiner drückt das Gaspedal durch. Er freut sich auf die nächsten 45 Minuten Autofahrt. Hinterm Steuer kommt er zur Ruhe, kann die Ereignisse der letzten Tage rekapitulieren; an diesem Platz kommen ihm die besten Ideen. Das war schon immer so!

Gestern Nachmittag das kurze Abklopfen von Klüber. Ein eigenartiger Mann. Trotz all seiner unbestreitbaren medizinischen Erfolge wirkt er einigermaßen unsicher. Daniela und er waren sich nach dem Gespräch sofort einig, dass er aussah wie ein kleiner Junge, der bei einem Lausbubenstreich erwischt worden ist. Und dieses komische Kichern hinter jedem zweiten Satz. Wollte er damit eventuell Daniela anmachen? Wenn es so war, ging das ganz schön nach hinten los. Danielas Kommentar zu Klübers Person fiel eindeutig aus: Was für ein jämmerliches Weichei! Armer Klüber ... und trotzdem ist sich Steiner ziemlich sicher, dass dieser unscheinbare Mann etwas ausheckt.

Heute Morgen um acht Uhr die Lagebesprechung der Soko. Nun, richtig viel Neues ist nicht dabei herausgekommen. Immerhin haben die Kollegen vom OK eine heiße Wettspur nach Osteuropa; sie meinten, sie wären knapp davor, Namen zu erhalten. Wie sie das anstellen, wollte Steiner gar nicht erst wissen. Die Jungfüchse konnten keine auffallend großen Gewinnauszahlungen im Landkreis feststellen. Allerdings wurden sie von mehreren Wettbüros darauf hingewiesen, dass das große Geschäft hauptsächlich online durchgeführt wird. Gesichter bekommen die Betreiber kaum noch zu sehen und ob die angegebenen Namen stimmen, weiß niemand mit Sicherheit. Immerhin haben sie von allen Wettbüros eine Liste von Kunden mit regelmäßigen Gewinnen erhalten. Diese arbeiten sie heute Vormittag durch; vielleicht gibt es ja doch noch Auffälligkeiten.

Das einzig wirklich Interessante war das Fax aus der Gerichtsmedizin Heidelberg. Sein Freund hatte alle Hebel in Bewegung gesetzt, um eine schnelle Untersuchung von Jan Greiners Leiche zu erhalten. Anscheinend gab es keine äußerlichen Verletzungen, die auf Fremdverschulden schließen ließen. Auch der toxikologische Befund war unauffällig. Einzig die Blutwerte ließen den untersuchenden Pathologen aufmerken. Was aber die einzelnen Zahlen bedeuten sollten, konnte Steiner dem Bericht nicht entnehmen. Deshalb nun auch sein spontaner Ausflug nach Heidelberg zu Klumpinger. Der soll ihm mal erörtern, was es mit diesen Zahlenkolonnen auf sich hat. Da sie sich auch schon seit einigen Monaten nicht mehr gesehen hatten, beschlossen sie, das Berufliche mit dem Angenehmen zu verbinden und sich auf einen späten Frühschoppen im Gasthaus zur Bergstraße im Heidelberger Stadtteil Neuenheim zu treffen. Die Vorfreude auf ein kühles Blondes lässt Steiners Laune noch besser werden. Auf der Höhe Bruchsal entscheidet er, die B 36 zu verlassen und auf der A 5 sein Glück zu versuchen. Um diese Uhrzeit müsste er eigentlich gut durchkommen. Alle Pferdestärken ausnutzend, schiebt sich Steiner direkt vom Beschleunigungsstreifen auf die Überholspur.

Nach kurzer Fahrzeit hat er das Kreuz Heidelberg erreicht, verlässt die Autobahn Richtung Bergheim, überquert den Neckar, überlegt kurz, ob er Klumpinger direkt von der Gerichtsmedizin abholen soll, entscheidet sich dann aber dafür, noch ein paar Meter am Neckar entlang allein zu spazieren. Überraschenderweise findet Steiner auch sofort einen Parkplatz in dem Gewirr aus kleinen Straßen. Als er das Neckarufer erreicht, genießt er erst mal den Ausblick auf die Altstadt am anderen Flussufer und das Heidelberger Schloss. Das Sonnenlicht gleist mit strahlender Gewalt an der Wasseroberfläche, lässt die vielen Wellen glitzern. Die unerwartete Wärme lässt ihn in seiner Jacke schwitzen, Vogelstimmen wetteifern mit dem Verkehrslärm über die akustische Oberhoheit hier am Ufer, so dass Steiner von völlig unpassenden Frühlingsgefühlen überschwemmt wird. Sein Handy reißt ihn aus seinem versunkenen Dahinwandeln.

„Hauptkommissar Steiner!"

„Mensch Uwe, wo steckst du denn? Wenn du nicht gleich mal kommst, muss ich unsere Biere wegen ungebührlicher Wärme zurückgehen lassen – und dann kriege ich mächtig Ärger mit Maria. Was ich nicht unbedingt riskieren will. Also, schwing deinen Allerwertesten mal rüber!"

„Hallo Josef. Alles klar, bin schon unterwegs. In ein paar Minuten bin ich da. Bis gleich!"

Lächelnd steckt Steiner sein Handy weg und beschleunigt seine Schritte. Ja, mit der Maria ist nicht gut Kirschen essen, wenn man denkt, mit irgendwelchen Allüren à la „zu warmes Bier" bei ihr aufmucken zu müssen. Aber trotzdem gibt es keinen Ort in Heidelberg, der besser für einen ordentlichen Frühschoppen mit einem alten Freund geeignet wäre. Nun ja, das Bier in der Kulturbrauerei in der Altstadt schmeckt ihm zwar etwas besser, aber die Stimmung bei Maria macht das alles mehr als wett. Und da Steiner plötzlich merkt, wie ausgetrocknet seine Kehle ist, legt er die letzten Meter zur Bergstraße fast im Laufschritt zurück.

Schon vom Eingang kann er Josef entdecken. Vor ihm steht eine fast leere Halbe. Ja, so ein waschechter Bayer weiß, was sich gehört. „Josef! Wenn ich dich so hier sitzen sehe, denke ich, dass es ein schwerer Fehler war, aus München wieder nach Karlsruhe zurückzugehen. Bei uns gibt es einfach keine Möglichkeit für ein vernünftiges zweites Frühstück. Ich kann dir gar nicht sagen, wie sehr mir die Arbeitsstunden mit dir am späten Vormittag abgehen."

„Servus Uwe. Gut, dass du endlich da bist. Ja, in München damals, das waren halt noch Zeiten ..."

Nachdem Uwe sich gesetzt und den ersten großen Schluck genommen hat, schwelgen die zwei Männer erst einmal in Erinnerungen an ihre gemeinsame Münchener Zeit. Ein äußerst komplizierter Mordfall hat sie damals zusammengeführt. Der noch junge Gerichtsmediziner Klumpinger hat auf Verdacht des ebenfalls noch jungen Kriminalkommissars Steiner nach den richtigen Indizien bei der Obduktion gesucht – und diese auch gefunden. Beide wurden dafür mit einem Karrieresprung belohnt und beide waren sich einig, dass sie die besten Ideen bei einem zünftigen Frühstück entwickeln können.

„Aber jetzt mal zur Sache, Herr Kollege. Kannst du mir verraten, was diese Auffälligkeiten im Blutbild Jan Greiners bedeuten?“

„Gib mal den Bericht her, ich habe ihn noch gar nicht gesehen. Mein Kollege, ein wirklich guter Mann übrigens, hat gemäß meiner Anweisung alles so schnell wie möglich direkt an dich weitergeleitet.“

Steiner reicht seinem Freund den Ausdruck mit den kompletten Werten.

„Hm, keine äußeren Anzeichen – ist ja klar. Toxikologisch alles in Butter. Also, vergiftet, mit so klassischen Sachen wie Zyankali etc. wurde der Greiner auch nicht ... Also die Blutwerte ... hm ... ja ... Antibiotika und Amphetamine ... eigenartig ...“

„Ähm, Josef! Ich bin auch noch da! Hättest du die Güte ...“

„Wart’ mal kurz und unterbrich meine Gedanken nicht ... mhm“

Einige Minuten herrscht tiefes Schweigen am Tisch, unterbrochen nur von gelegentlichen Schluckgeräuschen. Klumpinger starrt konzentriert auf die Zahlen vor ihm. Langsam beginnt er zu sprechen.

„Also Uwe. Ich bin mir nicht ganz sicher, aber ... zuerst einmal zu den Zahlen: Greiner hatte eine große Menge Antibiotika im Blut. Das ist an und für sich nichts Ungewöhnliches. Zusätzlich aber schwammen wohl ziemlich viele Amphetamine in ihm herum. Nun gut, wir alle wissen, dass viele Sportler hin und wieder zu verbotenen Mitteln greifen, um die maximale Leistung abrufen zu können. Aber in diesem Fall schaut es so aus, als hätte der Greiner eine ganze Monatsration auf einmal im Blut gehabt – und das lässt mich stutzen."

„Vielleicht wollte er nur besonders fit sein. Jetzt, wo der KSC im Europacup so tolle Erfolge gefeiert hat?"

„Von besonders fit kann in diesem Zusammenhang keine Rede sein. Erstens hatte der Greiner eine fette Erkältung, was anhand der Antikörper in seinem Blut gut nachweisbar ist. Gegen diese Erkältung hat er wohl Antibiotika verschrieben bekommen. Das ist nicht unüblich, da der Heilungsprozess damit von außen unterstützt wird und der Spieler eben ein paar Tage früher wieder einsatzfähig ist. Bemerkenswert ist allerdings die sehr hohe Dosierung dieser Antibiotika. Nun gut, für sich alleine genommen, ist das noch nicht besonders Aufsehen erregend."

„Also Greiner war krank. Greiner wollte spielen. Greiner bekam Antibiotika, um ihn möglichst schnell wieder fit zu machen."

„Genau. Aber jetzt kommen die Amphetamine ins Spiel. Wie mit allen Drogen – und nichts anderes sind Amphetamine – muss man auch mit diesen sehr sorgfältig umgehen. Die Formel „mehr Drogen ist gleich besseres Ergebnis" ist schlichtweg falsch. Wie wir ja auch aus eigener Erfahrung wissen ... Also die Menge Amphetamine in Greiners Blut hätte ausgereicht, um dem Körper Schaden zuzufügen. Im Zusammenspiel mit den Antibiotika allerdings, zusätzlich verknüpft mit dem Stress vor einem Spiel und der körperlichen Anstrengung auf dem Platz ... also wenn du mich fragst, hat dieses Zusammenspiel der Faktoren fast unweigerlich einen Kollaps herbeiführen müssen."

Nach kurzem, nachdenklichem Schweigen beginnt Steiner zu sprechen. „Ich frage mich, ob diese Faktoren nicht auch den behandelnden Ärzten, im speziellen dem Vertrauensarzt bekannt sein müssten? Und falls ja, hätte der Greiner dann nicht gewarnt werden müssen? Ich meine, wenn eine Gesundheitsgefährdung vorliegt?"

„Uwe, du hast mich noch nicht ganz richtig verstanden. Ich sprach nicht von einer gesundheitsgefährdenden Situation, sondern von Umständen, die zwangsläufig zu irreversiblen Schäden, sprich dem Tod, führen!"

„Aber das würde ja bedeuten ..."

„Genau. Irgendwer hat dem Greiner einen regelrechten Giftcocktail verabreicht, eine äußerst wirksame Art jemanden zu töten, extrem professionell und schwer nachweisbar."

„Mir stellt sich das alles folgendermaßen dar: Der Greiner war krank und wollte spielen. Ehrgeizig war der ja. Diesen Umstand hat jemand ausgenutzt und eine Überdosierung von verschiedenen Substanzen in seinem Körper herbeigeführt."

„Nur, dass dieser jemand nicht irgendwer sein kann. Die verwendeten Amphetamine sind nicht gerade an jeder Straßenecke zu besorgen. Da hat jemand verdammt gute Beziehungen zu irgendwelchen Vertreibernetzwerken ... vielleicht sollte ich noch erwähnen, dass diese Substanzen alle auf der Liste streng verbotener Drogen stehen. Schon allein der Besitz ist strafbar – und das aus gutem Grund, wie du bei Greiner ja sehen konntest. Und noch etwas: Für den Einsatz dieser Mittel brauchst du genaue medizinische Kenntnisse."

Bei Klumpingers letzten Worten kommt Steiner ein Gedankenblitz. „Mensch, der Klüber mit seinem Medikamentenschrank. Als ich einen Blick darauf warf, hatte ich sofort das Gefühl, dass der einen doppelten Boden hat. Wer weiß, was da alles zum Vorschein kommt. Er ist ja auch derjenige, der am besten über Greiners Gesundheitszustand informiert war ... und der unbekannte gut gekleidete Mann ... ja, so ist es! Beim Klüber laufen alle Fäden zusammen!"

Steiner springt auf, schlüpft in seine Jacke und verlässt im Laufschritt das Lokal. Über seine Schulter ruft er dabei Klumpinger noch einen kurzen Dank zu. Dieser bleibt kopfschüttelnd sitzen und bestellt sich noch ein Bier – immerhin ist ja jetzt schon fast Mittagessenszeit.

Noch auf dem Weg zum Auto ruft Steiner Daniela an. Er erläutert kurz die neuen Informationen und verabredet sich mit ihr in einer halben Stunde beim Wildpark. Außerdem trägt er ihr auf dafür zu sorgen, dass Klübers Haus von zwei Kollegen beobachtet wird, die aber im Hintergrund bleiben und bei einem eventuellen Abrauschen Klübers sich an dessen Fersen heften sollen. Ein zweites Telefonat bestätigt ihm, dass der Medikamentenschrank wirklich einen doppelten Boden hat. Die darin gefundenen Substanzen sind sofort zur genaueren Bestimmung ins Labor gebracht worden. Die Ergebnisse sollen im Lauf des Nachmittags übermittelt werden. Als er das Auto erreicht, zerknüllt er den unter den Wischerblättern klemmenden Zettel und wirft ihn in den Rinnstein. Zumindest ist ihm jetzt klar, warum er so schnell einen Parkplatz finden konnte. Dann befestigt er das mobile Blaulicht, schwingt sich hinters Steuer und gibt Gas.

Genau 27 Minuten später erreicht er das Tor zum Wildpark. Auf dem Parkplatz der Westseite wird er bereits von Daniela erwartet.

„Schneller als die Polizei erlaubt“, flachst Daniela, um dann sofort ernst zu werden.

„Noch ist Klüber nicht aus dem Stadion herausgekommen, allerdings weiß ich nicht, ob er überhaupt drinnen ist. Die Mannschaft befindet sich zurzeit auf einem Lauf im Hardtwald und wird voraussichtlich in einer halben Stunde zurück sein – diese Infos hat mir freundlicherweise der Platzwart gegeben, der übrigens den Klüber heute auch noch nicht gesehen hat.“

„Gute Arbeit, Kollegin. Dann wollen wir mal reingehen und uns das Früchtchen vorknöpfen. Auf geht's!“

Vorsichtig betreten die zwei die Katakomben des Wildparkstadions. In den Gängen herrscht absolute Stille, kein Mensch ist zu sehen. Als sie später zu Klübers Zimmer kommen, steht die Türe offen. Auf dem Schreibtisch liegen einige Papiere verstreut, ansonsten ist alles so, wie bei ihrem letzten Besuch. Von Klüber keine Spur. Daniela und Uwe drehen sicherheitshalber noch eine Runde, bevor sie zu Klübers Haus nach Rüppurr fahren. In der Langen Straße treffen sie auf die zwei Kollegen von der Schutzpolizei.

„Hauptkommissar Steiner, guten Tag, und das hier ist meine Kollegin Kommissarin Kämmerer. Irgendwelche Vorkommnisse?"

„Guten Tag zusammen. Nun, eigentlich nein. Seit wir das Haus observieren, ist niemand hinein- oder herausgegangen."

„Danke für die Mithilfe. Ab sofort übernehmen wir! Daniela, du klingelst an der Haustüre, ich gehe außen rum und komme von hinten."

Auf Daniela Kämmerers Klingeln bleibt alles ruhig. Kein Licht ist zu sehen, kein Schatten bewegt sich. Auch Steiner kommt schnell wieder nach vorne.

„Wahrscheinlich ist der Vogel schon ausgeflogen. Aber die Terrassentür steht einen Spalt offen, dort können wir hinein."

„Sollen wir nicht zuerst Verstärkung anfordern?"

„Ich glaube, dass das wirklich ganz ungefährlich ist. Der ist nicht mehr zu Hause."

Als sie den Garten betreten, entfährt Daniela ein anerkennendes Pfeifen. Ein großes Grundstück erstreckt sich bis zur träge dahin fließenden Alb.

„So habe ich mir mein Domizil auch immer vorgestellt."

„Tja, nicht von schlechten Eltern, was? Aber dafür hätten wir eine andere Karriere einschlagen müssen ..."

Vorsichtig öffnet Steiner die Tür zu einem großen, ganz mit Terracotta-Fliesen ausgelegten Wohnzimmer. Daniela hält ihm währenddessen den Rücken frei. Als sie das Haus betreten und von Zimmer zu Zimmer gehen, wird schnell klar, dass Klüber das Weite gesucht hat. Offen stehende Schränke, ein halb geleertes Badezimmerregal und ein von Papieren bedeckter Schreibtisch, dessen Schubladen teilweise offen stehen, sprechen eine eindeutige Sprache. Im Aktenschrank entdecken sie große Lücken.

„O.k., Uwe. Ich denke, mit Klüber liegen wir richtig. Allerdings ist er uns um ein paar Stunden voraus. Ich würd mal vorschlagen, wir holen die Spurensicherung und geben so schnell wie möglich eine Großfahndung raus, damit uns der Kerl nicht über die Grenzen entwischt. Außerdem sollten wir uns dringend noch mal mit Klotzke unterhalten. Er scheint ja der Einzige zu sein, der Kontakt mit diesem ominösen Mittelsmann hatte ... und ich habe da so ein Gefühl, dass wir uns schnellstens auf diese Spur konzentrieren sollten!"

„Gut kombiniert, Watson! So machen wir das."

Zur gleichen Zeit betritt ein sichtlich verstörter Klüber einen großen Garten in der Turmbergstraße, durchmisst ihn eiligen Schritts und klingelt Sturm. Als Forbacher die Türe öffnet, entgleisen ihm für einen Moment die Gesichtszüge. Gleich darauf hat er sich allerdings wieder unter Kontrolle.

„Klüber, was machen Sie hier? Diese Adresse war nur für allergrößte Notfälle gedacht!"

„Entschuldigen Sie, aber ... aber ... ich glaube, das ist der allergrößte Notfall!"

„O.k., kommen Sie rein ... Wo haben Sie ihr Auto geparkt?"

„Gleich hier vor dem Haus ..."

„Sie Idiot! Geben Sie mir die Schlüssel und verschwinden nach drinnen. Und halten Sie sich von den Fenstern fern!"

Forbacher hastet durch den Garten, startet den Wagen und lenkt ihn in die hauseigene Tiefgarage. So ein Mist, schießt es ihm durch den Kopf, so ein verdammter Mist ...

# Tackling

Die Luft in dem großen Zimmer ist schrecklich abgestanden, vom Geruch alter Behörden durchzogen. Trotz des seit längerem geltenden Rauchverbots lastet die nikotingelbe Decke schwer auf den Gemütern der zusammensitzenden Polizisten. Einige Male ist Daniela schon aufgestanden, hat das Fenster geöffnet, um wenigstens ein wenig frische Luft zu ergattern. Doch schon nach kurzer Zeit musste sie dieses wieder schließen, zu niedrig sind die Temperaturen draußen. Wie weggeblasen ist das schöne, spätsommerliche Wetter der letzten Tage, nur noch eine blasse Erinnerung im Angesicht dieses schmuddeligen Ekelgrau. Nieselregen, wie Daniela ihn hasst! Jeden Herbst das Gleiche: Irgendwann ist er einfach da, hat sich quasi über Nacht auf die Stadt und das Land gelegt, alles Lebendige mit seiner feuchten Eintönigkeit erstickend. Die Luft zum Atmen raubt er den Menschen, das Leben macht er ihnen schwer. Und das Schlimmste an allem ist, findet Daniela, dass man nie weiß, wie lange er anhält. Das können nur ein paar Stunden, aber auch viele Tage sein. Daniela weiß dagegen nur ein Mittel: sich wegträumen, der Zeit voraus, in den März hinein. Dann ist der Frühling schon mit mächtigem Schritt ins Badische gezogen, das ist ihre liebste Jahreszeit, wenn anderswo in Deutschland noch der strenge Winter herrscht und sie sich mit ihrem Nachmittagscappuccino im Freien von der Sonne wärmen lässt ...

Die Tür zum Versammlungszimmer fliegt auf. Herein tritt Morgenroth. Kurz lässt er seinen Blick über die versammelten Polizisten gleiten, dann wendet er sich direkt an Steiner.

„Ah ja, sehr schön. Ich wollte mich nur kurz davon überzeugen, ob die Soko endlich ihre Arbeit aufgenommen hat. Steiner, Sie kommen später in mein Büro und erstatten mir Bericht. Leider bin ich momentan anderswo unabkömmlich, weshalb ich nicht an der Besprechung teilnehmen kann. Gut, dann mal los, meine Herren!“

Ebenso schnell wie er gekommen ist, verlässt Morgenroth die Runde wieder.

Nach einem kurzen Moment schweigsamen Innehaltens werden Stühle gerückt. Das zwingt Daniela in die Realität des Versammlungszimmers der Soko Greiner zurück. Soeben ist ein Kollege vom OK aufgestanden, um einige Namen und Firmen auf ein Flipchart zu schreiben. Sie lässt den Blick über die anwesenden Polizisten schweifen: der toughe Schneider vorne am Flipchart, seine drei Dezernatskollegen, die ihm gebannt zuhören, seine Ausführungen mit Kopfnicken bestätigen. Rechts daneben ihr ehemaliger Mentor, der erfahrene Hans Flechtinger, anscheinend in den vor ihm liegenden Ordner vertieft. Den gleichen Ordner hat Daniela heute Morgen vor Beginn der Lagebesprechung durchgeackert. Sie ist immer wieder überrascht von der Gabe Flechtingers, scheinbar unübersichtliche und verwirrende Ermittlungsergebnisse zu strukturieren und diese dadurch in klarem Licht zu präsentieren. Bei ihm laufen alle Fäden der Ermittlungsarbeit zusammen. Durch seine Darstellung wurden einige Zusammenhänge erst sichtbar gemacht. Nur gut, dass Steiner darauf bestanden hatte, ihn mit in die Soko zu holen.

An der Stirnseite der Tische Staatsanwalt Stoll. Schweigsam jetzt, aber heute früh hat er den armen Uwe wohl zur Seite genommen und sich darüber beschwert, dass die Ermittlungen nicht so recht vorankommen. Uwe sitzt neben ihm, äußerlich gelassen, aber Daniela kennt ihn gut genug, um seine Anspannung zu spüren. Nur das stetige leise Trommeln der Finger zeugt von seiner Unruhe. Ist wohl auch nicht sein Tag heute; erst

Stoll, jetzt Morgenroth. Der Arme! Bleiben noch Wächter und Mönning, die zwei Jungfüchse, zu ihrer Linken. Beide ganz bei der Sache, eifrig mitschreibend und wahrscheinlich schon innerlich zitternd vor dem Augenblick, da sie selbst ihre Ergebnisse vortragen sollen.

„Hier können Sie sehen, wie das weißrussische System in groben Zügen funktioniert.

Ganz oben steht der Name Wladim Malachejew."

Schneider deutet mit einem kleinen Zeigestab auf die oberste Zeile des Flipcharts.

„Er schwebt über allem, er ist der Kopf eines riesigen Imperiums. Malachejew streicht gewaltige Summen aus Wettbetrügereien ein, die er in verschiedenste Unternehmen investiert, um das Geld sauber zu waschen. Hauptsächlich ist er im Energiesektor tätig, aber auch in anderen Bereichen wie Erdölverarbeitung und der Pharmaindustrie steckt sein Geld. Letzteres ist besonders interessant, denn mit dem Vertrieb von illegalen Medikamenten und Dopingmitteln kann er alle seine Ausgaben leicht refinanzieren. Seine Handlanger manipulieren viele ost- und südeuropäische Fußballligen, aber auch die großen Fußballländer wie Frankreich, England und Deutschland sind nicht vor Übergriffen seines Rings sicher."

An dieser Stelle schaltet sich Stoll ein.

„Wie stellt dieser Malachejew das alles denn an?"

„Da gibt es eine ganze Palette von Möglichkeiten. Eines aber mal vorneweg: Malachejew selbst rührt bei all diesen Vorgängen nicht einen Finger. Er hat einen perfekt für ihn arbeitenden Apparat aufgebaut, in dem die Aufgaben klar verteilt sind. Die Spielmanipulationen können auf verschiedene Arten arrangiert werden: die einfachste ist die Bestechung des Schiedsrichters. Ein Elfmeter ist schnell einmal gegeben oder abgesprochen. Für die Manipulatoren ist das auch die billigste Lösung, allerdings auch die unsicherste. Komplizierter wird es, wenn der Ring Spieler kaufen will. Dazu müssen Kontakte geknüpft, Vertrauen aufgebaut und schlussendlich großer Druck ausgeübt werden. Da aber ein Spieler alleine nicht ausreicht, am besten ist es natürlich, wenn der Tormann mit im Boot ist, ist diese Methode recht kostenintensiv – dafür aber umso sicherer."

„Aber wieso machen die Spieler das? Ich meine, die verdienen doch genug! So etwas haben die doch nicht nötig. Ganz zu schweigen von dem Risiko, das sie dabei eingehen ..."

„Herr Staatsanwalt, es tut mir leid, ihnen in diesem Punkt widersprechen zu müssen. Zum Ersten kenne ich niemanden, der behauptet genug Geld zu besitzen – immerhin sind die größten Steuerhinterzieher auch die Menschen mit dem höchsten Einkommen. Zum Zweiten ist das meistens ein schleichender Prozess: eine kleine Gefälligkeit hier, eine zweite dort, erst mal nichts Aufregendes. Dann werden die Zuwendungen größer und plötzlich ist der Spieler in einer Abhängigkeit gefangen, aus der er so schnell nicht wieder herauskommt."

„Aber er könnte doch die Zuwendungen ablehnen und damit drohen, zur Polizei zu gehen!"

„Und was würde dann geschehen? Der Spieler würde alles verlieren, denn er hat ja schon Gefälligkeiten angenommen. Unter uns gesagt, es geht dabei oft um die Dienste schöner Frauen. Sein Ruf wäre ruiniert, seine Anstellung beim Verein würde er verlieren und wenn Frauengeschichten aufgedeckt werden, würde vielleicht sogar noch sein Privatleben zerstört. Nein, Herr Staatsanwalt! Wenn der Spieler auch nur eine Zuwendung angenommen hat, ist er im Netz der Spinne gefangen, nur dass er das anfangs noch nicht weiß ... Und noch etwas: Die Wettmafia setzt die Beteiligten natürlich auch mit der Androhung von Gewalt unter Druck. Dazu eine aktuelle Zahl aus Russland: Mehr als zehn Morde sind in den letzten Jahren aus fußballmanipulatorischen Gründen geschehen und dazu kommen noch einige ungeklärte Todesfälle beziehungsweise Personen, die verschwunden und nie wieder aufgetaucht sind."

Je länger Steiner den Ausführungen Schneiders lauscht, desto verdrießlicher wird er. Der Tag hatte schon schlecht angefangen: Bei der morgendlichen Rasur hatte er sich in die rechte Wange geschnitten. Scharf sticht der rote Strich auf der hellen Haut dem Betrachter entgegen. Steiner hasst das, wenn alle Welt sehen kann, dass er bei der Rasur unvorsichtig war. Wie ein pubertierender Junge kommt er sich dann vor. Schlecht gelaunt verließ er die Wohnung. Der Weg zum einen Block entfernt parkenden Auto verbesserte seine Stimmung keineswegs. Kalter Nieselregen schlug ihm ins Gesicht, das Sakko sog die Feuchtigkeit gierig wie trockenes Moos auf. Mit klammen Gliedern kletterte er in seinen Wagen und stellte die Heizung auf Maximum. Im Präsidium angekommen, lief er erst mal Staatsanwalt Stoll in die Hände. Dieser tat seinen Unmut über den schleppenden Fortgang der Ermittlungen in aller Deutlichkeit kund. Schon wieder fühlte er sich wie ein hilfloser Pennäler. Und nun breitet der Kollege Schneider auch noch ein Horrorszenario von gekauften Fußballspielen vor ihm aus. Fußball, die letzte Bastion, in die sich ein Mann heutzutage noch zurückziehen kann. Wo er ungestört und hemmungslos brüllen, toben, fluchen darf, Mann sein kann! Dort darf er aber auch weinen, heulen, flennen – ohne deshalb gleich als Weichei zu gelten. Im Fußball gilt noch das archaische Prinzip des Kräftemessens mit offenem Visier. Von Angesicht zu Angesicht muss der Kampf bis zum bitteren Ende durchgestanden werden, offen und fair. Und jetzt: Manipulationen und Betrügereien wohin er sieht! Das macht Steiner richtig fertig. Die schönste Nebensache der Welt verkommt zu einem Sumpf aus Korruption!

Forscher als beabsichtigt unterbricht er den immer noch dozierenden Schneider.

„Und, was nützen uns diese Erkenntnisse? Ist Wladim Malachejew unser Mann?“

„Ja, er ist unser Mann. Aber leider ist dieser Mann nur ein Name. Er ist bestens bewacht, total abgeschirmt von seiner

Umwelt. Selbst die Polizei in Weißrussland kennt sein Gesicht nicht. Wir wissen nicht einmal, ob der Name Malachejew nur ein Fake ist."

„Also eine Sackgasse! Rein akademisches Wissen ..."

„Nein!", nun schneidet einer der anderen Kollegen vom OK Steiner das Wort ab. Dieser will schon auffahren, wird aber vom neben ihm sitzenden Stoll mit einer besänftigenden Geste zum Stillschweigen aufgefordert.

„Nein, Malachejew, oder wer auch immer hinter diesem Namen steckt, ist keine Sackgasse, denn jetzt kommen die schon erwähnten Unternehmen ins Spiel. Wie gesagt, investiert er auch in die Pharmaindustrie – und das ist die interessante Spur. Mitte der Neunziger ist eine dieser Firmen eine enge Kooperation mit einem badischen Pharmaunternehmen eingegangen. Worum es dabei genau ging, konnten wir nicht herausfinden, aber Patentehandel hat dabei auf jeden Fall eine wichtige Rolle gespielt. Zu diesem Zweck wurden auf höherer Führungsebene regelmäßige Treffen durchgeführt, es soll sogar eine eigene Osteuropaabteilung gegeben haben. Natürlich unterliegen alle Forschungsprojekte strengster Geheimhaltung, weshalb wir auch keinen Blick in diese Unterlagen werfen durften. Von badischer Seite wird lediglich von einigen, wenigen informellen Treffen gesprochen. Danach wurden die Geschäftsbeziehungen offiziell eingestellt – zu unsicher schien die politische Situation."

„Und inoffiziell?"

„Inoffiziell bestehen diese Verbindungen noch immer. Eine Handvoll Mitarbeiter arbeitet wohl eng mit den Russen zusammen. Das ist so eine Art Geheimzirkel. Die Namen dieser Mitarbeiter kennt natürlich niemand, die werden ja auch nicht im Personalbüro geführt ..."

„Aber woher wissen wir dann, dass es sie wirklich gibt?"

„Gut informierte Quellen, die nicht namentlich genannt werden möchten. Wir haben da einen Insider ... die Angaben sind höchst vertrauenswürdig."

„Nun gut. Die Badener arbeiten also mit den Russen zusammen, wahrscheinlich machen sie nicht ganz koschere Medikamentendeals, aber was hat das alles mit unserem Fall zu tun? Ich glaube nicht, dass irgendwelche deutschen Unternehmen in Fußballmanipulationen verwickelt sind!"

Danielas Blick wandert nach links, vom sichtlich genervten Steiner weg. Dort hat soeben Wächter, einer der zwei Jungfüchse, das Wort ergriffen.

„Da kommen Mönning und ich ins Spiel. Von den Wettbürobetreibern haben wir erfahren, dass die meisten Kunden brave und ehrliche Spieler sind. Das heißt, sie bleiben dem Wettbüro treu, spielen regelmäßig, legen Wert auf den persönlichen Kontakt und verlieren deutlich mehr als sie gewinnen. Verlierertypen allesamt. Dann gibt es die zweite Gruppe von Kunden: wechselnde Namen, die in verschiedenen Büros immer wieder auftauchen. Die ziehen regelmäßig mittlere Gewinne an Land. Diese Gruppe ist verdächtig, wahrscheinlich haben sie Kenntnis von Manipulationen, Betrüger allemal, aber kleine Fische. Die richtig großen Gewinne werden heutzutage im Internet und dort bei teilweise illegalen Wettbüros gemacht. Die Gewinner bleiben anonym, es sind auch immer verschiedene Namen. In einigen Fällen ist es Kollegen von Europol aber gelungen den Geldfluss nachzuverfolgen und raten Sie mal, wo das meiste Geld gelandet ist?"

„Irgendwo im Osten würde ich nach der letzten Stunde jetzt mal raten!"

„Genauer gesagt, auf einem Firmenkonto, das mit Malachejew in Verbindung gebracht werden kann. Nach all diesen Querverbindungen haben wir nun ein Computerprogramm die Kundenlisten der Wettbüros des Landkreises scannen lassen. Immerhin bei fünf Namen hat das Programm Verbindungen zu Osteuropa und oder zur Pharmaindustrie gefunden."

Steiner schnaubt laut durch die Nase.

„Entschuldige mal, Wächter, du glaubst doch nicht im Ernst, dass ein Spieleverschieber hier in ein Wettbüro geht und kleine Beträge auf das manipulierte Ergebnis setzt? Das ist doch absurd!“

„Natürlich ist das absurd. Wir rechnen auch nicht damit, dass Malachejew oder seine deutsche Vertretung in diesen Listen auftaucht. Aber eventuell kennt jemand der kleinen Fische einen größeren, oder hat mal einen Namen aufgeschnappt, der im Zusammenhang mit Spielmanipulation gefallen ist. Zumindest gibt es eine minimale Chance, etwas Neues zu erfahren. Und fünf Namen in Karlsruhe sind ja schnell überprüft, oder?“

„Ja, da gebe ich Herrn Wächter allerdings recht. Da die Ermittlungen sonst keiner heißen Spur folgen, sollten sie erst mal die Überprüfung dieser Personen vornehmen.“

Den letzten Teil des Satzes richtet Stoll direkt an Steiner. Dieser seufzt. „Also, dann mal an die Arbeit. Wo sind denn diese fünf zu finden?“

„Drei in der Oststadt, einer in Rüppurr und einer in Durlach.“

„Gut. Von Rüppurr habe ich genug, die Oststadt hört sich eher nach Kleinkriminellen an. Wächter, Sie und ich fahren nach Durlach, während Daniela und Mönning sich um die Rüppurrer Adresse kümmern. Anschließend teilen wir uns noch die Oststadt. Um fünf Uhr treffen wir uns wieder, um die Ergebnisse des heutigen Tags zu besprechen.“

Und zu Flechtinger gewandt, fügt er noch hinzu: „Fass dieses ganze ausufernde Geschwafel bitte kurz und knapp in einem übersichtlichen Bericht zusammen.“

Als Wächter den Wagen in die Turmbergstraße lenkt, versucht Steiner einen Blick auf die Spitze des Durlacher Hausberges zu werfen. Vergeblich! Schon nach wenigen Metern verschwinden die Schienen der Bahn in einer wabernden Wolkenmasse, die Luft scheint verdrängt von einer undurchsichtigen Wand aus Wassertropfen. Am liebsten würde Steiner im

Auto sitzen bleiben und den jungen Kollegen alleine zu dieser prachtvollen Gründerzeitvilla schicken. Das Letzte, was er jetzt brauchen könnte, wäre irgend so ein neureicher Schnösel in teuren Designerklamotten, der herablassend verkündet, dass er es sich verbitte, irgendwelchen Verdächtigungen ausgesetzt zu werden, die Kooperation verweigerte und mit seinem Anwalt drohte, der nur darauf warte, die im Dunkeln tapsende Karlsruher Polizei mit einer Klage zu belegen ...

„Geh du schon mal vor. Ich komm gleich hinterher. Muss nur noch kurz was in meinen Unterlagen checken, für Morgenroth nachher."

Mit einem genervten Handwedeln entlässt er Wächter in den Nieselregen. Als er endlich allein im Wageninneren sitzt, schließt er erst einmal die Augen. Wie satt er das manchmal alles hat: die ewig sich wiederholenden Verbrechen, das Wissen, immer einen Schritt hinter dem Gesuchten zurück zu sein, die immerwährende Hetze, der Schlafmangel und nicht zuletzt alle Staatsanwälte dieser Erde ... Vielleicht sollte er sich ernsthaft mit dem Gedanken einer Versetzung in den Innendienst beschäftigen ... Oder überhaupt aufhören ... Nein, so weit ist es noch nicht! Diesen miesen Hund will er zumindest noch zur Strecke bringen! Er atmet tief ein, spannt seinen Körper an und tritt hinaus in den Regen.

Währenddessen hat Wächter schon einmal das Gebäude umrundet, aber nichts Auffälliges entdecken können. Also geht er zurück zur Eingangstüre an der Vorderseite und klingelt. Nach einigen Momenten wird die Türe von einem unscheinbaren Mann geöffnet.

„Ja, bitte?"

„Guten Tag, Herr Forbacher? Kriminalkommissar Wächter. Ich würde mich gerne ein wenig mit Ihnen unterhalten, wenn Sie kurz Zeit hätten?"

Der Mann an der Tür weicht zwei Schritte ins Haus zurück. Dort bleibt er stehen.

„Es tut mir leid, aber da liegt ein Missverständnis vor. Ich bin nicht Herr Forbacher. Der Hausherr ist nicht zu Hause und ich weiß auch nicht, wann er wieder zurückkommen wird."

Seine Stimme klingt belegt.

In diesem Moment kommt Steiner den Gartenweg entlang.

„Nun, wenn Herr Forbacher nicht zu sprechen ist, dann wird es Ihnen bestimmt nichts ausmachen, uns bis zu seiner Rückkehr zu unterhalten, nicht wahr Herr Klüber?"

Klüber zuckt zusammen. Panik macht sich in ihm breit. Nicht schon wieder dieser selbstsichere Steiner. Wenn der hier auftaucht, dann ...

Mit einem Satz springt Klüber nach draußen. Den überraschten Wächter stößt er Steiner entgegen. Dann sprintet er los und verschwindet um die Hausecke. Steiner befreit sich vom taumelnden Wächter, befiehlt ihm, hier Stellung zu halten und setzt hinter Klüber her. Dieser hat den zwei Meter hohen Gartenzaun aus massiven, oben spitz zulaufenden Eisenstangen schon erreicht. Mit aller Kraft stößt er sich vom Boden ab und versucht sich über die Brüstung zu ziehen. Zuerst rutschen die feuchten Füße an den glatten Stangen ab, dann verkeilt er einen Fuß zwischen zwei Stäben. Nun kann er den zweiten auf den Spann des ersten setzen und damit aus halber Höhe erneut versuchen sich auf die andere Seite zu hieven. Ein alter Pfadfindertrick, der ihm gerade zur rechten Zeit wieder eingefallen ist. Als er die Stabspitzen überklettert, rutscht er noch einmal ab. Ein starker Schmerz schießt durch sein rechtes Bein. Die scharfe Spitze hat sich in seinen Oberschenkel gebohrt. Als er sein Gewicht verlagert, um sich auf die andere Seite des Zauns fallen zu lassen, bleibt sein aufgespießtes Bein noch den Bruchteil einer Sekunde hängen, bevor die Haut das Körpergewicht nicht mehr halten kann und reißt. Mit einem Aufschrei landet Klüber auf dem nassen Boden. Aus dem tiefen Riss auf seinem Oberschenkel quillt Blut. Der Schmerz raubt ihm fast das Bewusstsein. Als er sich umblickt, erkennt er Steiner auf der anderen Seite des Zaunes. Schnell rappelt er sich hoch und hastet hinkend davon.

Steiner reicht ein Blick auf die scharfen Spitzen des Zauns, um sich sicher zu sein, dass er keine Chance hat, unverletzt darüber zu klettern. Klüber scheint sich schwer verletzt zu haben. Er dürfte nicht mehr schnell vorwärts kommen. Steiners Blick wandert den Garten entlang. Am untersten Ende entdeckt er eine Stelle, wo der Zaun in eine dicke Hainbuchenhecke übergeht. Er beschließt dort sein Glück zu versuchen und rennt los. Glück gehabt. Der Übergang ist nicht wie so häufig durch Stacheldraht oder Ähnliches gesichert. Er zwängt sich durch die gut drei Meter dicke Hecke. Die Zweige zerkratzen ihm das Gesicht, Blut läuft an seiner Wange herunter. Doch das alles spürt er nicht. Alle seine Sinne konzentrieren sich auf Klüber. Dort vorne, am Ende des nächsten Gartens humpelt er um die Ecke eines Hauses. Steiner setzt ihm nach. Als er auf die Vorderseite des Hauses kommt, erblickt er Klüber. Er hat nur noch wenige Meter Vorsprung, seine Verletzung macht ihm arg zu schaffen.

„Stehen bleiben, Klüber! Geben Sie auf! Sie haben keine Chance mehr!"

In diesem Moment sackt Klüber an der Hauswand, an die er sich gelehnt hat, zusammen. Mit wenigen Schritten ist Steiner bei ihm. Als er, den verletzten Klüber stützend, wieder den Eingang der Gründerzeitvilla erreicht, erwartet ihn eine Überraschung. Wächter hatte umgehend Mönning und Daniela verständigt, die sofort von Rüppurr herübergerast kamen. Nun eilen ihm alle drei mit besorgten Gesichtern entgegen.

„Alles klar, Kollegen. Kein Grund zur Aufregung. Aber könntet ihr mir mal den Klüber abnehmen und ins Haus bringen. Und bitte ruft doch einen Krankenwagen. Herr Klüber braucht sofort ärztliche Betreuung."

Wächter und Mönning helfen dem verletzten Klüber ins Wohnzimmer auf die große Ledercouch. Steiner kommt mit

Daniela hinterher. Als er ihren besorgten Blick auffängt, lächelt er zum ersten Mal an diesem Tag.

„Es ist wirklich alles o.k. Mach dir keine Sorgen."

„Aber du blutest im Gesicht. Hat er dich geschlagen?"

Verdutzt hält Steiner inne und wischt sich mit seinem Handrücken über die Stirn. Dann bricht er in schallendes Gelächter aus.

„Der, mich geschlagen? Also, mach mal halblang, Daniela! Wie sagtest du so schön: So ein Weichei! Nee, nee. Das müssen die Zweige der Hecke gewesen sein. Sind nur kleine Kratzer!"

Als er das Wort an Klüber richtet, wird er wieder ernst.

„Herr Klüber, wir haben einen Arzt gerufen. Dieser wird in wenigen Minuten hier sein und ihre Wunde versorgen. Anschließend verhafte ich Sie wegen des Verdachts auf Handel mit illegalen Medikamenten und des Mordes an Jan Greiner. Sie haben die Möglichkeit einen Anwalt anzurufen und bis zu seinem Eintreffen zu schweigen. Alles was Sie sagen, kann vor Gericht gegen Sie verwendet werden."

Klüber stöhnt nur kurz auf, geht aber nicht weiter auf das Gesagte ein.

„Können Sie mir bitte meinen kleinen Arztkoffer bringen? Er steht in der Küche auf dem Tisch. Ich möchte etwas gegen die Schmerzen einnehmen und eine saubere Kompresse anlegen."

Mönning blickt zu Steiner. Dieser nickt.

Nachdem Klüber die Kompresse angebracht hat, blickt er Steiner in die Augen. Alles Gehetzte, alles Unsichere ist aus seinen Augen verschwunden.

„Herr Hauptkommissar, ich möchte reden. Ich werde jetzt keinen Anwalt anrufen, ich möchte ein Geständnis ... ich möchte ... ich will einfach mein Gewissen be..."

Weiter kommt Klüber nicht. Er beginnt heftig zu weinen. Daniela geht zu ihm, bietet ihm Taschentücher an. Nach einiger Zeit hat Klüber sich wieder so weit im Griff, dass er erneut zu sprechen beginnt.

„Ich wollte Jan nicht töten. Der Jan war immer so ein froher Kerl. Und brillant! Das war eine Freude, ihm beim Training zuzuschauen. Alles lief prima, bis eines Tages dieser Forbacher aufgetaucht ist."

Als der Name Forbacher fällt, tauschen Daniela und Uwe einen Blick. Aber sie sagen nichts. Sie wissen, dass Klüber jetzt ein Geständnis machen wird, vor vier Zeugen. Und sie wissen, dass sie ihn jetzt auf keinen Fall unterbrechen dürfen. Die Schmerztabletten scheinen ihre Wirkung zu entfalten, denn Klüber hat aufgehört zu stöhnen und widmet sich seiner Geschichte.

„Ich verfluche den Tag, an dem dieser Forbacher in mein Leben trat. Anfangs sah es so aus, als würde mit seiner Anwesenheit alles besser. Neue Medikamente hat er mir versprochen und auch geliefert. Die Ergebnisse waren beeindruckend. Und dadurch, dass die Wirkstoffe alle neu waren, standen sie auf keiner schwarzen Liste ... Ich meine, es war mir schon klar, dass die Wirkstoffe in Deutschland nicht zugelassen waren ... aber jeder Arzt versucht doch das Optimale aus den Sportlern rauszuholen! Und das geht nur, wenn man sich an der Grenze zum Erlaubten bewegt. Auf jeden Fall führte ich neue Aufbauprodukte ein und die Fitness der Spieler hatte sich deutlich erhöht ... Alles lief prima, bis Forbacher eines Tages ganz nebenbei bemerkte, dass der KSC das nächste Spiel verlieren sollte. Ich sah ihn verständnislos an und fragte, warum er mir das erzähle. Darauf sah er mich lange an – wenn Sie ihn kennen würden, wüssten Sie, wie sehr dieser Blick einen durchbohrt. Ich fühlte mich sehr unbehaglich, so hatte ich Forbacher bisher nicht erlebt. Dann sagt er, dass ich sicher wüsste, wie ich es anstellen könnte, eine Niederlage des KSC herbeizuführen. Ich war schockiert und aufrichtig empört. Alles, was ich immer wollte, war, die Spielerfitness zu erhöhen und somit zum Erfolg der Mannschaft beitragen und natürlich auch meine Reputation erhöhen. Das alles sagte ich ihm auch. Er aber lachte mich aus, schimpfte mich einen dummen Naivling. Wenn ich nicht spurte, würde er gewisse Praktiken von mir publik machen und meine Karriere ein für allemal zerstören. Damit spielte er ganz klar auf die nicht zugelassenen Medikamente an, die ich auf seinen Rat hin verwendet hatte ... Ich war ihm ausgeliefert und ich hatte Angst! Also verabreichte ich nach einigen schlaflosen Nächten ein paar wichtigen Spielern einen Cocktail, der sie für zwei Tage außer Gefecht setzte. Ich ließ es so aussehen, als ob sich ein Magen-Darm-Virus in der Mannschaft breit gemacht hätte."

Jetzt unterbricht ihn Steiner doch.

„Daran erinnere ich mich! Das ging groß durch die Zeitungen. Der KSC war geschwächt und verlor das nächste Spiel. Aber Sie wurden eine Woche später gefeiert, weil Sie alle so schnell wieder fit gemacht hatten. Der KSC gewann und die Affäre war vergessen."

„Genau so war es immer. Forbacher verlangte immer wieder von mir, in die Spiele einzugreifen, mal positiv, mal negativ. Wenn alles zu seiner Zufriedenheit verlief, fand ich einen Packen Geld in meinem Schreibtisch. Wenn nicht, setzte er mich unter Druck."

„Und Sie haben nie überlegt, zur Polizei zu gehen und dieser Schweinerei ein Ende zu bereiten?"

„Dann wäre meine Karriere beendet gewesen und wahrscheinlich wäre ich jetzt tot!"

„Aber Sie leben noch und Jan Greiner ist tot! Wie ist das gelaufen?"

„Forbacher kontaktierte mich und beorderte mich zu einem Treffen in einem Hotel außerhalb Karlsruhes. Es war klar, dass ich keine Möglichkeit hatte abzulehnen. Er war nicht allein. Noch drei andere Männer saßen mit ihm am Tisch. Die waren fürs Grobe zuständig und machten auch keinen Hehl daraus, was mir zustoßen könnte, wenn ich nicht alles machte, was Forbacher von mir wollte."

„Und was genau sollten Sie tun?"

„Forbacher sagte, dass der Jan einen Denkzettel brauchte. Er müsse ein Exempel statuieren, denn der Jan hatte aufgemuckt und sich nicht an Forbachers Spielregeln gehalten. Jan Greiner musste sterben und ich sollte seinen Tod arrangieren. Ich flehte und bettelte, dass er Greiner anders bestrafen solle, dass ich mit ihm reden würde – doch es half nichts. Forbacher stellte mir ein Ultimatum, bis zu welchem Spiel er Greiner tot sehen wollte."

„Also haben Sie seine Anweisung umgesetzt."

„Ja und nein. Ich versuchte den Jan zu warnen, mit Andeutungen und Hinweisen. Er aber lachte mich aus, fühlte sich nicht in Gefahr. Als er dann seine Erkältung bekam, ergriff ich die Gelegenheit und verabreichte ihm eine Mischung, von der ich wusste, dass sie Jan im Zusammenspiel mit körperlicher Belastung außer Gefecht setzen würde ... ich wollte ihn nicht sofort töten, ich wollte ihn retten, ehrlich!"

Steiner braust auf.

„Ehrlich! Dieses Wort aus Ihrem Mund! Dass Sie sich nicht schämen! Sie wollen jetzt doch nicht ernsthaft um Verständnis bitten? Herr Doktor Klüber, Sie haben einen Mord begangen – aus keinem anderen Grund als Ihrem persönlichen Vorteil. Sie versuchen sich selbst als Opfer darzustellen, das keine andere Wahl hatte. Nun, ich sage Ihnen: Wir haben immer die Wahl, jeden Tag aufs Neue! – Mönning, begleite Klüber bitte ins Krankenhaus. Wenn er versorgt ist, überführst du ihn persönlich in die U-Haft. Wir treffen uns um 5 im Dezernat."

Als Daniela mit Uwe allein ist, hält sie es nicht mehr aus.

„So ein Schwein! Was für ein abgebrühter Kerl. Bringt den Jan in aller Öffentlichkeit um und meint noch, dass wir für ihn Verständnis haben. Und ich dachte, er ist nur ein jämmerlicher Waschlappen. Wie konnte ich den nur so falsch einschätzen?"

„Du hast ihn schon richtig eingeschätzt. Der Klüber ist ein Waschlappen, allerdings ein dreckiger."

„Und was machen wir jetzt?"

„Jetzt fahren wir erst mal zurück ins Präsidium, erzählen Hans die ganze Geschichte und bitten ihn, alles in seiner Mappe für die Besprechung mit Stoll heute Abend aufzubereiten."

„Glaubst du auch, dass der Mann, der Silvia unter Druck gesetzt hat, dieser Forbacher ist?"

„Da bin ich mir sogar sicher. Forbacher ist der große Mann im Hintergrund. Er hat Klüber gekauft, die Medikamente besorgt, laut Klotzke Kontakte zu Spielern aufgebaut, die dann gegen Bezahlung die geforderten Resultate lieferten, Wetten manipuliert und Silvia Schätzle bedroht."

„'Ne ganz schön lange Liste. Hoffentlich erwischen wir den Kerl, obwohl ich zurzeit noch keine Ahnung habe, wie wir das anstellen sollen."

„Tja, Frau Kollegin, ich habe da so eine Idee."

„Welche?"

„Ich sage nur: Wenn der Prophet nicht zum Berg kommt, dann muss der Berg eben warten!"

„So heißt das aber nicht."

„In diesem Fall aber doch. Wirst sehen, heute Abend."

Mit langen Schritten durchquert der große blonde Mann die Eingangshalle. Vor dem verwaisten Empfang bleibt er stehen und blickt sich um. Schon will er die Klingel auf der Theke drücken, als aus einem Nebenraum der Concierge erscheint.

„Guten Abend, der Herr. Willkommen im Palasthotel! Was kann ich für Sie tun?"

„Ich wünsche Ihnen auch einen schönen Abend."

Der Mann spricht in der für Skandinavier typischen Satzmelodie.

„Mein Name ist Jonas Amundsen. Ich benötige ein Zimmer für eine Nacht, ist das möglich?"

„Selbstverständlich, gerne. Karlsruhe ist zwar im Moment fast ausgebucht, wegen dem Fußballspiel morgen Abend, aber das Palasthotel ist wohl eher nicht der typische Übernachtungsort für Fans. Interessieren Sie sich auch für Fußball?"

„Nein, leider nein. Ich bin in geschäftlichen Angelegenheiten unterwegs und muss morgen am späten Nachmittag schon wieder weiterfahren, nach Frankreich. Für Fußball bleibt da keine Zeit."

„Nun, für eine Nacht könnte ich Ihnen entweder die Oriental Suite anbieten. Sie ist die größte im Haus, mit einem herrlichen Blick über das nächtliche Karlsruhe und jedem erdenklichen Komfort. Wenn Sie es allerdings lieber etwas einfacher mögen, könnte ich Ihnen ..."

„Nein, ich nehme die Oriental Suite. Ich habe nach dieser langen Autofahrt ein wenig Komfort dringend nötig."

„Dann werde ich sofort Ihr Gepäck hinaufbringen lassen. Wo parkt denn der Wagen?"

„Es ist der rote Alfa Romeo Cabrio direkt vor der Türe."

„Gut, ich veranlasse alles Nötige. Darf ich Ihnen so lange einen Drink in unserer Bar empfehlen? Falls Sie noch eine Kleinigkeit essen wollen, bringen wir Ihnen anschließend gerne noch etwas aufs Zimmer. Die Küche schließt leider um 22.00 Uhr, aber ein paar Snacks stehen immer bereit."

„Danke, das ist sehr liebenswürdig. Dieses Angebot nehme ich gerne an. Ich soll morgen bei den Verhandlungen ja nicht vor Hunger weich werden."

„In welcher Branche sind Sie tätig, wenn ich fragen darf?"

„In der Pharmabranche. Und morgen geht es um wirklich große Geschäfte ... Geben Sie mir Bescheid, sobald das Zimmer fertig ist? Ich bin dann so lange in der Bar."

Eine halbe Stunde später sitzt Jonas Amundsen in seiner Suite am Tisch am großen Panoramafenster und genießt den Blick auf die Lichter der Stadt. Die Perlen im Champagnerglas wirbeln verspielt, doch in gerader Säule nach oben; ruhig sitzt

Amundsen da und genießt den Nach-Mitternachts-Imbiss. Ja, heute musste es schon Champagner sein! Der Concierge sollte ihn gut im Gedächtnis behalten, dafür wird schon das üppige Trinkgeld sorgen. Amundsen trinkt noch einen Schluck und lässt die letzten Stunden Revue passieren.

Irgendwann am Nachmittag, als er sich noch Ingo Forbacher nannte, stand Jost Klüber in heller Aufregung vor der Tür zu seiner Turmbergwohnung. Schnell wurde klar, dass das Worst-case-Szenario eingetreten war. Irgendwie hatte die Polizei es geschafft, Klüber auf die Spur zu kommen. Forbacher wusste sofort, dass es nur noch eine Frage der Zeit sein konnte, bis sie auch bei ihm anklopfen würde. Aber so lange wollte er nicht warten. Erst einmal musste er sich um Klüber kümmern und herausfinden, wie viel die Polizei schon wusste. Klüber war, wie fast immer, eine Enttäuschung. Es war einfach nichts Vernünftiges aus ihm herauszubringen. Sobald Forbacher das erkannt hatte, ging es nur noch darum, Klüber so schnell wie möglich aus dem Weg zu räumen. Für diese Zwecke hatte er ein sanft, aber umso länger wirkendes Schlafmittel im Haus. Er bot Klüber einen Whisky zur Beruhigung an und versetzte diesen mit der Droge. Nach einer halben Stunde war es soweit. Klüber fragte nach einem Raum zum Ausruhen und Forbacher geleitete ihn ins Gästezimmer.

Kaum war Klüber eingeschlafen, begann eine minutiös geplante Maschinerie anzulaufen. Forbacher entzündete ein Feuer im offenen Kamin und verbrannte alle belastenden Papiere, auch seine Ausweise. Dann öffnete er der Reihe nach drei gut in der Holzvertäfelung verborgene Schubladen, aus denen er eine Tasche, einen Koffer und einen Schlüsselbund an sich nahm. Zum Beseitigen seiner Fingerabdrücke aus der gesamten Wohnung reichte die Zeit nicht aus. Allerdings machte das nicht allzu viel. Sollte die Polizei sich ruhig mit ihnen auseinandersetzen und weiter nach Forbacher fahnden! Sie würden ihn nie finden. Nachdem er noch einmal einen Blick in alle

Räume geworfen hatte, begab er sich in die Tiefgarage. Dort setzte er sich ans Steuer seines BMW und verließ das Haus am Turmberg, ohne sich noch einmal umzudrehen.

Er fuhr bis ans andere Ende der Stadt. In der Nordweststadt parkte er sein Auto in der Hertzstraße. Von dort ging er ein paar Blocks weiter in die Wiesbadener Straße. Vor der Nummer fünf blieb er kurz stehen und schaute sich um. Als niemand zu sehen war, schlüpfte er schnell in den Hauseingang und ging in den ersten Stock. Mit dem Schlüsselbund aus einer der Schubladen öffnete er die Wohnungstüre. Drinnen herrschte gähnende Leere. Alle Zimmer bis auf eines waren unmöbliert. In dem einen stand eine abschließbare schwere Kommode und ein einfaches Bett. Mit einem anderen Schlüssel öffnete er die Kommode und entnahm ihm einen Stapel Papiere. Ein neuer Pass auf den Namen Jonas Amundsen lag zuoberst. Er nahm auch noch eine in ihrer Einfachheit edle Brille, eine Perücke mit strohblondem, kurzem Haar, ein neues Handy und Autoschlüssel an sich. Dann verschwand er für einige Minuten im Bad. Als er wieder ins Zimmer zurückkam, war die Metamorphose zum skandinavischen Pharmahändler abgeschlossen. Er musste lächeln, als er sich im Spiegel bewunderte. Er war stolz auf sich. Die Jahre in Russland an BBs Seite zahlten sich jetzt aus. BB war ein Meister im Täuschen und Tarnen und Forbacher war ein gelehriger Schüler. Er hatte im Lauf der Jahre mehrere solcher Verstecke wie in der Wiesbadener Straße angelegt. Neue Papiere waren bei BBs Beziehungen und dem nötigen Kleingeld kein Problem. Allerdings hatte BB immer genau über alle Wohnungen und Identitäten informiert werden wollen und Forbacher hatte sich auch immer brav an alle Vorgaben gehalten. Bis auf einmal, als er, unter einem skandinavischen Namen, den außer ihm garantiert niemand kennt, die Wohnung in der Nordweststadt anmietete und den roten Alfa Romeo Cabrio kaufte, der in einer nahe liegenden Garage auf ihn wartete ...

Jonas Amundsen hat den Champagner bis auf den letzten Schluck ausgetrunken. Zufrieden erhebt er sich aus seiner Chaiselonge. Er holt sein altes Handy hervor und schickt eine SMS an eine ihm wohlbekannte Nummer. Die Nachricht besteht nur aus einem einzigen Wort: CIA. BB machte es große Freude, den Katastrophencode mit dem alten westlichen Feindbild zu verschlüsseln. Jetzt weiß er Bescheid, morgen wird es zu einem Treffen am vereinbarten Ort kommen. Noch einmal muss Amundsen in seine alte Identität zurückschlüpfen, Forbacher wiederauferstehen lassen. Er freut sich schon auf das Spiel morgen Abend und wenn alles gut geht, haben er und BB so viel Geld verdient, dass er erst mal ein wenig ruhiger treten kann. Und wenn nicht, muss Herr Amundsen den Plan B ausführen ...

# Tor!

Was für eine miese Nacht. Daniela Kämmerer dreht sich zum werweißwievielten Mal auf die linke Seite. Wie oft war sie schon draußen, hat auf die Uhr geguckt, sich Tee gemacht, im Sessel gesessen. Fernseher eingeschaltet, Fernseher ausgeschaltet. Gebügelt. Buch aufgeklappt, zugeklappt. Noch einen Tee getrunken. Elende Magenschmerzen. Nach der dritten Tablette waren sie endlich weg. Der Schlaf aber ebenso. Und jetzt hebt sich auch noch die Daunendecke an ihrem Rücken und irgendetwas kriecht in ihr Bett. Langsam, unaufhaltsam.

„Alptraum. Ganz gemein."

„Oh, seltener Besuch!"

Das ist nicht ganz richtig. In letzter Zeit kommt Manuel wieder öfter zu ihr rübergewackelt. Meistens dann, wenn sie's endlich mal gepackt hat einzuschlafen. Ob er auch Kummer hat? Er spricht so wenig. Daniela dreht sich um, schiebt den Arm unter Manuels Kopf. Tatsächlich, er hat Schlumpel mitgebracht, den Ex-Hasen, längst seiner Ohren verlustig gegangen, aber immer noch diensttauglich – wenn er denn mal gebraucht wird. Außerdem Willi Wildpark, den KSC-Eber, mittlerer Größe, Geschenk von Uwe. Wie oft haben sie früher so dagelegen, gerade in der Zeit, nachdem Manuels Vater verduftet war.

„Jetzt Geschichte!"

Manuel war ziemlich forsch in der Äußerung seiner Bedürfnisse. Und Daniela ließ sich immer was einfallen, so schwer's ihr auch manchmal fiel. Übermüdet, gequält von Sorgen.

„Da hat mich einer zugenäht. Von oben. Ich hab die Stiche gehört. Ganz schnell hat der genäht. Und ich hab ganz laut gerufen! Hast du mich denn nicht gehört?"

„Du hast nur im Traum gerufen."

Daniela erschauert. Wie schrecklich, dass ihr Kind so einen ekelhaften Alptraum haben muss. Auf einmal hat sie Angst. Nein, sie weiß plötzlich, warum sie so miserabel geschlafen hat: Sie hat Angst vor heute Abend. Der Großeinsatz im Stadion. Klar, alles perfekt durchgeplant. Aber was heißt schon perfekt in dem Zusammenhang! Niemand kann wissen, wieviele Leute dieser Forbacher beschäftigt. Wie gefährlich die sind. Und was wäre wenn? Ob Manuel was gespürt hat? Vor kurzem, Daniela hat es nur überflogen, ist eine Kollegin in Oldenburg umgekommen. Zwei kleine Kinder. Daniela presst Manuel an sich.

„Mama, Hilfe!"

„Entschuldigung, ich wollte dich nicht ersticken."

„Hast du aber. Fast."

Das ist es also. Ohne es richtig ins Bewusstsein zu kriegen, ist sie die ganze Zeit mit dem Gedanken umgegangen, was geschieht, wenn sie heute Abend eine Kugel abkriegt. Einen Querschläger. Oder wie neulich, der Einsatzleiter da unten irgendwo im Schwäbischen – eine Sekunde nicht aufgepasst und schon hat er 'ne Ladung brennendes Haarspray im Gesicht. Entsetzliche Entstellungen. Kümmert sich hinterher einer drum? Nicht die Bohne. Höchstens ein paar Kollegen. Die sammeln ein bisschen was für die Schönheits-OP.

„Hast du denn vor irgendwas Angst, Manuel?"

„Nö. Wieso denn? Wenn dir nix passiert, is' alles gut."

Kinder haben so eine Art, es einem auf unausweichliche Weise noch viel schwerer zu machen als es ohnehin schon ist. Daniela seufzt. Sie schlägt die Augen auf. Wenigstens fängt es an hell zu werden. Ihr Blick bleibt am Fenster hängen. Was ist das denn? Regenspritzer! Nach so langer Zeit. Kaum zu glauben. Man hatte schon langsam den Eindruck, es würde nie mehr regnen. Bis gestern diese zähe Nieselmasse herangezogen kam ... Die Behörden hatten längst angefangen, Vorsichtsmaßregeln auszugeben. Rasensprengen verboten und so weiter. Und das mitten im Oktober! Jetzt ist der Nebel weggepustet und es gießt. Auf einmal fühlt sich Daniela erleichtert. Ja klar, das ist es!

„Weißt du, was du gemerkt hast, Manuchen?"

„Was denn, Mama?"

„Du hast im Schlaf gemerkt, dass es regnet! Und deine Phantasie hat blöde Nadelstiche drausgemacht, so eine Gemeinheit aber auch. Dabei hat es nur ans Fenster getröpfelt."

„Echt? Ach so."

Daniela spürt, wie die Entspannung in Manuels Körper kommt. Das tut auch ihr gut. Erklärungen haben doch was Tröstliches. Was für eine segensreiche Einrichtung, die Vernunft! Zumindest manchmal.

Ansatzlos, wie er verschwunden ist, kehrt er zurück. Der brodelnde, prasselnde, fauchende Herbstregen. Ohne Vorwarnung stürzt er sich wieder in die Straßen, füllt im Nu alle Winkel aus, bindet kubikkilometerweise Staub, spült vor sich her, was die warmen Wochen hinterlassen haben. Am Fenster lehnend, das Telefon am Ohr, beobachtet Silvia die Leute auf der Straße, wie sie es plötzlich so eilig haben. Die wenigsten tragen einen Schirm bei sich. Wie schade! In den letzten Tagen war alles so langsam. Die Leute haben sich Zeit genommen, sind bedächtig flaniert. Das sah schön aus. Auch das: vorbei. – Pike ist schon unterwegs. Wie lange war Silvia nicht draußen? Irgendwie hat sie sich an diese Wohnung gewöhnt, so nach und nach. Anfangs ein komischer Gedanke, länger hierzubleiben. Jetzt will sie gar nicht mehr weg. Ah, endlich geht er ran.

„Pike? Hallo? ... Wo bist du denn? ... Nee, hier ist Silvia. Ich wusst gar nicht, dass du so früh los musst, heut Morgen ... Nee, nee, alles in Ordnung. Nur'n bisschen allein, so ... Wann kommst du heim? ... Ach so ... Ja klar ... Hab ich vergessen ..."

Uwe Steiner schnauzt den Kollegen vom OK an: „Mensch, ich hab's dir doch gestern schon bei der 17-Uhr-Besprechung gesagt! Muss ich jetzt jedem zweimal vorbeten, was er zu machen hat? Dann werd ich heut überhaupt nicht mehr fertig!"

Mit „Hektik" ist die Atmosphäre auf dem Revier nur unzureichend bezeichnet. Es wäre sogar der falsche Ausdruck. Wie immer vor solchen Großeinsätzen, gibt es Tausenderlei zu organisieren, abzuklären, auf den Weg zu bringen. Alle sind in Eile. Die Verständigung zwischen den Büros hat etwas an sich von der Kommunikation zwischen Artisten in der Zirkuskuppel. Kurze Kommandos, schnellstmöglicher Informationsgewinn. Und dann los.

„Hast du den Mönning schon angerufen?"

„Klar. Nee. Hast du doch."

„Ich? Ach ja, stimmt."

„Was meint Stoll?"

„Alles klar soweit. Wünscht gute Verrichtung."

„Saftsack."

„Wer übernimmt jetzt den Ostausgang noch mal?"

„Guck doch auf dem Plan nach, du Hampel."

„Den hast du doch."

„Hallo Uwe."

„Moin Daniela."

Heinz regt sich ungeheuer auf. Das gibt's doch jetzt gar nicht! Das kann doch nicht sein! Ausgerechnet gestern, so knapp vor dem Spiel – alle sagen nur noch „das Spiel", als gäbe es bloß eines, als hätte es nie ein anderes gegeben – muss es wieder anfangen zu regnen. Heinz hadert. Bruddelt. Kurbelt die Markisen zurück. So schön hat er sich das vorgestellt. Vorgestern haben sie noch bis in die Nacht bei ihm draußen gesessen! Und alles noch mal durchgerechnet. Man kann es drehen wie man will: Mindestens drei zu null, sonst ist Madrid weiter. Oder Brügge. Ein Mist mit diesen Gruppenphasen. Im Hinspiel hatten sie ja keine Chance. Aber genau das ist die Chance! Die werden sie ganz schön unterschätzen. Wie damals in Wankdorf. Erst 3:8 verloren, dann 3:2 gewonnen. Mal seh'n. Heinz starrt zum Himmel. Nicht ein Flöckchen Blau. Wie beim Spiel gegen Brügge. Heinz denkt an Jan. Die Gedanken verwischen sich. Hm, andererseits ... so eine Regenschlacht, das sind die Spanier vielleicht nicht so gewohnt ... Aber drei Tore! Und die schießen bestimmt eins. Wenn nicht zwei. Ächzend stellt der KSC-Wirt die Plastiktische schräg. So kann die Soße wenigstens runterlaufen.

„Scheiße!" Forbacher sieht sich einer verheerenden Schweinerei gegenüber. Das kann doch jetzt überhaupt nicht wahr sein! Ohnehin schlecht gelaunt, weil er diesen Umschlag trotz abermaliger Durchwühlung von Silvias Wohnung nicht gefunden hat, gibt er einem der großen silbernen Außenkerzenständer einen Tritt. Er stürmt ins Hotel zurück.

„Ey, kann mir einer von euch Lahmsiedern mal erklären, warum ihr das Dach nicht zugemacht habt? Steht mein Wagen auf euerm Parkplatz oder auf meinem? Ich glaub, ich spinne!"

Entsetzt wuselt der Empfangsmensch hinter der Rezeption hervor, eilt nach draußen. Konsterniert kehrt er zurück:

„Herr Dr. Amundsen, ich weiß wirklich nicht, was ich sagen soll. Unser Haus entschuldigt sich in aller Form und ..."

„Blabla."

„Vielleicht, wenn Sie noch einen Kaffee auf Kosten des Hauses ... Wir bringen das sofort in Ordnung. In Sekunden, versprochen."

„Ihren Kaffee können Sie selber trinken. Bin sofort wieder da. In Sekunden."

Forbacher will in den historischen Aufzug einsteigen. Aber der braucht ihm zu lange. Und so eilt er die Marmorstufen empor auf sein Zimmer. Vor Ärger weiß er nicht mehr, was er dort überhaupt wollte.

„Scheiße!“

Noch einmal kontrolliert er die Manteltaschen. Handy. Autoschlüssel. Alles da. Mensch, was wollte er denn? – Erst am Abend, im Stadion, wird ihm klar, dass er wieder seinen Schal vergessen hat. Der baumelt im Hotelzimmer über dem Lehnstuhl.

Es ist schon merkwürdig mit Ereignissen, auf die man so lange gewartet, nach denen man gehungert, sich verzehrt hat, wenn sie endlich geruhen in die Gegenwart niederzusteigen. Was sich Tausende tausendmal vorgestellt haben: Wie sie ins Wildparkstadion einziehen, skandierend, schwadronierend, voller Mut und Angst und Sicherheit und Panik und irrsinniger Freude, schwitzend, frierend, von Harndrang und Durchfall gepeinigt, hungrig, übermüdet, strahlend, aber vor allem eins: nervös ... Wie sie einzeln und in Klumpen, in Zweier-, Dreier-, Fünferreihen zockeln, hasten, latschen, torkeln, die Stufen hinauf, das erste Mal ins Rund schauen, nach dem Platz schielen, erst einmal grundlos irgendeinen anmeckern, weil der im Weg steht, weil jeder im Weg steht und doch da sein muss ... All dies hat man zahllose Mal erlebt – und genau diesen Moment sich immer wieder ausgemalt, verziert, ausgeschmückt: Und dann steht man wirklich da, die Hände in den Taschen. Man setzt sich, schräg seitwärts über die Köpfe spähend. Und man fragt sich: Bin ich gerade wirklich hier? Ist es wirklich schon so weit? Kann das sein, dass dieser Kerl da unten dieses Spiel gleich anpfeift, ganz im Ernst? Und dann ist es wie bei einem Auftritt, ja, man ist selber zunächst der Star, auf den alles schaut, der Einsame auf der Bühne, der den vollen Schwall Lampenfieber abbekommt. Man spricht, man handelt, Sätze, Rufe kommen aus dem eigenen Mund ... doch da liegt eine unendliche Ferne zwischen hier und da, zwischen ich und den andern, zwischen Geschehen und Empfinden. Erst langsam, ganz von alleine, hebt sich der Schleier der Unwirklichkeit, bekommen die Figuren eine Ausdehnung, gehören Betrachter und Betrachtung wieder zusammen.

Auf einmal realisiert man, dass Atletico Madrid, diese Mannschaft, von der man doch wochenlang annahm, sie werde vier zu null weggeputzt, sich schon in der ersten Minute die erste Chance erspielt. Doch richtig wach werden die meisten erst, als Mario Loos zu einem Flankenlauf ansetzt, einen Spanier überläuft, die Flanke hereinzieht – und diese aufs Netz sinkt. Verdammt! Ein paar Zentimeterchen, und der Torwart ... egal!

„Kaaarlsruhe!"

Da ist es wieder, die Leute haben's begriffen. Mit der allerersten Andeutung einer Chance haben sie kapiert, wozu sie hier sind. Die Lautstärke der Anfeuerungsrufe ist jetzt schon aberwitzig. Gesichter verzerren sich vor Leidenschaft, manche brüllen so frenetisch, nicht mehr steigerbar, dass die Stimme wahrscheinlich bald versagt. Würde es doch um Gottes Willen nicht so unfassbar ergiebig pissen, die Spanier könnten gleich einpacken. Oder eben gerade nicht; denn die Aktionen in den Anfangsminuten verraten eine gewisse Vorsicht, wenn nicht gar Unsicherheit. Nach dem Spontanangriff der Madrilenen in der ersten Spielminute tut sich da wenig nach vorne. Der KSC hält sich aber auch mit Vorchecking – noch – zurück. Die Leute verzeihen sich alles. Plattgetrampelte Füße, senfbeschmierte Jacketts, heruntergerissene Mützen – alles egal. Mit offenen Mündern schauen sie, vereint in der Hoffung: Gleich passiert's! Gleich muss die Idee zünden, der lange Ball kommen, der blitzartige Angriff, die entscheidende Finte.

Sehr zur Unbill fast aller Zuschauer übernimmt Atletico Madrid ab der zehnten Spielminute die Kontrolle. Es ist unglaublich, mit welcher Sicherheit und Präzision die sich zupassen. Auswärtsspiel? Das scheint denen egal zu sein. Mit routinierter Selbstsicherheit lassen sie die Karlsruher Angreifer ins Leere laufen. Und dann sind sie schon im Mittelfeld, immer noch voll kontrolliert, ohne Hast. Es ist die Stunde der Pessimisten.

„Ha, des heb i ja gleich gsagt: Des is e Unterschied wie zwische Daag un Nacht!“

„Guck se dir doch oo: die hän Champions-League-Erfahrung, jeder Oinzelne, da hän unsre doch gar kei einzige Schangs net ...“

Auf einmal schlenzt der Fünfer den Ball halbhoch in die Gasse und der wieselflinke Linksaußen nimmt das Ding mit der Hacke mit und ist im Nu an zwei verblüfften Abwehrspielern vorbei. Klotzke sieht dabei überhaupt nicht gut aus, eher steif, tumb-teutonisch. Und dann diese Flanke! Fast schon im Fallen zirkelt der kleine Zehn-Millionen-Flügelflitzer die Kugel nach innen. Wuchtig, von keinem aufzuhalten, setzt der Mittelstürmer zu einem Flugkopfball an. Doch er nimmt ihn nicht mit dem Kopf, er macht einen Seitfallzieher draus, der absolute Wahnsinn. Drischt den Ball mit Volldampf aus der Luft ins Tor. Nein! Gürtler hält! Wie kann das denn sein! Aus drei Metern volley abgezogen, und auf einmal springt da dieses Kerlchen in die Luft, kriegt das Handgelenk noch dran ... und von dort aus prallt der Ball gegen die Latte, ins Spielfeld zurück ... Und jetzt sehe sich einen diesen Torhüter an: In derselben Bewegung, mit der er sich abrollt, dreht er sich noch weiter herum – und schnappt dem Stürmer, der schon die Hand zum Jubel erhoben hat, die Semmel vom Fuß. – Kurzzeitig ist das Stadion wie paralysiert. Und einen Moment lang, bevor die Gürtler-Rufe losbrechen, ist das Lärmen der vielleicht vier-, fünfhundert Fans aus Madrid zu hören. Ihre Trommeln. Ihre Trompeten.

Forbacher entspannt sich langsam. Als Jens Klotzke zu einem Sturmlauf – ohne Ball! – über den halben Platz ansetzt, um sich Pachuco zu schnappen, muss der gewiefte Organisierer beinahe schmunzeln. Pachuco hat es mal wieder übertrieben – so sollte es zumindest aussehen. Daraus ist natürlich ein mordsgefährlicher Gegenangriff geworden. Forbacher sah's mit Vergnügen. Er weiß natürlich, was der Jüngling beabsichtigt hat; für den Augenblick ist er zufrieden. Geht doch! Nur etwas seltsam, wie intensiv sich Pachuco gegen den Routinier wehrt. Keine Geste scheint zu heißen: Kann doch jedem mal passieren, hatte halt gerade so 'ne gute Idee ... Macht er wirklich nicht schlecht, dieser Neuling. Am Ende doch talentierter als zunächst für möglich gehalten. – Forbacher wagt nicht sich umzusehen. Er weiß genau, da oben irgendwo, in seinem Rücken, sitzen seine drei lieben Freunde von neulich. Oder sind es mehr? Viel mehr? Sei's drum, der Triumph ist sein. O.k., die Tussi ist abgetaucht – auch egal. Den Mund auftun wird die aber bestimmt nicht mehr. Hm, die Knete ist wohl endgültig futsch. Aber bitte! Was sind die paar Scheinchen gegen das Ding heute Abend! Nun, das hat es ja schon einmal gegeben, dass BB einlenken musste. Beinahe eine Entschuldigung ist dabei herausgekommen. Wie wohltuend. Aber diesmal will Forbacher mehr: Er will den drei Lakaien eins reinwürgen, am besten im Beisein von BB. Er wird sie blamieren, demütigen. Und selber eine fette Summe einstreichen, um ein Vielfaches höher als zu Beginn der Aktion erwartet. Was das Schönste ist: BB wird endlich einmal wieder merken, wer hier die dicken Dinger grillt! Auf wen man sich hundert Pro verlassen kann. Fast schon in Hochstimmung, verfolgt Forbacher den Atletico-Angriff über rechts. Nicht zu fassen, wie schnell die sind. Naja, Primiera Division, das ist doch etwas ganz anderes als Bundesliga. Hat er BB ja gesagt: Die Schmiergelder sind nur zur Sicherheit.

Mit einem hat Forbacher ganz gewiss Recht: Nicht allzu weit hinter ihm, verteilt auf zwei Reihen, sitzen Cappuccino, der Dichter und der Glatzkopf. Mehr hat BB nicht für nötig gehalten. Sie verfolgen das Spiel nur am Rande; gut, Cappuccino, als Landsmann der Madrilenen, schlägt sich schon ein ums andere Mal aufs Knie – vor allem jetzt, in der achtzehnten Minute, als ein Fernschuss des Mittelfeldregisseurs dicht am Karlsruher Lattenkreuz vorbeistreicht. Da wäre dieser Gürtler, so super der heute auch seltsamerweise (noch) aufgelegt ist, auf keinen Fall dran gekommen. Ansonsten fixieren die drei Wachhunde den guten alten Forbacher. Profi, der er ist, gibt er keinerlei Anzeichen von Nervosität zu erkennen. Dieser Hund – wird er's doch mal wieder schaffen! Der Dichter grübelt, wie er Forbachers Triumph möglichst klein reden könnte. Irgendeinen Fehler muss er doch gemacht haben. Und er wird ihn finden. – In diesem Augenblick die erste schöne Kombination des KSC. Über drei, vier Stationen – und Mijo Nujic bekommt den Ball auf halblinks. Noch wenige Meter vor der Strafraumgrenze. Er fintiert. Bleibt hängen. Enttäuschungslaute im ganzen Stadion. Nur der Dichter, Cappuccino und der Glatzkopf verhalten sich still. Unwillkürlich schauen sie zu Forbacher hin. Und dann nicken sie einander zu, verhalten, kaum merklich. Der Dichter schließt die Augen, schiebt die Unterlippe hoch.

Was die drei Spezialisten nicht ahnen: Dass in nächster Nähe zu ihnen fünf verdeckte Kriminalpolizisten auf ihren Stühlen herumrutschen, ihrerseits nichts wissend von ihrer direkten Konkurrenz – denn alle wollen sie Forbacher. Sie dürfen ihn nicht aus den Augen lassen. Ab und an blickt Uwe Steiner zu den Ausgängen hoch. Seine Leute sind gut postiert. Den Drahtzieher hat er sich ganz anders vorgestellt. Wächter war's, der ihn auf der Überwachungskamera erkannt hat. Nach Abgleich vom Phantombild und diesem Foto, das sie in der Wohnung entdeckt haben, konnte kein Zweifel mehr herrschen. Die Kollegen wollten sofort zuschnappen.

„Stopp!" hatte er sie angegauzt. Sogar Daniela war richtig erschrocken.

„Ihr Hammel, wer weiß, wie viel Säcke der mit sich rumschleppt! Wollt ihr euch die durch die Lappen gehen lassen oder was?"

Steiners Befürchtung bei alledem (die er den andern natürlich nicht mitteilte): Könnten es zu viele sein? Wie sind die bewaffnet? Die einzige Chance: Schneller sein, kompakt zugreifen. Keine Gegenwehr aufkommen lassen.

Da unten kauert also der Lump. Der Greiner mit auf dem Gewissen hat. Der den KSC ins Elend stürzen will. – Daniela Kämmerer, viel stiller als sonst, hat direkt neben Uwe Steiner Platz genommen. Für sie läuft das Spiel, die Observierung, der ganze Tag wie hinter einer Nebelschicht ab. Oft guckt sie hinauf zum Regen, wie der die Flutlichtstrahler peitscht – dann beherrscht sie sich, nimmt wieder Forbacher in Augenschein. Im Gegensatz zu Uwe ist ihr das Spiel vollkommen wurscht. Nun ja, nicht ganz. Manuel würde sich so freuen. Er darf auch gucken. Bei Yannick. Wer weiß, ob sie ihn heute Nacht noch sieht. Wohl eher nicht. Ein wenig hat sich das miese Gefühl den Tag über gelegt. Wenn sie Forbacher länger anschaut, ist es wieder da. Immer noch haben sie keine Ahnung, ob er allein operiert. Wenn sie heute zuschlagen, soll es die ganze Truppe sein. Wenn nur diese ungewohnt heftige Anstrengung nicht da wäre. Wie eine Vorahnung ...

Es geht schon auf die dreißigste Minute zu. Im MTV ist die Stimmung nicht mehr halb so euphorisch wie am Anfang. Nur Vereinzelte springen immer mal wieder in die Höhe:

„Mensch, hau des Ding noi!"

„Da steht doch koina!"

„Ja, deswege!"

Heinz zapft mal wieder ohne hinzugucken. Das kann er, das hat er gelernt während ungezählter Matches. Ein-, zweimal stürzt er nach draußen, wetzt durch den Regen zu seinem Stand, guckt nach den Würstchen. So richtig verlassen kann er sich doch nicht auf die Hilfskräfte. Die Tatjana ist ja ganz lieb – aber so langsam!

„Verdammt, schieß doch!"

„Aus vierzig Metern – was'n Quatsch."

Von wem stammt denn diese Replik? Tatsächlich: Pike. Er hat natürlich striktes Stadionverbot, Daniela Kämmerer hat ihn gestern extra noch mal angerufen. Jaja, klar, alles versprochen, keine Frage. An der Ehre hat sie ihn gepackt: „Denk an Sylvia!"

Als ob er die letzten Wochen überhaupt mal etwas anderes getan hätte ... Aber was ist das? Wer lehnt da an ihm, aufs Spiel konzentriert, die Augen nach oben gereckt zum Flachbildschirm? Sylvia, tatsächlich. Wie kann das sein? Wahrscheinlich wollte sie einfach Pike etwas zurückgeben. Sie hat gemerkt, wie es den ganzen Tag in ihm rumort. Wie er dauernd auf die Uhr guckt. Auf den Balkon stürmt, als könne er von da aus das Spielfeld beobachten.

„Komm, Pike, wir geh'n wenigstens zu Heinz."

„Bist du verrückt! Du darfst hier nicht raus. Weißt du doch. Gerade heut Abend nicht."

Und dann hat sie ihn in den Arm genommen, ihm mit dem Finger über die Nasenspitze gestrichen und ihn angelächelt: „Ich kann mich ja verkleiden ..."

Mit der Verkleidung war's dann doch nicht so weit her. Pike hat seinen alten Palästinenserschal rausgekramt, Sylvia ist komplett darin verschwunden, also zumindest ihr Wuschelkopf. Viel Zeit war ja eh nicht mehr. Und wie sie dann die Treppe runter sind, ziemlich eng aneinander, wie auf dem Weg zu einem unglaublich witzigen Streich, da hat sein Herz gelacht, er konnte gar nicht genug davon bekommen, immer wieder zu stottern:

„Du bist verrückt ... du bist verrückt!"

Und so sind sie auf Schleichwegen, hintenrum, durch den Wald, am Klosterweg lang, Richtung Wildparkstadion gelaufen, teilweise sogar gejoggt. Klitschnass schon nach ein paar hundert Metern. Unwillkürlich hat Pike an hunderte Hinwege gedacht, fast immer im Pulk, zusammen mit den Ultras, im

Parademarsch vom Fanprojekt-Gebäude in der Nordweststadt hinüber ins Stadion, ein ganz schön langer Weg ...

„Wir schaffen's eh nicht mehr."

„Doch, wir schaffen's."

Silvia war nicht wiederzuerkennen. Offensichtlich tat es ihr so gut, endlich ein bisschen rauszukommen, nach so langer Gefangenschaft. Das Wasser lief ihr aus den Haaren, übers Gesicht, in die Jacke und über die Augen. Und ihr Mund schimmerte, und sie lachte, ja, sie lachte! Dann, auf einmal, mitten im Dschungel: ein Raunen, ein Rumoren. Das Stadion! Ja, es war, als würde das Wildparkstadion selbst singen, sein uraltes, verwegenes Lied, mit einer einzigen Stimme, tief und hallend, langsam und feurig, verzehrend, fordernd, unersättlich.

Schließlich die Enttäuschung. Beim MTV angekommen, eine Minute vor Ultimo – und die Fans stehen bis raus auf die Terrasse. Die Tür ist weit geöffnet, damit die weniger Glücklichen wenigstens einen Ausschnitt von der Leinwand sehen können. Eine Wand aus Körpern. So ein Mist. Silvias Blick trifft Pike mitten ins Mark. Er will sie schon auf die Schultern nehmen, da drängt sich jemand zwischen ihnen durch.

„Heinz, Mensch, wo kommst du denn her? Ich dacht, du stehst am Zapfhahn."

„Pike! Na endlich! War bei den Würstchen. Kommt mit, ihr zwei. Hinter der Theke könnt ihr am besten gucken. – Vorsicht, heiß und fettig!"

Heinz bahnt sich einen Weg durch die Menge – und Pike bekommt Silvia eben noch zu greifen. Zieht sie hinter sich her. Glück und Stolz machen ihn taumeln, als er so einen Auftritt bekommt wie im Leben noch nicht. Denn da ist keiner, der ihm den Ehrenplatz missgönnen würde. Und keiner, der ihn etwa schäl ansähe, weil er Jan Greiners Freundin an der Hand hält. Im Gegenteil, dutzendweise prasseln anerkennende Klapse auf ihn nieder. Und als er schließlich neben Heinz und Tatjana steht, die durchnässte Silvia an seiner Seite, da heben sich da und dort und schließlich überall die Biere in die Höhe. Prompt bekommt Pike ein Frischgezapftes von Heinz gereicht. Er prostet zurück. Und brüllt aus voller Kehle: „KSC, KSC!"

Ende der ersten Halbzeit ist die Luft raus. Das Spiel des KSC verkrampft. Man spürt den Willen – aber keine einzige gelungene Aktion springt dabei heraus. Sogar Klotzke verstolpert zweimal; dann haut er den Ball nach vorne, blind, ins Toraus. Keine Pfiffe, das nicht. Aber gequältes Stöhnen da und dort. Fiebrige Gebete. Verzweifeltes Fingerreiben.

„Das gibt's doch nicht, das gibt's doch nicht ..."

Man hat den Eindruck, Atletico Madrid tut nicht mehr als nötig. Die erfahrenen Kicker schieben sich die Bälle zu auf dem immer unberechenbarer werdenden Rasen. Gekonnt, exakt – mehr nicht. Die Rückpässe häufen sich. Auch die Pfeifkonzerte danach bleiben nicht aus.

„Herrschaft noch mal, jetzt müsste doch einer einfach mal reinhaun! Durchziehn! Die Sache an sich reißen!"

Aber das geschieht nicht. Kurz vor der Pause sogar noch einmal eine Ecke für Atletico. Beklemmung greift um sich. Keine Anfeuerungsrufe mehr. Dafür Trommeln und Trompeten. Fremde Gesänge. Der Eckstoß ist scharf geschnitten, vom Tormann weg. Gürtler greift ins Leere. Getümmel. Gestocher. Ein Querschläger kommt mitten in den Lauf des spanischen Abwehrchefs. Was für ein Pfund. Wieder kriegt Gürtler die Fäuste hoch. Nicht auszudenken, wenn er da nicht mehr dran gekommen wäre. Dann hat er ihn sicher. Schlägt ab. Eine Bogenlampe, tief in die andere Hälfte. Da steht keiner. Halbzeit.

Steiner muss diesmal auf seine Wurst verzichten. Die provozierende Ruhe Forbachers lässt ihn nicht unbeeindruckt. Jetzt zieht dieser Typ auch noch einen silbernen Flachmann aus der Tasche. Nimmt zwei, drei Schluck. Schraubt wieder zu. Daniela nestelt an ihrem Fan-Schal. Sieht eigentlich ganz goldig aus an ihr. Uwe blickt kurz zu ihr rüber. Nickt schwer. Sie zieht die Augenbrauen hoch. – Forbacher unten zückt sein Handy. Abhören? Völlig unmöglich in dem Gewirr. Die drei Quälgeister starren vor sich hin. So scheint es. Dabei registrieren sie die leiseste Bewegung des Wett-Königs. – In Scharen schieben sich die Leute nach draußen. Nicht zu glauben, wer will sich denn nassregnen lassen an so einem Abend? Aber es geht nicht ums Bier – es geht um Rituale. Wer weiß, vielleicht nützt es ja was! Wenn man genauso in die Wurst beißt, ob nun verwässert oder nicht, wie neulich beim Fünf zu Eins gegen Stuttgart, dann könnte das heute ja auch noch passieren. Da stand es auch eins zu eins bis zur Pause. Aber dann! – Im MTV versteht man sein eigenes Wort nicht mehr. Längst haben sich Silvia und Pike als Hilfskellner verdingt. Jetzt ein Bier! Das geht allen durch den Kopf. Und es ist ja der einzige Trost, oder? Denn wer wagt denn zu hoffen, ernstlich zu glauben, dass das wochenlang beschworene 4 : 0 noch Wirklichkeit werden könnte ...

Ist das zu glauben? Wie die Spanier aus der Kabine kommen, das hätte keiner erwartet. Kaum ist der Wiederanpfiff durchs Stadion geschrillt, stürzen sich die Außenstürmer wie Geier auf die überraschte KSC-Abwehr. Wie in der ersten Halbzeit: Kaum eine Minute gespielt, schon eine Riesenchance. Unfassbar, wie frei da der Linksaußen schon wieder zum Schuss kommt! Nein, er schießt nicht, er lässt auch noch den Gürtler aussteigen – überlegt, kontrolliert ... und hämmert den Ball unter die Latte. Doch unter der Latte, da schraubt sich Jens Klotzkes Schädel empor. Der Verteidiger kriegt den Hammer voll an die Backe. Was ihn nicht daran hindert, per Dropkick sogar noch einen Gegenangriff einzuleiten. Durch das Gezappel der Beine erkennt der am Boden Liegende, wie auf links der Nujic abgeht. Kaum ein Spanier ist hinten. Klotzke rappelt sich hoch. So ein Mist, jetzt lässt sich der Depp an die Seitenlinie abdrängen! Nein, das war Absicht: Denn in dem Augenblick, als sich der Außenverteidiger per Tackling die Kugel sichern will, lupft dieser Windhund den Ball einfach drüber, springt hoch – und passt zentimetergenau auf den aus dem Mittelfeld raumgreifend heranstürmenden Loos. – Niemand kann hinterher sagen, ob er tatsächlich mit Spitze geschossen hat; für einen gepflegten Spannstoß war wohl wirklich keine Zeit mehr. Übereinstimmend jedenfalls die noch Wochen später perplexen Aussagen: „Uff eemol war er drin!"

Nach einer ausgiebigen Sekunde, da das Gehirn dem Auge hinterherhumpelt, plötzlich: dieses irrsinnige Toben. Die Leute fallen übereinander her. Hüpfend umschlingt man sich, Wildfremde küssen einander, Bratwürste fliegen von Pappdeckeln und landen in entgleisenden Antlitzen.

„Tor!"

Nichts sonst ist mehr zu vernehmen. Ein gewaltiger Schrei, eine kaum mehr für möglich gehaltene Erlösung, ein kopfschüttelndes Hab-ich's-doch-Gewusst! – Doch was ist das? Die wenigsten haben es gesehen. Eigentlich keiner. Wie der flinke Loos, angefixt von seinem Wahnsinnstor, direkt in den Anstoß der Madrilenen hineinspurtet. Die warten darauf, dass der Schiedsrichter die ungebührliche Aktion abpfeift. Tut er aber nicht. Als sie endlich reagieren, ist der Stürmer schon fünfundzwanzig Meter vor dem Tor. Wütend stürzen sich zwei Verteidiger auf ihn. Und da zeigt er, was er kann. Tatsächlich können alle Stürmer so was, sobald sie Bundesligareife erlangt haben ... aber es traut sich kaum mal einer. Und wenn, dann ist es ein Brasilianer: Kein Zweifel, mit einem doppelten Übersteiger, gefolgt von einer Zidane-Pirouette, alles in vollem Tempo, ist der Junge an den Abwehrhünen vorbeigezogen. Getänzelt. Geschwebt. Hilflos, fast flehentlich, breitet der Tormann die Hände aus: Gib ihn mir doch. Aber der kühne Stürmer hat etwas anderes vor. Statt den Ball an seinem Gegner vorbeizuschieben, draufzudonnern oder ihm durch die Beine zu schmuggeln, lupft dieser Verrückte das Ding über ihn drüber – und weich, ganz weich, gleitet das Leder im Netz nach unten.

Das ist zu viel für das Publikum. Noch lange nicht wieder Herr der eigenen Emotionen, sehen die Massen den jubelnden Spieler auf seine nicht besonders helle dreinschauenden Kumpels zusausen. Ja, warum jubelt der denn? Egal, jetzt wird mitgejubelt, aber wie! Die meisten sind noch heiser vom ersten Torschrei – so klingt der zweite mehr wie ein Stöhnen, ein Gurgeln, ein unmenschlicher Laut der Ekstase. Alles gerät durcheinander. Manche stehen auf den Sitzen, andere liegen darunter, wieder andere wälzen sich am Boden, blau und weiß verschlingen sich die Konturen. Auch der arme Loos wird für seine Unverschämtheit bestraft. Genau zehn Kerle liegen auf ihm drauf – und jetzt kommen noch der Konditionstrainer dazu, der Assistenztrainer, der Platzwart. Enorme Mühen muss der Schiedsrichter aufwenden, um einigermaßen wieder Ordnung zu stiften. Ein paar Spanier protestieren, aber eher halbherzig. Mehrmals zeigt der Schiedsrichter auf die Uhr ... der Trainer bemüht sich nach Kräften, die Spieler zur Rückkehr an ihre Positionen zu bewegen. Als es schließlich so weit ist, können sie sich kaum konzentrieren. Denn in nie dagewesener Lautstärke hallt es durchs Stadion, einvernehmlich, wie ein wochenlang eingeübter Chor: „Vier zu null, vier zu null ..."

Diesmal spielt Atletico Madrid den Ball sofort zurück, bis zum Tormann. Doch wie angestochen rasen die Karlsruher Stürmer und sogar alle Mittelfeldspieler nach vorne, hetzen jeden Bedauernswerten, der sich etwa in Ballbesitz befinden sollte, bis er fahrig ins Seitenaus stolpert ... oder einen Fehlpass produziert. Das ist kein Forechecking mehr, das ist der reine Terror. Der Trainer gibt auf. Kein Mensch vermöchte es jetzt, diese bis in die Fingernägel euphorisierte Mannschaft zu bändigen.

Auch Forbacher ist aufgesprungen. Aber aus anderen Gründen als die Umstehenden. Das 1 : 0, das hat ja noch Zufall sein können. Kein Mensch trifft absichtlich aus so einer Position.

Wahrscheinlich wollte er ihn drübersemmeln – und war selber ganz erschrocken über den ungewollten Erfolg. Aber nein, das jetzt ... kein Zweifel ist mehr möglich. Es gerät etwas aus den Fugen. Das Konzept stockt. Ein anderes gibt es für den Augenblick nicht. Unwillkürlich sieht sich Forbacher um. Mag sein, es ist Einbildung – doch zwischen dem Gehopse und Gefuchtel meint der den Glatzköpfigen zu erkennen. Verdammt. Wenn das hier so weitergeht! Eher halbherzig hat sich Forbacher einen Fluchtplan zurechtgelegt – was sollte denn schon passieren! Und jetzt? Zum ersten Mal seit langem wird er richtig unruhig. Was ist denn eigentlich los? Konnte er sich nicht sicher sein, dass die Bubis ihre Pflicht erfüllen? Aber gewiss doch! – Da sieht er den Loos, diesen Lebensmüden, nach oben zeigen. Theatralisch knieen ein paar Mitspieler nieder, für einen Moment. Beten die da, oder was? Und das Publikum? Hat verstanden. Forbacher kann sich nicht erinnern, je eine Gänsehaut gehabt zu haben. Jetzt kriegt er eine.

„Ja-han Greiner, Ja-han Greiner!“

Die Menge tost. Wie ein Wiedergänger ist er plötzlich wieder da. Er, den Forbacher auf dem Gewissen hat. Auf dem Gewissen? Forbacher schüttelt sich. Unwillkürlich greift er nach seinem Handy. Es hat aber gar nicht geklingelt. Noch hat es nicht geklingelt.

Es ist an Daniela Kämmerer, Uwe Steiner wieder zu sich zu bringen. Hat dieser Profi doch zwischenzeitlich fast vergessen, wozu er hier ist! Dem immer noch grölenden, „KSC!“ kreischenden Kollegen schreit sie ins Ohr, dabei muss sie ihn an der Jacke packen und zu sich herüberreißen:

„Dass der uns nicht durch die Lappen geht!“

„Was?“

Steiner sieht so selig aus, mit den Gedanken ganz woanders als er sollte. Es tut Daniela beinahe leid, ihn wieder zurückzuholen.

„Dass. Der. Uns. Nicht. Durch. Die. Lappen. Geht!“

Das sitzt. In Sekundenschnelle kommt Steiner zu sich. Lächelt kurz verlegen. Und sucht die Zuschauermenge ab. Ruckhaft. Nervös. Da, da steht er noch! Was ein Glück. Jetzt aber aufmerksam bleiben. Keine Ablenkungen mehr. Und ganz ruhig, zu Daniela:

„Da unten. Seh ihn die ganze Zeit.“

„Jaja.“

Daniela schmunzelt, berappelt sich aber sofort wieder. Das fällt ihr bedeutend leichter als dem Hauptkommissar. Denn unten auf dem Platz geht die Fuchsjagd weiter. Völlig von der Rolle, flüchten die Gäste vor den Hausherren. Der Trainer von Atletico springt auf und ab wie ein Dotzball. Ein knallroter.

„Vier zu null, vier zu null!“

Auch beim MTV hat sich die Euphorie Bahn gebrochen. Keiner der Gäste könnte im Moment etwas mit der Frage anfangen, ob er nun im Stadion sei, wo die Anfeuerungsrufe einen Sinn hätten, oder nicht. Hauptsache, man ist dabei. Verpasst diesen Augenblick nicht.

„Willst du auch noch eins?“

Pike blickt begeistert zu Silvia hinüber. Seit dem 2 : 0 ist Heinz nicht mehr zu gebrauchen. Er sitzt auf seinem Hockerchen und dampft. Pike juchzt und jodelt wie von Sinnen. Da ist es ganz automatisch über Silvia gekommen: Allzu oft hat sie ja noch nicht gezapft, aber hier, das ist sowieso ein Ausnahmezustand. Ab und zu nickt Heinz ihr zu, anerkennend, ohne zu lächeln. Dafür hat er einfach keine Kraft mehr.

„Danke, sieht spitze aus!“

Eigentlich affig, aber Silvia freut sich riesig über das Kompliment. Wenn sie das ihrem Vater erzählt.

„Hm, vielleicht schul ich um und werd doch noch Schankmagd ...“

„Was?“

Pike hat natürlich nichts verstanden. Silvia winkt ab:

„Später!"

„Was?"

Aber Silvia muss nichts mehr wiederholen. Denn schon wieder brennt es vor dem Kasten von Atletico Madrid.

„Ouuuuuh!"

Das ist der einzig mögliche Laut, wenn ein Schuss so knapp drüber geht. Der Pachuco hat ihn abgefeuert, aus gut dreißig Metern. Irgendwann muss die Kraft doch mal nachlassen beim KSC. Aber noch sieht es nicht so aus. Wobei – immerhin mal wieder ein Angriff des derzeitigen Tabellenvierten der Primiera Division. Auf einmal sind die ganz schnell am Strafraum. Wieder drängt dieser freche Linksaußen kreiselnd nach innen. Da kommt ein Bein zu spät. Geschickt fädelt er ein. Der Schiedsrichter zögert keine Sekunde. Elfmeter! Aus dem Nichts heraus! Ist das zu fassen? Eine schlimme, eine schmerzhafte Stille breitet sich im MTV aus. Heinz legt die Hand über die Augen. Silvia umarmt Pike von hinten; der krampft die Fäuste über der Brust zusammen. Und dann schreit er, sofort assistiert von allen Versammelten:

„Gürtler, Gürtler!"

Die Sekunden vor dem Schuss sind fast nicht auszuhalten. Einer von der pessimistischen Fraktion wagt sich endlich wieder hervor; doch er wird niedergezischt.

„Du fliegsch glei naus, du Depp du!"

Es wirkt hochprofessionell, wie der nigerianische Neueinkauf von Atletico Madrid anläuft. So einer schießt nicht vorbei. Da – eine Granate fliegt in den linken oberen Winkel. Flöge in den linken oberen Winkel. Wenn da nicht plötzlich ein Finger wäre. Physikalisch eigentlich unmöglich, ist der KSC-Torwart innerhalb von 0,1 Sekunden vier Meter weit geflogen. Gürtlers Finger, mehr sein Handschuh, lenkt den Ball an den Innenpfosten. Von da aus prallt er ins Feld zurück. Dotzt hart auf – und über den heranbrausenden Schützen hinweg.

Irgendwie kommt die Kugel zu Klotzke. Der kickt ihn, schräg nach hinten, volley über ein paar Spanier drüber. Dabei fühlt er voraus, dass dies kein Befreiungsschlag war. Sondern eine Selbstvorlage. Wie Obelix in eine Kohorte Römer, prescht Jens Klotzke durch die Angriffsreihe bestens bezahlter Iberer. Bevor noch einer richtig reagiert, hat Klotzke den Ball schon wieder angenommen, mit dem Knie legt er ihn sich vor und geht über links auf und davon. Damit konnte nun wirklich keiner rechnen. Schon ist er an der Mittellinie. Ein Verteidiger kommt schräg auf ihn zugeeilt. Setzt zum Tackling an. Im allerletzten Augenblick spitzelt Jens Klotzke den Ball an dem feindlichen Fuß vorbei, wie vorher der Nujic, springt gleichzeitig hoch. Er schreit auf, vor Schmerz, vor Überlastung, vor Leidenschaft. Sonst nicht so seine Sache, kurvt er zielgewiss Richtung Strafraum. Ein kurzer Blick nach rechts. Tatsächlich! Da hat sich dieser Loos schon wieder freigelaufen. Klotzke stolpert den Ball zwischen zwei Verteidigern hindurch – ein miserabler Pass. Doch was macht Loos? Er zögert überhaupt nicht, sondern schlenzt die Gurke auf schier unglaubliche Art mit dem linken Außenrist direkt weiter. Ins Tor. – Was Klotzke und Loos jetzt miteinander aufführen, dient als Modell für zahllose Zweier-, Dreier- oder Fünferkonstellationen auf der Tribüne. Beim MTV. In hunderten Kneipen. Tausenden Wohnzimmern.

„Wo ist er?"
„Ist er weg?"
„Der kann nicht weg sein, der war doch eben noch ..."

Drei, vier Sekunden alles hinwegschwemmenden Jubels haben genügt, Daniela und Uwe die Sicht komplett zu versperren. Der Hauptkommissar hat schon vorher gedacht: Wenn die da unten das 3 : 0 machen, ist der da oben weg. Es folgt eine aberwitzige Klettertour über schunkelnde, schwankende Leiber hinweg, zwischen Bierbecherjongleuren und Fahnenartisten hindurch, manchmal liegt Daniela vorne, manchmal Uwe. Beide kreischen in ihre Funkgeräte – ahnungslos, ob da am anderen Ende irgendwer was verstehen kann. Hoffentlich haben die Posten an den Tribünenausgängen wenigstens aufgepasst. Haben sie nicht.

„Wo ist Forbacher?"

„Ha, da unte, nehm i an."

„Idiot, der ist euch entwischt!"

„Kann gar net ..."

Daniela und Uwe hasten die Stadiontreppe hinunter, den überschnappenden Lärm im Rücken. Da sieht Steiner etwas Helles rennen. Wie ein Gepard setzt er sich ansatzlos in heftigste Bewegung, gleichzeitig fummelt er die Waffe raus. Die Sicht ist beschissen, Lichter blenden ihn, Matsch spritzt auf, der Regen wühlt ihm in den Augen. – Seiner Kollegin geht es nicht besser. Sie hat erkannt, dass da nicht nur etwas Helles wetzt, sondern auch zwei dunklere Gestalten. Im Rennen gibt sie fortwährend Kommandos durch. Jetzt hört man sie wenigstens.

Uwe Steiner ist selbst erstaunt, als er, ganz in der Nähe der Würstchenbude, den hellen Mantel zu fassen kriegt. Ja, er hat ihn, er hat Forbacher! In vollem Tempo wirft er den Flüchtigen zu Boden. Keinerlei Gegenwehr. Das ist seltsam. Grob dreht er den Typen herum. Der schaut nur verdutzt, sogar ärgerlich, als hätte Steiner ihn an etwas viel Wichtigerem gehindert. Kurz kommt es Uwe Steiner in den Sinn, ob er vielleicht einen Kollegen erwischt hat? Freilich, noch kann er nicht wissen, dass ihm ein international vielfach gesuchter Schwerstkrimineller in die Fänge geraten ist – Spitzname „der Dichter". Noch Monate später wird der Kommissar Glückwunschtelegramme von Kollegen und Fans aus Osteuropa erhalten. Eines davon:

„Moldawien liegt Ihnen zu Füßen. Sie haben uns von der Bestie befreit."

Im Augenblick gibt Steiner nur sein Sprüchlein von sich, bemerkt, dass der Gefasste keinerlei Angst zeigt. Und es dämmert ihm etwas Schreckliches: Forbacher könnte entwischt sein! Er hat den Falschen geschnappt!

Für Daniela Kämmerer gestaltet sich die Aktion ungleich schwerer. Mitten in der Verfolgung trifft sie auf Wächter.

„Du den, ich den!"

Mehr ist nicht nötig. Offensichtlich hat der vor ihr her rasende Schatten etwas anderes zu tun als auf ihre „Stehen-bleiben"-Rufe zu achten.

Daniela gibt einen Warnschuss ab.

Unter ein paar Bäumen kommt der Fremde zum Stehen. Verdächtig langsam wendet er sich um. Sofort erkennt sie die Waffe. „Sofort wegwerfen!"

Doch die Gestalt blickt Daniela mit ruhigen Augen an. Dieses zynische, seltsam faszinierende Gesicht wird von einem Grinsen überhuscht.

„Das traust du dich ja doch nicht, Mädchen."

Und der Verfolgte richtet seine Pistole auf Daniela. Ganz langsam zielt er auf ihr Herz. In Danielas Kopf entsteht ein fürchterlicher Wirrwarr, ein Taumel – das Gegenteil von all dem, was sie gelernt, was sie so oft bewiesen hat. Doch Daniela Kämmerer wird eingeholt von dem Alptraum, von den Vorahnungen, von dieser unbestimmten Angst. „Manuel!" geht es ihr durch den Sinn. Was soll jetzt aus ihm werden! Warum um alles in der Welt hat sie nicht auf diese Stimmen gehört, die so deutlich waren, die so dringlich gewarnt haben: Geh nicht da hin, heute Abend, geh nicht da hin!

Ein Schuss löst sich, hart, abrupt, ohne Echo. Er zerfetzt das Schlüsselbein des versierten Schiebers, Dealers, Drangsalierers, den sie Cappuccino nennen. Ohne zu schreien kippt er nach hinten um. Sofort sind etliche Polizisten um Daniela, nehmen in Augenschein, ob sie verletzt ist, ob sie Hilfe braucht. Doch sie sucht schon wieder nach etwas anderem. Wo ist Uwe? Da kommt er, seltsam niedergeschlagen, obwohl alle drumherum erzählen, er hätte einen erwischt. Auch Wächter findet sich ein:

„Hab ihn am Dixi-Klohäuschen gekriegt. Hat er nicht reingepasst. Puh, was eine Type! Fiese Visage. Glatzköpfig. So'n richtiger Meister Propper."

Daniela und Uwe nehmen sich in die Arme. Nur ganz kurz. Aber sie drücken sich so fest wie Liebende, die sich nach langen Wochen wiedersehen.

„Forbacher."

Mehr sagt Uwe Steiner nicht. Und dann beginnt er wieder wild zu telefonieren. Daniela tut es ihm gleich. Doch die beiden haben es schwer durchzudringen. Denn nach einem Torschrei, wie man ihn an diesem Abend schon dreimal hören durfte, schallt es nur noch: „Vier zu null ..."

Ein Eigentor, völlig unbedrängt verursacht von einem Mittelfeldspieler.

Forbacher bricht durch das Unterholz. Was ein Glück, dass er sich hier auskennt wie kaum einer. Nie hätte er gedacht, dass er den spärlich ausgearbeiteten Fluchtplan so dringend brauchen würde. Er weiß um seinen Vorsprung; doch ebenso klar ist ihm, dass er sich keine Sekunde sicher fühlen darf. Nicht jetzt, nicht heute Nacht. Nicht die nächsten Tage. Alles funktioniert nun nach einem perfekten inneren Modus. Oft, sehr oft schon hat ihn diese Fähigkeit gerettet: nicht nachzudenken, nicht rückwärts schauen. Die Ereignisse dieses Abends? Sofort abhaken. Den Kontakt zu BB und seinen Bluthunden? Nie wieder aufnehmen. Verschwinden, in Deckung gehen, abtauchen für immer – deutlicher werden seine Gedanken nicht. Für Stunden. Jetzt hat er schon den Waldweg erreicht. Nur noch ein paar hundert Meter, dann ist er bei seinem Cabrio. Das Nummernschild? Ganz neu angebracht. Ringfahndung? Wird es mit Sicherheit geben. Aber auch hier weiß Forbacher Wege sich durchzuschlagen. Feldwege, Waldpfade. Hintenrum, über den Kanalweg. Die Nordstadt umgehen. Am Rosenhof vorbei. Und dann, Waldstück für Waldstück Richtung Forchheim,

Ötisheim, Baden-Baden. Erst an der Schwarzwaldhochstraße wird er sich wieder nach draußen wagen. Wenn er durchkommt. Ja, wenn er durchkommt!

Die absurdeste Erfahrung dieses an absurden Erfahrungen überaus reichen Abends macht wohl Pike.

„Du spinnsch doch! Hanoi, so en Simbel!"

Hat etwa doch noch ein Karlsruher ein Eigentor fabriziert? Hat der Schiedsrichter mit einer Fehlentscheidung den gloriosen Sieg in Gefahr gebracht? Ach was. Mijo Nujic, das kroatische Wusel, war so ungeschickt, die Zielvorgabe zu ignorieren. Von der fünfundsiebzigsten bis zur achtundachtzigsten Minute schallte das berauschende, gewaltige, urzeitselige „vier zu null" durch den Wildpark. Und dann klaubt der kleine Kerl einen Fehlpass auf, spaziert nahezu ungehindert und andächtig bestaunt durch die Abwehr – und schiebt dem völlig erledigten Torwart den Ball durch die Beine. Nujic reißt die Arme gen Himmel, schlägt einen Purzelbaum, bleibt mit ausgebreiteten Armen liegen. Doch keiner kommt. Erst nach und nach machen sich ein paar Mitspieler auf, den Überglücklichen abzuklatschen. Eher nachlässig, verzeihend: Naja, er weiß es halt nicht besser. – In der Tat. Das Traumergebnis ist zunichte gemacht. Na klar, der Sieg ist jetzt noch höher ausgefallen; aber wem nützt das? Wäre es nicht viel schöner gewesen, man hätte einfach eingelöst, was in der heißlaufenden Vorbereitungsphase, warum auch immer, zur allgemeinen Gewissheit geworden war? Als sich die Freunde beim MTV schon längst beruhigt haben, fröhlich den Kopf schütteln, flachsen, den Sieg begießen, schimpft Pike noch immer vor sich hin.

„So ein Saubeutel, so ein blöder! Uns alles zu verderben!"

Bis ihm Silvia lachend einen Kuss auf den Mund gibt:

„Hey, Pike – aufwachen! Wir haben gewonnen! Fünf null! Wir sind weiter! Ganz oben in Europa, verstehst du?"

Da fängt auch Pike an sich freuen. Über den Sieg. Über die glänzenden Aussichten. Über den Ruhm, der auf ganz Karlsruhe, ach was, auf ganz Baden, auf Deutschland fällt! Und über Silvias Kuss, der nach Bier geschmeckt hat, nach Rauch und nach Glück und nach Silvia. Und nach allem, was man sich auf Erden überhaupt wünschen kann.

# Nachspielzeit

Wie heißt das komische Lied nur, das Daniela Kämmerer den ganzen Morgen im Kopf rumgeht ... Hmhm hmhm hmmmm ... Sie kommt einfach nicht drauf. War es vorher im Autoradio? Beim Frühstück? Nein. Da hat sie kein Radio angehabt. Da hat sie in den Baum hinausgeschaut und die Verläufe des Regenwassers studiert. Toll, wie das zusammenfließt aus so vielen kleinen Rinnsalen; an jeder Gabelung nach unten kommen neue dazu. Ihr gefiel dieses Spiel, sie hätte noch länger zuschauen mögen. Denn seltsam: Von oben kommt es wie eine einzige bewegte Masse heran, wird von den Zweigen und Ästen zerteilt in ungezählte Bahnen, wo es entlanghuscht – nur um unten wieder vereint und als kleiner Bach mit Tempo Richtung Erde geschickt zu werden. In der letzten Nacht sind die Blätter kiloweise zu Boden gesackt. Der Blick ist nun frei auf die kalte glatte Rinde, vor deren Schwarz man sich fürchten könnte. – Hmhm hmhm hmmmm ... Ach, so eine Quälerei! Na, Daniela wird es Uwe vorsummen. Der wird's zwar auch nicht wissen. Aber immerhin, dann hat er's auch im Kopf. Die Kommissarin freut sich schon darauf, wie sie der Lieblingskollege verfluchen wird.

„Morgen, Frau Kämmerer. Das hatten wir aber lange nicht: Singend zur Arbeit!"

Der Pförtner, natürlich. Kriegt doch alles mit.

„Jaja, ich freu mich auf heut Nachmittag."

„O, was hat man denn so vor?"

„Hab zwei Karten geschenkt bekommen. Für die Caracalla-Thermen."

„Ah, Caracalla-Thermen. Hmhm. Wen nimmt man denn so mit?"

Die Frage musste ja kommen. Schon etwas weniger freundlich wirft Daniela über die Schulter zurück: „Meinen Sohn."

Wen denn auch sonst, murmelt sie noch vor sich hin, als sie hurtig die Treppe hochsteigt. Noch bevor sie das eigene Büro betritt, schaut sie bei Uwe Steiner rein. Der hat die Tür offen stehen, wie meistens. Wenn er nicht gerade übellaunig ist. Und das kommt ja zum Glück nicht so häufig vor.

„Uwe, kennst du das: Hmhm hmhm hmmmm ..."

„Hm ... Klar, kenn ich das. Mensch, was war das noch ..."

„Siehste, kommst auch nicht drauf."

„Klar komm ich drauf. Wart mal ..."

Daniela interessiert sich für das Fax, das Uwe gespielt absichtsvoll vor ihr zu verbergen sucht.

„Na, schon wieder Fan-Post?"

„Schon."

„Wieder so'n Bürgermeister? Von Djepopinskojowski?"

„Dnjepopetrowsk. Nee, is für dich. Leider."

„Für mich? Und wieso hast du das? Zeig mal."

Nach einigem Hin und Her hat sie es ergattert.

„Irre ... Aus Spanien ... Du, die laden mich ein!"

„Ich weiß."

„Weil ich hauptverantwortlich war für die Ergreifung eines Auftragskriminellen, den sie Cappuccino nennen. Toll, dass ihr das weitergegeben habt!"

„Ist das gerecht? Mir tragen sie Ehrenbürgerschaften im grauen Ural an – und unsrer Daniela lacht die Sonne."

„Kannst ja mitkommen."

„Och nee du. Mit den Toreros, die dich da erwarten, kann ich nicht mit."

„Toreros. Hm. Auch nicht schlecht ..."

„Hmhm, hmhm ... Ha! Jetzt hab ich's! Immerhin ein Erfolgserlebnis, heute: California Dreaming!"

„Stimmt! Mensch, Uwe, du bist klasse."
„Von den Beach Boys."
„Nee: Mama and the Papas."
„Beach Boys. Wenn ich's doch weiß."
„Mamas and the Papas. Wenn ich's doch besser weiß!"

Es war noch einmal ein schwerer Gang für Silvia. Eigentlich hatte sie schon am Tag nach dem Spiel raus gewollt auf den Friedhof. Aber dann bekam sie Angst, dass sie wieder so traurig werden könnte. Das Wetter wurde aber auch nicht besser. Und als Pike gesagt hat, o.k., er würde mitkommen, da hat sie sich wieder getraut. Auf dem Hinweg haben sie noch über die Auslosung gesprochen. Ganz schön interessante Mannschaften im Pott. Mal sehen, wer als Nächstes das Schicksal von Atletico Madrid zu erleiden haben würde ... Dann wurden sie stiller. Und am Grab haben sie gar nichts mehr gesagt. Silvia hat keinen Schirm gewollt. Ist schon wieder ganz nass geworden, trotz ihrer Erkältung. Als Pike sie in den Arm nahm, hat sie das auch abgelehnt. Was hat er sich da über sich selbst geärgert! Das hat doch dieser Onkel auch versucht. Naja, inzwischen dürfte der's auch aufgegeben haben, an Jans Geld zu kommen. Wenn es überhaupt welches gibt. – Silvia hat furchtbar vergrämt ausgesehen. Hat mit sich selber geschwätzt. Oder mit Jan? Und dann, ohne Ankündigung, die Blumen schnell aufs Grab gelegt, sich umgedreht, weggelaufen. Fast wie damals. – Pike hat sich noch ein paar Mal umgeschaut. Dann ist er langsam hinter Silvia hergegangen. Ziemlich kummervoll. Zum Glück hat sie am Ausgang gewartet. Ihn bei der Hand genommen.
„'Schuldigung."
„Ach was, ist doch klar."
Auf der Fahrt zu Silvias Wohnung haben sie sich immer mal ganz freundlich angeschaut. Aber immer noch kaum was gesagt. Erst als Silvia die WG-Tür aufschließt, kommt etwas Leben in sie.

„Puh, voll komisch hier. Wie lange war ich nicht mehr da? Und beim letzten Mal, das war schrecklich! Obermeier!"

Getrappel, Gejaule – und Frau und Hund fallen übereinander her. Pike kommt das ein wenig seltsam vor; ob man dermaßen wild mit so einem Tier schmusen muss?

„Guck mal, Obermeier, wer noch da ist – na, kennst du den noch?"

Obermeiers Reaktion gibt Pike mal wieder einen Stich. Das bärige Tier wedelt auf ihn zu, schnuffelt kurz. Dann setzt er sich hin und jault.

„Nein, Obermeier, das ist nicht der Jan. Ja, das ist schlimm, der kommt nicht mehr. Aber das weißt du ja sicher schon alles. Der ist schon im Himmel, weißt du?"

Aus der Wohnküche schlurft Moni heran.

„Hi."

Küsschen-Küsschen. Pike gibt sie die Hand. Schaut ihn nicht gerade freundlich an.

„Echt, wird Zeit, dass du wieder aufkreuzt. Dieser Hund, weißt du, wie der nervt?"

„Nee." Silvia kniet neben Obermeier nieder und tätschelt ihn. „Nein, nein, du kannst gar nicht nerven, gell?"

„Ach ja, übrigens, ich hatt' voll die Arbeit. Jedesmal nach'm Gassigehen ist der total nass. Furchtbar. Ich hab dem ein paar Mal das Körbchen neu beziehen müssen. Was latscht der da auch immer gleich rein?"

„Echt? Du, das ist lieb."

„Ja, und weißt du, da ist mir so'n Umschlag entgegengeflattert, aus'm Überzug raus. Komisch. Hast du da was versteckt oder was?"

Pike und Silvia sehen sich an. Sprechen kein Wort. Dann ruft Silvia, etwas hysterisch:

„Wo ist das Ding?"

„Hey, langsam. Liegt in der Küche, bei der andern Post. Meinst du, ich guck da rein oder was?"

Ohne sich weiter um Moni zu kümmern, sausen Silvia, Pike und Obermeier in die Küche. Und dann in Silvias Zimmer. Dort, wo ihr neulich diese Menschenkatze solche Angst eingejagt hat, reißen sie das Kouvert auf. Es ist kein Brief dabei. Es sind lila Scheine. Fünfhunderter. Nicht im Bündel, sondern lose hineingeworfen. Als seien sie vorher eilig gezählt worden. Jetzt zählt Silvia. Pike spricht leise mit. Obermeier wedelt, will spielen.

„Aus, Obermeier, das ist pfui!"

Sie kommen bis sechzig. Dann schauen sie sich wieder an. Lange. Silvia räuspert sich.

„Du. Denkst du auch, das ist von Jan? Also, dass er vielleicht wusste ...?"

„Glaub schon."

Diesmal nimmt Silvia Pike in den Arm. Bleibt so neben ihm auf dem Sofa sitzen, gedankenverloren. Pike lässt sich's sehr gerne gefallen. Obermeier rollt sich in dem ominösen Körbchen zusammen; ein Wunder, wie er da reinpasst. Sieht aus, als würde er mindestens drei Kreise um sich selber legen. Auf dem Tisch liegen die Scheine. Pike wird langsam heiß. Er löst sich aus der Umarmung, räumt die Fünfhunderter in den Umschlag zurück. Silvia blickt ihn an. Fragend, amüsiert. Als der letzte Schein verschwunden ist, wird die Tür aufgerissen. Moni sieht ganz verstört aus. Aber sie lacht.

„Wisst ihr, wen die uns ausgelost haben? Na? Liverpool!"

Silvia und Pike schauen ungläubig drein. Dann jubeln sie. Und sagen gleichzeitig: „Die Ärmsten."

Einsam trotzt ein Mensch dem kalten Wetter auf der Passhöhe. Immer wieder peitschen kurze Regenschauer auf ihn nieder, versucht der gierige Sturm seine Klauen in ihn zu schlagen, mit heimtückischen Böen diesem Eindringling in der alpinen Einsamkeit den Garaus zu machen.

# Herzlichen Dank

dem Karlsruher SC und seinem Präsidium sowie ganz besonders der Marketing- und natürlich der Merchandising-Crew für die tatkräftige Unterstützung bei der Realisierung dieses Buchprojektes; dem Karlsruher SC-Fanbeauftragten, dem Ersten Kriminalhauptkommissar der Kripo Karlsruhe, Emil Stark, sowie Dr. med. Markus Frank für die Beantwortung zahlreicher Fragen bei unseren Recherchen. Außerdem ein riesengroßes Dankeschön all jenen, die sich für den rasenden Verkauf der ersten Auflage dieses KSC-Krimis eingesetzt haben.

Herausgegeben von
Thomas Lindemann

**Bibliografische Information Der Deutschen Bibliothek**
Die Deutsche Bibliothek verzeichnet diese Publikation in der Deutschen Nationalbibliografie; detaillierte bibliografische Daten sind im Internet über http://dnb.ddb.de abrufbar.



**Lindemanns Bibliothek**
Literatur und Kunst im Info Verlag, Band 68
Info Verlag GmbH · Käppelestraße 10
76131 Karlsruhe · Germany
www.infoverlag.de

ISBN 978-3-88190-456-8